suhrkamp taschenbuch 3175

In der Malerei ist uns das spätestens seit Caspar David Friedrich vertraut: die Darstellung von Landschaft als Spiegelung eines Seelenzustands. Die Ich-Erzählerin unternimmt eine Reise nach Schottland. Wir erfahren von ihrer Arbeit als Dozentin, als Schriftstellerin, von den schottischen Freunden, von Ausflügen in die Berge und an die Küste; ein Dichterfreund schreibt ihr aus Deutschland verspielte Briefe, und immer wieder schweifen die Gedanken von ihren Tagebuchnotizen ab und gehen zurück in die verflossenen Jahre ihres Lebens. In die Kindheit, in die gescheiterten Liebesbeziehungen: »Warum braucht ein einziges Leben so viel Zeit, um falsche Anfänge hinter sich zu lassen?«

Ein Buch über die Landschaft, ein Buch über die Gegenwart, ein Buch über die Liebe, die Metamorphosen der Liebe. Für die Erzählerin gehören Landschaft und Liebe zusammen. Und Leben bedeutet: anfangen, immer wieder neu anfangen.

Sigrid Damm lebt als freie Schriftstellerin in Berlin. Im Insel Verlag erschienen *Cornelia Goethe* (1988), *Vögel, die verkünden Land. Das Leben des Jakob Michael Reinhold Lenz* (1989), *Ich bin nicht Ottilie*. Roman (1992, 1999 als st 2999), *Diese Einsamkeit ohne Überfluß* (1995), *Christiane und Goethe.* Eine Recherche (1998). *Atemzüge*. Essays (1999), *Tage- und Nächtebücher aus Lappland* (2002) und *Das Leben des Friedrich Schiller*. Eine Wanderung (2004), *Goethes letzte Reise* (2007).

Sigrid Damm
Diese Einsamkeit ohne Überfluß

Suhrkamp

Klimaneutral
Druckprodukt
ClimatePartner.com/14438-2110-1001

8. Auflage 2022

Erste Auflage 2000
suhrkamp taschenbuch 3175

Lizenzausgabe mit freundlicher Genehmigung des
Insel Verlags Frankfurt am Main und Leipzig
Suhrkamp Taschenbuch Verlag

Umschlaggestaltung: Göllner, Michels, Zegarzewski
Umschlagfoto: Hans J. Wiedemann
Druck: CPI books GmbH, Leck
Printed in Germany
ISBN 987-3-518-39675-9

www.suhrkamp.de

Entweder diese Einsamkeit ohne Überfluß oder das Gewitter der Liebe, nichts anderes interessiert mich auf der Welt.

Albert Camus

20. März. Wie vor jeder Reise: Vorfreude. Dann, am letzten Tag, kehrt sie sich ins Gegenteil. Warum nur will ich weg? Das Flugticket liegt auf dem Tisch. Koffer und Rucksack sind gepackt. Meine kleine Großstadtwohnung, gezeichnet von unzählbaren Schritten. Was treibt mich? Die Motive sind mir entfallen, der Anlaß mir fremd, das Land fern. Was will ich in Schottland? Unlust. Schritte. Die vertrauten Gegenstände. Sog: bleib hier.

Es ist meine Art des Reisefiebers, ich weiß es.

Ich zähle die Stunden bis zum Abflug. Zwölf sind es. Widerstehe der Versuchung, eine Schlaftablette zu nehmen. Die matten Lichter. Die Nacht zerbröckelt, vom Schein der matten Lichter angefressen. Unruhiger Halbschlaf. Gesprächsfetzen, von wem zurückgelassen? Fragmente von Worten aus den Ecken des Zimmers. Zerstörte Takte des Lachens. Geflüster …

Am Morgen der Flughafen Berlin-Tegel. Geschäftigkeit. Nervöse Beamte. Verzögerungen bei der Abfertigung. Abtasten zweimal, Taschenkontrollen. In der Abflughalle knallig gelbe Plastiksitze. Neben mir eine große knochige Hand mit ausgeprägtem Gelenk um den Hirschhorngriff eines Stockes geklammert. Das Röcheln des Kaffee- und Teeautomaten. Es gibt kein Wasser. Fast jeder der neu hinzukommenden Fluggäste geht zum Automaten. Die Wiederholung des röchelnden Geräusches. Mir gegenüber – ich kann den Blick nicht abwenden – ein Paar, der Mann wesentlich jünger. Die kleinen Gebärden des Einsseins. Aneinandergelehnt, die Schultern berühren sich, gelöste Züge, die Erschöpfung einer erfüllten Liebesnacht. Die Frau raucht, gibt dem Mann die Zigarette.

Wenn die Glut aufleuchtet, sehe ich jedesmal eine kleine Flamme lodern. Ein Mister McGregor wird wiederholt zum Flugsteig dreizehn gebeten, aus dem Lautsprecher die letzte Aufforderung für ihn, the last call. Die Menschenschlange drängt in das Innere des Flugzeuges. Ich habe einen Fensterplatz, schiebe die Tasche unter den Sitz. Zwei Männer neben mir. Die Stewardeß bietet mir eine Zeitung an. Ich nehme DIE ZEIT, blättere, lese die Überschriften. *Der veruntreute Sender. Der Niedergang eines interessanten Radioprogramms nach der Wende: das Elend von DS-Kultur.* Deutschlandsender Kultur, der Sender, den ich täglich höre. Ich will den Artikel nicht lesen. Rolle die Zeitung zusammen, stecke sie in die kleine Netztasche am Vordersitz zu den Überlebensanleitungen beim Flugzeugabsturz.

Wir sind auf der Startbahn. Das angenehme Gefühl, wenn das Flugzeug Höhe gewinnt. Ich betrachte meine Nachbarn. Ein dickbäuchiger Alter sitzt mir zur Seite, daneben ein noch dickbäuchigerer junger Mann. Der Alte mit verwegenem Filzhut, schwere, verarbeitete Hände. Der Junge im grellen Werbenicki für Becks Bier, die Wölbung des Bauches verzerrt die Buchstaben kurios. Der Alte – heftiger Raucherhusten – setzt den Filzhut ab, stülpt ihn aufs Knie, holt aus seinem Jackett eine Taschenflasche, gießt sich ein, prostet mir zu. Wasser des Lebens, sagt er auf englisch. Wollen Sie? Der Beginn eines Gesprächs. An seinem Akzent, dem rollenden R, dem singenden Tonfall, höre ich, er ist Schotte. Als ich es sage, nickt er stolz. Fängt zu erzählen an. Spricht über Schottland, lobt das Land. Für England, für alles südlich der Grenze, hat er nur eine wegwerfende Handbewegung.

Die Tische werden heruntergeklappt, Gläser darauf gestellt, er gießt mir von seinem Whisky ein.

Ob er Urlaub in Deutschland gemacht habe? In Dresden bei der neunundneunzigjährigen Mutter sei er mit dem Sohn gewesen. Er hustet, verdünnt den Whisky mit Sprite. Spricht auf einmal deutsch. Ich rätsele, seltsame Mundart. Schlesien, Breslau, sagt er, meine Heimat. Nach fünfundvierzig hatte ich keine mehr. Ich war Kriegsgefangener in Großbritannien. Ich blieb. Heiratete eine Schottin. Ich bin Schotte. Heimat ist, wo man Arbeit hat, sich wohlfühlt. Er nimmt den Filzhut vom Knie, stülpt ihn auf, winkt der mit den Tabletts jonglierenden Stewardeß gebieterisch. Bekommt den nächsten Whisky.

Dann, als wir mit Plastikmessern und -gabeln mit den in Folie eingeschweißten Steaks kämpfen – die beiden schaffen das mit ihren schweren Händen erstaunlich gut –, redet der Alte von seiner Arbeit. Er war Gleisbauer bei Scots Railway, dann Vorarbeiter. Der Sohn ist sechsunddreißig, spricht kein Wort deutsch, lobt das Radeberger Pils und den goldenen starken August auf dem goldenen starken Pferd, der ihm in Dresden imponiert hat. Er ist Elektroingenieur, auch bei der schottischen Eisenbahn und zur Zeit beim Tunnelbau durch den Ärmelkanal beschäftigt. Er sei zufrieden mit dem Leben. Darauf müsse man trinken, sagt der Vater. Hebt das Glas. Deutsche Trinklieder habe er nicht vergessen. *Trink, trink, Brüderlein trink, lasse die Sorgen zu Haus* ... Mit voller Stimme setzt er ein, erhebt sich, fordert alle zum Mitsingen auf. Aus den hinteren Reihen zwei Stimmen, ich sehe den Hirschhornknauf den Takt angeben. Das Liebespaar hat die Augen geschlossen. Eine alte Dame vor uns verbittet sich pikiert den Lärm. Der schottische Schlesier, schlesische Schotte läßt sich nicht stören, obwohl weder sein Sohn noch ich seiner Aufforderung folgen. Er tritt auf den Gang, dirigiert. Gelächter, Zustimmung. Sein Witz, seine Lebensfreude. Als sein Repertoire erschöpft scheint, setzt er sich ächzend, stülpt den Filzhut wieder aufs Knie. Verstellt den Sitz. Der Sohn folgt ihm. Wenig später gedämpfte Schnarchtöne neben mir.

Ich lehne mich zurück. Zeitungsrascheln. Börsenkurse werden studiert. Aus einem Gespräch löst sich das Wort Kaleidoskop. Ich entsinne mich an das kleine Rohr mit bunten Glasstücken, das ich als Kind besaß. Wenn man es drehte, sah man durch die Einblicksöffnung in schönster Regelmäßigkeit Ornamente und symmetrische Figuren. Meine Neugier. Einmal löste ich die mattierte Glasscheibe, verschüttete ein Drittel der Glasstücke, beschädigte die in dem Rohr gefaßten Winkelspiegel, die die Mehrfachreflexionen erzeugten, der Zauber dahin, es kam kein Bild mehr zustande. Der Kapitän meldet sich über den Lautsprecher; Kratzen und Pfeifen, er ist nicht zu verstehen, nur das Wort Amsterdam. Ich sehe hinab, die Stadt liegt im Sonnenschein. Dann erscheint der Küstenstreifen, helles Gelb, ein helles Grün, ein dunkleres, die Farbschattierungen des Meeres. Wenn es wieder eine Küste geben wird, wird es die der Insel sein. Meine Luftreise nordwärts über die Insel.

Erinnerung an meine beiden ersten Schottland-Aufenthalte. Die schottischen Grüns: Fiebergrün, Pistaziengrün, dunkles Flaschengrün. Unaufhörliche Regengüsse, die das Grün wuchern lassen. Darüber der alles beherrschende Himmel, der sich aufdrängt, einen festhält. Über den die Wolken von langen Armen von Meer zu Meer gezogen werden. Grün und Himmel- das ist Schottland für mich.

Und die Freunde. Karin und Anthony. Beide arbeiten an der Universität. Karin in Edinburgh, Anthony in Glasgow. 1987 habe ich sie kennen gelernt, bei meinem ersten Aufenthalt. Im Vorjahr, nach meiner Lesung in Glasgow auf Einladung des Goethe-Institutes, hatte Anthony die Idee, mich für längere Zeit nach Schottland zu holen. Ich könne da in Ruhe schreiben und ein wenig an der Universität unterrichten.

Das kluge Gespür meiner Freunde. Ihre Aktivitäten, Anträge, Geldbeschaffungen. Die Flugkosten hat das Glasgower Goethe-Institut übernommen. Ein Zuschuß von British Council in Berlin ist für die Unterkunft in Glasgow gedacht. In Edinburgh werde ich Gast in Karins Haus sein. Werde an beiden Universitäten unterrichten. In Edinburgh *Writer in Residence* sein. Da die Kassen der Universität leer sind, habe ich nur sehr wenige Verpflichtungen. Die meiste Zeit bleibt für mein eigenes Schreiben. Mir ist er lieb, dieser freie Raum. Mit Abstand schreiben. Mein heftiges Gefühl, Deutschland, dieses unfreudige Land, für eine Zeit, für fast ein Vierteljahr von mir abzutrennen.

Der Traum in der vergangenen Nacht. Luftlöcher, fiebergrün und schwarz, in die ich unerwartet falle. Windstöße, die mich wieder hinaus- und hochtreiben, ich fliege. Stimmen, langgezogen, dumpf und tröstlich, wie ölige Blasen an meinem Ohr – dann Stille, nur noch eine Stimme, laut, sich sträubend wie Räder eines Zuges, der rangiert wird. Ein dunkler Innenraum umschließt mich, ich sitze in eine Schulbank gezwängt, ansteigende Reihen, ein überfüllter Hörsaal. Die Stimme gehört einem Mann mit gelbem Hemd und einem roten Schlapphut, den er vorn auf das Pult wirft. Schwerleibig der Mann. Kahler Schädel. Er schreibt das Thema der Vorlesung an die Tafel: *Der Bettelmann ging nah an den Kohlen, seine Lumpen fingen Feuer.* Fordert die gleich mir in die Bänke Gezwängten auf, es abzuschreiben. Das Kratzen der Stifte auf dem Papier. Auf meinem Blatt erscheint der Satz: *Auf dem Herde brennen drei Feuer; sie hatte nur einen Topf* Ich zerknülle den Bogen. Sehe nach vorn, schreibe Buchstaben um Buchstaben ab, aber wieder ist es *der* Satz. Rechts und links bei meinen Nachbarn steht der richtige. Ich versuche es abermals. Die Buchstaben an der Tafel beginnen zu flackern, verwischen sich. Der Mann schreibt mit einem Stück Holzkohle einen neuen Satz, in Spiegelschrift erscheint er auf seiner Glatze: *Der Mensch als ein Torso seiner Möglichkeiten.* Seine Stimme wird lauter. Dann setzt sie aus. In die Stille hinein ist ein Knistern und Kratzen zu hören. Aber es kommt nicht von den Stiften. Es klingt wie leises Prasseln von Feuer. Da erkenne ich: die Wände des Hörsaales sind keine Wände, sondern im Kreis aufgestellte Strohballen. Ich will schreien, aufspringen, fliehen; die Bank wie ein Schraubstock. Die Reglosigkeit aller. Die weißen Papierbögen beginnen sich von der Hitze einzurollen, die Ränder verkohlen, die Blätter erheben sich als verzischende Flammen über die Köpfe der Reglosen, werden vom Luftzug nach oben getragen. Und plötzlich setzt ein loderndes, krachendes Feuer ein.

In einem kühlen Erdloch finde ich mich wieder, bin wie betäubt, krieche auf allen vieren heraus. Eine rettende

Tür, sie schlägt hinter mir zu. Immer neue Zimmerfluchten, zuschlagende Türen. Tribünen brechen zusammen, die Buchstaben in den Losungen können sich nicht mehr halten, stürzen hinab. *Überholen ohne Einzuholen.* Erste-Hilfe-Päckchen werden verteilt. Fluchtwege überall. Wir bleiben wir, rufen welche; ich bin in den alten Räumen des Hier. Hier rufe ich, als wüßte ich noch, wo das ist.

Ein Mann, Gesicht und Krawatte bleich, aufgerissener Mund: Reinigt euch! Reinigt euch! Er bietet in Pappbechern trübes Wasser zum Kauf an.

Ein anderer Mann hält mir ein Grabgefäß entgegen, öffnet es, ein Luftzug weht Asche in mein Gesicht, es ist die Asche meiner Mutter.

Ein Raum voller Wind: Rotausgeschlagen, drehbare Wände, ein grüner Billardtisch auf hohen weißen Beinen. Ein Kopf wird vom Rumpf getrennt, der Billardtisch hat sich aufgeklappt, sich in eine Guillotine verwandelt. Spürst du den Wind im Hals, ruft jemand, und: der Rest ist Theater. Die vom Rumpf getrennten Köpfe schlagen mit Kasperpritschen aufeinander ein.

Ich stoße mit dem Kopf durch tief herabhängendes Gewölbe. Die Illusion der Räume löst sich auf; ein Fluß, eine Weile treibe ich in ihm, die Fersen schleifen auf dem sandigen Grund; dann eine Szenerie von Bäumen, wuchernden Schlingpflanzen, Wäldern. Ich bin allein, drossle das Tempo, werde langsamer und langsamer, komme in einen von Feuer verwüsteten Wald. Verkohlte Baumstämme, zwischen denen ich in Zeitlupentempo gehe und die kein Ende nehmen. Noch im Traum ahne ich, wo ich bin: in den verbrannten Wäldern am Atlantik. Und im Erwachen weiß ich, es sind die Wälder bei Lacanau-Océan, durch die wir vor vier Jahren, im Sommer neunundachtzig, gingen.

Eine Reise als Punkt, in dem, gerafft in Raum und Zeit, auf einem fiktiven Hintergrund, in intensivster Weise alle Elemente, Gründe, Beziehungen des Lebens sich wiederherstellen, zueinander ordnen?

Glasgow unter mir. Der Flughafen. Die Füße spüren schon die Erde. Die Maschine setzt auf. In der Halle das Transportband, das ruckartig anläuft, wieder stehenbleibt. Endlich kann ich meinen Koffer und den Rucksack auf den Wagen heben.

Die Empfangshalle. Anthony wird mich erwarten. Ich habe keine Brille auf. Kneife die Augen zusammen, ich werde ihn an seinem Gang erkennen. Ein zu schwerfälliger für seine Schlankheit, sein Alter, er ist vierundfünfzig. Tappende Schritte. Eine winkende Hand. Er ist es. Wir umarmen uns.

Als wir aus der Halle treten, fährt der Wind mir ins Gesicht. Ich atme tief ein. Selbst auf dem Parkplatz, inmitten von Abgasen, riecht die Luft hier nach Meer. Gefühl, von drei Seiten von Meeren umgeben zu sein.

Über mir klumpenförmig hastig eilende Wolken, schottischer Himmel. Sofort wieder die Zuneigung. Während Anthony am Automaten die Parkplatzgebühren bezahlt, reißt mir ein Windstoß die Autotür aus der Hand und aus einer dunklen Wolke fällt Regen.

In Glasgow, scheint mir, ist schon Frühling. Neben der Stadtautobahn mit ihren unzähligen Auf- und Abfahrten leuchten gelbe Osterglocken, *daffodils,* im Überfluß. Auch an den Straßenrändern, auf den Grünflächen der Stadt, in Vorgärten und Gärten blühen sie. Wir fahren über den River Clyde zum Stadtteil Pollokshields. Unser Gespräch. Vertrautheit, die sich mühelos wieder herstellt. Ein Jahr haben wir uns nicht gesehen, nur miteinander telefoniert. Anthony gilt bei seinen Kollegen als überkorrekt, zurückhaltend, verschlossen. Ich habe ihn nie so erlebt. Vielleicht ist es der räumliche Abstand, der diese Offenheit möglich macht. Unsere Freundschaft. Er würde gern mein Bruder sein, hat Anthony einmal gesagt. In Pollokshields suchen wir den Bruce Road Nummer 15. Hier hat Anthony mir eine kleine Wohnung gemietet. Ein fünfstöckiger Neubau, auf einem Hügel gelegen. *Sutherland Court* steht über dem Eingang.

Anthonys absolute Verläßlichkeit in allen Alltagsdingen. Seine Fürsorglichkeit. Er sucht den Haustürschlüssel, der sechste am Bund ist es. Wir fahren in dem vergitterten Fahrstuhl nach oben. Erneut Schlüsselsuche. In der Wohnung seine Anweisung, die Tür immer zu verschließen, die Kette vorzulegen. Er zeigt mir die Räume. Gas und Heizung. Er stellt die Zeituhr ein, die Stunden, in denen es funktionieren soll, erklärt, ich nicke. Im Wohnzimmer ein betäubender Frühlingsgeruch: daffodils aus Anthonys Garten. Von Sandra, sagt er. Und etwas für den ersten Hunger.

Dann bin ich allein. Schalte den Kamin an. Aufgemalte Kohlen beginnen zu glühen, es riecht nach staubiger Höhensonne. Ich schalte aus.

Fernsehapparat. Telefon. Radio. Das Thermometer zeigt 68 Grad. Fahrenheit. Ich schlage in meinem kleinen Touristenführer nach. 100 Grad Fahrenheit sind 23 Grad Celsius. Auch andere Längenmaße: Meilen, foots und yards. Andere Gewichte. Und statt Liter pints und gallons. Mein Blick fällt auf die leeren Regale. Ich hole meine Landkarte von Großbritannien, falte sie auseinander, zwecke sie an das Bücherregel. England, Wales, Nordirland und Schottland. Schottland: 5,2 Millionen Einwohner. 78770 Quadratkilometer Fläche. Mit der Zahl kann ich nichts anfangen. Betrachte die Karte. Die physische Gestalt des Landes. Zwei große parallele Verwerfungen teilen das schottische Festland in drei Teile: das südliche Hügelland, den zentralen Tieflandgürtel und das Hochland mit den Inseln. Das südliche Hügelland, im Osten von den Lammermuir Hills, im Westen von den Merrick Hills begrenzt. Im Südosten, an der Grenze zu England, wird es *borders* genannt. Dann der Tieflandgürtel. Flächenmäßig nur ein Fünftel des Landes, beherbergt er 70% der Bevölkerung Schottlands. Industrie, Öl und Kohle, Weideland. Hier sind die Städte Edinburgh, Glasgow, Dundee, Stirling, Perth. Die Flußmündungen von Clyde und Forth. Das Meer schneidet von beiden Seiten tief ein, schnürt das Land zu einer schmalen Taille zusammen; der Firth of Clyde auf der Glasgower, der Firth of Forth auf der Edinburgher Seite. Dann wieder das Ausbreiten, der nördlichste und größte Teil, das schottische Hochland. Die North West Highlands und die Grampian Highlands mit den Gebirgsmassiven der Cairngorm Mountains. Das Hochland bei Inverness wie durch einen einzigen Erdruck schräg aufgerissen, verworfen, eine schmale Erdspalte, mit Wasser gefüllt:

Loch Ness. Dem Atlantischen Ozean zugewandt die vielgliedrige Westküste mit den vorgelagerten Inseln der Inneren und Äußeren Hebriden. Im Nordosten die Orkney- und Shetlandinseln. Ich schließe die Augen, versuche, die leibliche Gestalt Schottlands vor meinem inneren Auge entstehen zu lassen.

Nach einer Zeit der Blick aus dem Fenster. Schornsteine. Das Haus gegenüber – ich zähle – hat vierundzwanzig. Mir fallen die kleinen Jungen ein, die man früher zum Fegen in die Essen hinabließ. Soweit ich sehen kann, bizarre Schornsteinarchitektur. Über der Stadt dunkle ziehende Wolken. Am Horizont flache Bergketten.

Ich lege mich aufs Sofa. Es ist kalt. Eine Decke. Eine zweite. Der Blick zur anderen Seite, zur Balkonfront. Eine mächtige Baumkrone, verzweigte Äste, vom Wind heftig hin- und herbewegt. Ich stehe auf, reiße mir den Nagel ein, als ich die Balkontür zu öffnen versuche. Schaffe nur die erste Tür, die zweite nicht, der Schlüssel ist verrostet. Wieder das Sofa. Auf und ab, Aneinanderschlagen und Breiten der Zweige. Der Wind scheint von Minute zu Minute die Richtung zu wechseln. Was ist es für ein Baum? Ich fahre im vergitterten Fahrstuhl nach unten, umrunde den Baum, bin mir fast sicher. Oben nehme ich das Fernglas. Durch den heftigen Wind habe ich entweder Wolken oder schnellende Zweige im Visier. Irgendwann muß der Wind Atem schöpfen. Ich bin ausdauernd. Endlich: noch völlig eingerollte Blätter, grünliches Gelb, dicke, kleine feste Trauben. Es sind die Trugdolden der Lindenblüten. Ich suche am Stiel das kleine Tragblatt, das als Flugorgan dient, ja, eine Andeutung, es ist eine Sommerlinde. Ich erkläre den Baum zu meinem Nachbarn. Himmel und Bäume als Gefährten – statt Männer –, ob das wohl gut gehe, höre ich ironisch einen meiner Berliner Freunde sagen.

Später wähle ich zwischen den Schlafzimmern. Ein geräumiges mit breitem, modernem Bett, ein kleines mit dunkler Spiegelkommode und einem Kastenbett, Holzkugeln an Kopf- und Fußende. Ich entscheide mich für dieses. Packe die Sachen aus, ordne sie ein. Dusche. Als ich mich abtrockne, fällt mein Blick auf die Badezimmertür. Ein Abreißkalender vom Vorjahr hängt dort. Am elften Mai ist das letzte Blatt abgetrennt worden. Zwölfter Mai. *Wer dem großen Glück nachläuft, entläuft der Ruhe.* Jüdisches Sprichwort. Mit nassen Fingern reiße ich das Blatt ab. Auf der Rückseite lese ich:

> So *habe ich eingesehen:*
> *Es gibt kein Glück, es sei denn*
> *der Mensch kann durch*
> *sein Tun Freude gewinnen.*

Ich rufe Karin in Edinburgh an. Der Anrufbeantworter teilt mir das Datum ihrer Rückkehr aus Amerika mit. Ich versuche Karins Freundin Fiona in Edinburgh zu erreichen. Sie ist nicht zu Hause.

Fernsehen. Jelzin ruft die Armee auf, sich aus dem Verfassungskonflikt herauszuhalten. Mitterrand hat bei der Wahl einen starken Stimmenverlust. In Italien Korruptionsskandal. Berichte über erneute Kämpfe in Bosnien.

In der Nacht am Kopfende meines Bettes hinter der Wand ein Ticken, draußen ein anderes Geräusch. Ich stehe auf, sehe nach. Es ist der Stromzähler im Flur. Und ein loses Kabel, das, von den Windstößen getrieben, gegen die Hausmauer schlägt.

Am Morgen liegt die Sonne im Zimmer. Der erste Tag in Schottland – und Sonne. Ich laufe mit bloßen Füßen zum Nachbarn. Aber hinter dem Geäst sehe ich einen Himmel voller schwarz-grauer, übereinandergetürmter, jagender Wolkenmassen. Ich laufe zurück zur anderen Seite. Da ist die Sonne, eben noch voll, nur noch ein schmales Segment. Blendendes Licht. Dann schiebt sich in Sekunden eine dunkle Wolkenwand davor. Schwefelgelbe Streifen darin. Regen stürzt aus den Wolken. Ich lasse mich wieder ins Bett fallen, höre auf das Geräusch des Regens.

Warte den zweiten, dritten und vierten Guß ab.

Ein erster Gang durch Pollokshields. Alte Ladies mit Handtäschchen und Hüten wackeln in die Kirche. In der geöffneten Tür der Church of Scotland steht der beleibte Pfarrer. Er hat eine riesige rote Nase, die gibt ihm ein fröhliches Aussehen, sie leuchtet wie eine Faschingsnase, ich vermeine die Gummibänder zu sehen, mit der er sie hinter den Ohren befestigt hat. Er begrüßt alle mit Handschlag. Ich höre sie lachen. Fast nur Frauen. Ein einziger

Mann, ein Greis, gestützt von zwei alten Damen. Die Glocken läuten.

Dann Straßenzüge mit großen steinernen Villen, die verlassen in Gärten hinter abweisenden Hecken liegen.

Im nächsten Areal viele schmutzige Ecken, leerstehende Häuser, Schilder: *For Sale.*

Eine Straße mit zweistöckigen Reihenhäusern, vorspringende, ausladende Erkerzimmer über beide Stockwerke. Inderinnen fegen in der Kälte mit Reisigbesen vor den Türen, ihre schönfarbenen Schleier wehen.

In den Geschäften der Hauptstraße steht der Alkohol in vergitterten Regalen. Viele der kleinen Verkaufsstellen gehören Indern. Die Lebensmittelläden sind geöffnet. Braunhäutige Männer, ihre Gesichter wirken entspannt, debattieren, kaufen ein, stehen umher. Zeitüberfluß. Fremde Dinge sind in den Regalen. Ich suche Hafermehl für Porridge, kaufe Brot. An der Kasse bedient mich eine alte Inderin, stolzes Gesicht, zurückgekämmtes Haar. Über der Tür des Grünwarenhändlers steht auf einem buntgemalten Schild: Früchte des Lebens. Der Ladenbesitzer hat einen Turban auf. Ob er ihn sich jeden Morgen neu bindet oder zur Nacht absetzt wie eine Mütze? Ich kaufe Zuckerrohr in Stücken, Datteln aus einem groben Leinensack, eine Mangofrucht. Vom Gemüse das, was ich nicht kenne. Frage nach der Zubereitung. Die schmalen Hände mit den langen braunen Fingern rudern durch die Luft. Er erklärt es mir. Nur bei einem kakteenartigen, fleischigen dunkelgrünen Gewächs kann ich nicht folgen. Er lacht, Zähne wie eine Reihe Perlen, ich werde es schmecken sagt er; Schwedin, Sie kommen aus Schweden. Ich erinnere mich, auch in Estland und Lettland sagte man das. Ich beeile mich nicht mit der Antwort.

Heimweg.

Am Abend gehe ich dieselben Wege noch einmal. Suche eine Gaststätte, gerate in eine kleine Kneipe; dämmriger Raum, nur wenige Gäste. Auf einem Hocker am Tresen sitzt eine Katze mit honigfarbenem Fell. Daneben ein in sich zusammengesunkener alter Mann. Als sich meine Augen an die Dämmerung gewöhnt haben, nehme ich in der hinteren Ecke ein Liebespaar wahr, das Passionsfrüchte ißt. Und am Nebentisch eine junge Frau, die aus bunt bemalten Augen gelangweilt in die Leere starrt. Keine Bewegung, kein Laut. Nach einer Zeit räumt die Honigfellfarbene den Hocker. Ich gehe zum Tresen, um nach dem Wirt, nach einer Bedienung zu fragen. Eine Lampe geht an. Der alte Mann am Tresen richtet sich auf. Ich sehe seine mit Altersflecken übersäten Hände, die wie von selbst zu zittern beginnen. Er betrachtet sie schüchtern und ratlos, mit einem Blick, als sähe er eine Vorstufe des Todes. Der alte Mann weist auf den frei gewordenen Platz. Seine immer lebhafter werdenden Gebärden. Ein langes Gespräch.

Fernsehen. Wieder Berichte über Kämpfe in Bosnien. Über den ockerfarbenen Marktplatz einer Kleinstadt wird ein Kind in einer Blutspur geschleift.

Traum von Hüten. Beim Erwachen erinnere ich mich, wie ich als Kind vor dem Schlafzimmerspiegel meiner Großmutter Hüte probierte. Breitrandige gelbe Strohhüte, weiße, schwarze und dunkelblaue aus Filz und Stoff, mit Schleiern, Straußenfedern, Bändern. Jeder Hut erforderte ein anderes Gesicht. Ich lächele herausfordernd. Ich ziehe den Mund in Richtung der Füße. Ich hebe den Kopf, bin hochnäsig, blähe die Nasenflügel – muß da wirklich ein Deckel drauf, damit es nicht hineinregnet, wie die Großmutter immer sagt? Ich wende mich, Profil, ich halte mit abgespreizten Fingern den Hut in den Wind. Dann, wenn ich den braunen Filzhut aufhabe, das von der Mutter streng untersagte Fratzenschneiden. Mit den Fingern Augen, Nasenlöcher und Mund verzerren. Ich gleiche Frau Geitsch, die immer durchs Treppenhaus rennt und schreit, die Russen hätten Wanzen in ihren Betten hinterlassen. Es ist anstrengend, Frau Geitsch zu sein, ich lasse los. Werfe den gelben Chiffonschal über den Hut, den mit der wippenden Straußenfeder: Afrika. Rückenansicht mit Kapotthut, meine Zöpfe reichen schon über die Taille, sind bald am Po, ich werde erwachsen. Und am Ende der gelbe feinlöchrige Sommerstrohhut der Großmutter, ich lasse die Hutkrempe bis zum Kinn fallen und sehe mich durch die feinen Löcher im Spiegel: ich bin nur noch Hut.

Anderntags holen Sandra und Anthony mich ab. Wir besuchen die Kunstgalerie, die Burrell Collection und das Pollok House. Am Fluß steht ein blühender Kirschbaum in Kälte und Regen. Im Irrgarten versinken die Schuhe im Schlamm.

Am Abend bin ich zu Gast in Sandras und Anthonys Haus. Zweimal war ich schon hier. Immer Arbeits- und Lebensgespräche mit Anthony. Auch in Anwesenheit seiner Frau. Ich weiß wenig von Sandra. Sie ist Engländerin. Auch Anthony ist Engländer. Seit dreißig Jahren leben beide in Schottland. Sandra hat das gleiche Studium wie Anthony absolviert. Dann drei Kinder aufgezogen. Jetzt sind sie erwachsen. Zwei leben noch im Haus. Sandra arbeitet, um Geld zu verdienen, in Heimarbeit für einen Wörterbuchverlag. Ich sehe auf Sandra. Sie ist braungebrannt, zehn Tage Teneriffa. Ihre lebhaften Augen. Die Art, wie sie die Handflächen in Brusthöhe aneinanderlegt, als ob sie sich fortwährend entschuldigen müsse. Ihr Zurücktreten hinter Anthony läßt sie schüchtern erscheinen. Wenn sie lacht, hält sie wie ein Schulmädchen die Hand vor den Mund. Sie ist eine Kindfrau. Ich mag es, wenn die Frauen meiner Freunde meine Freundinnen werden. Diesmal, denke ich, haben wir mehr Zeit.

Die älteste von Sandras und Anthonys Töchtern, Veronika, wird im Herbst einen Schotten heiraten. Sie ist zum Wochenende aus London gekommen, um mit der Mutter das Brautkleid zu kaufen. Das Gespräch beim Dinner dreht sich um die Hochzeit. Auch Ann, die jüngere Tochter, und der Sohn Stephan sind da. Die traditionelle schottische Hochzeitszeremonie. Mit vielen Gästen, genauer Reihenfolge der Redner, Kleiderordnung. Der Bräutigam wird den Kilt, den Schottenrock, tragen. Anthony Frack und Zylinder, Sandra einen Hut, es ist Vorschrift. Aber einen großen, sagt Veronika. Das Gespräch schwankt zwischen Ernst und Ironie, Ann und Stephan spotten, sie sind gegen das Ritual. Mein Englisch ist besser geworden, aber immer noch viel zu schlecht. Hinter dem Garten sehe ich die Umrisse der kahlen Eiche gegen den Abendhimmel. Wie im Vorjahr. Es muß die gleiche Jahreszeit gewesen sein.

Nach dem Essen – ich bin Sandra in die Küche gefolgt – hören wir Anthony Klavier spielen. Wenn niemand im Zimmer ist, macht er das gern. Spielt Ragtime oder Blues. Er würde, hat er einmal zu mir gesagt, viel lieber in einer Bar Musik machen, als Professor an der Universität und Institutsdirektor sein. Der ernsthafte, pflichtbewußte Anthony. Sandra sagt, während wir die Geschirrspülmaschine füllen, sie habe mein letztes Buch gelesen. Überrascht mich mit Einzelheiten. Ihr überaus genaues Lesen. Manches, sagt sie, sei wie für sie geschrieben. Ich wußte nicht, daß sie so gut Deutsch kann. Ihre Genauigkeit im Detail berührt mich.

Als Anthony mich durch das nächtliche Glasgow nach Hause fährt, muß er die ganze Stadt durchqueren, vom nordwestlichen Vorort Bishopbriggs bis zu meiner im Süden gelegenen Wohnung. Die Lücken und Brüche der Stadt. Hochhäuser und Industriebauten in schwarzer Nachtverkleidung. Im Zentrum Manhattan-Silhouetten, rote Leuchten, bengalisches Licht, das am Himmel wiederkehrt, als stünde die Stadt im Feuerschein. Erstmals bekomme ich ein Gefühl für das Ausmaß der Millionenstadt; bisher habe ich sie nur selektiv wahrgenommen, im Vorjahr die Oase der alten Universität im Kelvingrove-Park.

Wieder die Geräusche der Nacht. Das Ticken des Zählers am Kopfende des Bettes, das Schlagen des losen Kabels gegen die Hausmauer.

Im Traum der ockerfarbene Markplatz. Ich greife – im Traum – zur Fernbedienung, schalte aus. Immer, wenn der grüne Punkt verglüht, erneuert sich das Bild. Unablässig. Das in der Blutspur geschleifte Kind.

Ich stehe auf. Gehe in die Küche. Zum Fenster. Wo habe ich ihn gelesen, den Satz, in bezug auf den Osten gesprochen: Der Feind ist weg, jetzt ist er überall. Der kalte Krieg ist nicht zu Ende. Das Aufflammen von Kriegsherden. Die Brände fressen.

Montagmorgen. Ich muß in die Universität. Das erste Seminar mit den Studenten. Ich fahre mit der Untergrundbahn ins Zentrum, bis zur Buchanan Street. Es ist kalt. Ich bin viel zu zeitig. Komme mir lächerlich vor. Verpackt. Unter meinen Regenumhang fährt der Wind, bläht mich zur Matrjoschka auf. Ich sehe niemanden mit Schirm, mit Regencape. Die Glasgower ignorieren den Regen, laufen unter ihm hinweg. Eilende, zielgerichtete Schritte, schwarze Lackschuhe, Bügelfalten, feines Tuch, hohe Stöckelschuh, elegante Kostüme, dünne Mäntel. Halb zehn, beginnende Bank-, Büro- und Geschäftszeit. Ich biege von der Buchanan Street in die überdachte Argyle-Arcade ein. Eine der ältesten Passagen mit einer gußeisernen Konstruktion für den verglasten Dachstuhl. Schutz vor dem Regen. Auch hier noch kein Käuferstrom, sondern Verkäuferinnen und Verkäufer, die zur

Arbeit eilen. Klappern von Absätzen, Schlüsselbunden. Die Passage blind, eine geschlossene Front von Rolläden. Dann Bewegung. In den sich öffnenden Türen erscheinen Verkäuferinnen, drehen an schweren Kurbeln, die Röcke über den Gesäßen sind vor Anstrengung gespannt. Die metallenen und hölzernen Rolläden gehen krachend und quietschend nach oben. In einer Tür steht ein Verkäufer lässig an den Rahmen gelehnt, auf Knopfdruck bewegt sich das Ladenrollo lautlos. Alles läuft wie ein Uhrwerk ab. Eine Schaufensterauslage nach der anderen bietet sich dar. Schmuck und wieder Schmuck und wieder. Ich gehe bis zum Ende, kehre um. Auf beiden Seiten der Argyle-Arcade nur Juwelierläden. Wozu braucht man soviel Schmuck? Anthony würde sagen, weil Glasgow eine Arbeiterstadt ist. In den Schaufenstern erscheinen die Verkäuferinnen gleich Brustbildern, ordnen die Stücke, die über Nacht im Tresor waren, wieder in die Auslagen. Fast in jedem Fenster der gleiche Vorgang. Die Frauen sehen alle ähnlich aus, gleicher modischer Haarschnitt, rotlackierte Fingernägel, gleiches Make-up, alle sind jung, keine ist über dreißig.

Über die Argyle- und die Queen-Street lasse ich mich langsam zum George Square treiben. Überquere ihn. Sir Walter Scott steht unerreichbar auf hohem Sockel. Von den braunen Holzbänken springt der Regen.

Das Gelände der Strathclyde-Universität. Es geht bergan. Das Perlgrau, Gelb und Lachsrosa der Glasgower Sandsteingebäude. Die Farben bringen meine Erinnerung an gegangene Wege zurück. Die Frauenklinik mit den schwarzen Fluchttreppen. Das muß die Richmond-Street sein. Strenger Chlorgeruch. An der Rückfront der Mensa Klappern von Tellern, Tassen, Besteck; die Abwaschküche. Und wie auf jedem Campus der Welt diese jungen Gesichter, klug, scharf geschnitten, träge manche. Studentinnen mit Schnürstiefeln und Rucksäcken, weiten schwarzen Überwürfen. Junge Männer, lange Haare, weibliche Bewegungen. Manche der Studenten tragen Schirmmützen, der Schirm zeigt in den Nacken. Der Livingstone Tower. Im Fahrstuhl Obszönitäten an die Wände gekritzelt, Umweltlosungen, Mitteilungen mit Filzstift. Eine: *Help! I love my teacher. What shall I do?* Mir fliegt ein Zopf ins Gesicht. Der Kopf dreht sich. Der Zopf noch ein paarmal.

Neunter Stock. *Department* of *Modern Languages.* Anthonys Kollegen, die ich vor sechs Jahren kennengelernt habe, sind alle noch da. Evaluiert, ja, sagen sie. Aber nicht abgewickelt. Ich kann es nicht fassen. Sogar neue Kollegen gibt es: zwei junge Frauen. Anthonys Zimmer. Die Liste der Studenten. Suzanne, Shona, Neil, Gillian, Lesley, Valerie, Alisa, dreimal Fiona, zweimal Christine und Christina, Faythe, Lorrain. Anthony sagt mir zu jedem Namen etwas. Ich versuche mir Namen und die richtige Aussprache zu merken. Dann die Studenten, wer zu welchem Namen gehört. Anthony stellt mich vor, läßt mich dann mit ihnen allein.

Ich unterrichte im laufenden Lehrplan. Goethes »Die Leiden des jungen Werther« sind an der Reihe. Literatur nicht zum Lehrstoff verkommen lassen. Sie als Stoff des Lebens für die Studenten öffnen. Das möchte ich. Die Studenten haben das Material vor sich, das ich ihnen geschickt habe.

Ihre Gesichter. Ihre Neugier, Erwartung. Meine Neugier.

Wir stellen einander vor. Ich frage nach der Zeit, wenn sie ihr Studium beendet haben werden, frage nach ihren Lebensplänen. Wir sind beim Thema. Mehrere von ihnen wollen Schottland verlassen. Weil es immer regne, zu kalt, das Leben zu schwer sei. Widerspruch von anderen. Was sind *glückliche Geschöpfe? ... die gleich den Kindern in den Tag hineinleben, ihre Puppen herumschleppen, aus- und anziehen und mit großem Respekt um die Schublade herumschleichen, wo Mama das Zuckerbrot hineingeschlossen hat, und wenn sie das Gewünschte endlich erhaschen, es mit vollen Backen verzehren und rufen: »Mehr« – Das sind glückliche Geschöpfe.* Heftiger Streit. Die *Wände, zwischen denen man gefangen sitzt,* sie *mit bunten Gestalten und lichten Aussichten bemalt.* Die unterschiedlichen Temperamente, Lebenseinstellungen. ... *daß aber auch Erwachsene gleich Kindern auf diesem Erdboden herumtaumeln und wie jene nicht wissen, woher sie kommen, wohin sie gehen, ebenso wenig nach wahren Zwecken handeln, ebenso durch Biskuit und Kuchen und Birkenreiser regiert werden: das will niemand gern glauben, und mich dünkt, man kann es mit Händen greifen.* Am Ende kreisen wir um den Satz: *Es ist doch gewiß, daß in der Welt den Menschen nichts notwendig macht als die Liebe.*

Nach dem Seminar lädt Anthony mich in den Klub des Lehrkörpers zu einem Whisky ein. Nur Männer. Die Dominanz der Männer an den Universitäten. Ich erinnere mich an 1987, als ich das erste Mal hier war und Anthony nach den Frauen fragte und er meine Frage nicht verstand. Die beiden neuen Kolleginnen. Anthonys Werk?

Wir stoßen mit einem Glenmorangie an. Reden über die nächsten Seminare.

Heimweg. Regen. Heftiger Wind. Nasse Füße.

Ich esse in der Küche. Als ich ins Wohnzimmer komme, sehe ich, der Regen hat aufgehört, der Himmel ist klar. Im Westen verschwinden gerade, vom Ostwind fortgeblasen, die letzten Wolken. Ein Blau überzieht den Himmel, vollkommen gleichmäßig. Ein lichtes Blau, als habe der vom Meer kommende Wind die Farbe verdünnt. Zum erstenmal in Schottland erlebe ich einen wolkenlosen Himmel.

Ich gehe durch die Wohnung, suche ein Tischchen, finde ein wackliges mit hohen Beinen. Bugsiere es vor den Abendhimmel am Balkonfenster. Das Blau sättigt sich, wird tiefer und tiefer. Der schöne Nachbar steht mit schläfrig ruhigem Geäst. Der Mond erscheint als schmale Sichel, fast waagerecht, als könne ein leichter Stoß ihn zum Kippen bringen. Optische Täuschung oder bin ich so weit nördlich?

Auf dem wackligen Tischchen Papier, Felderhalter, Kuverts, Karten. Ich schreibe den Söhnen. Ziehe das kleine blaue Schild *By air mail Par avion* von der Unterlage, es klebt wie Pech. Betrachte die Briefmarke. Auf braunem Grund sehe ich die Königin, im Profil, marmorgleich; auf dem Kopf hat sie nicht einen der roten oder grünen auffälligen Hüte, die, schlägt man eine Zeitung auf, einem entgegen grellen, sondern die Krone sitzt zierlich auf dem vollen Haar. Oben links gibt es einen weißen Löwen, herausgestreckte Zunge, wedelnder Schweif, es sieht aus, als bewege er sich. Ich lecke die Rückseite von englischem Löwen und Königin und klebe die Marken auf.

Dem Vater will ich noch schreiben. Mein alter Vater, über neunzig. Nach dem Tod meiner Mutter lebt er allein in der Wohnung. Ich weiß ihn in Obhut, Schwester und Schwager kümmern sich um ihn, sie wohnen in der Nähe, besuchen ihn jede Woche. Ich sehe meinen Vater mit seinem Greisentrippeln am Neubaublock entlanggehen, auf dessen Stirnwand die Löwen von Peugeot mit aufgerissenen Rachen ihr Kommen ankündigen. Ich sehe ihn mit einem riesigen, für ihn viel zu schweren, für einen Supermarkt gedachten Einkaufswagen, in dem sein Toastbrot und ein Butterstück verloren wirken, durch die Kaufhalle fahren.

Butter *leiste* ich mir jetzt, hat er mir mit verschwörerischem Lächeln zugeflüstert. Und es ist tatsächlich ein Akt der Emanzipation. Als meine Mutter noch lebte, wäre das nicht denkbar gewesen. Auch anderes *leistet* er sich jetzt. Verkündet es mit listiger Miene. Nachmittags Kaffee und Kuchen. Und Fahrten mit der Taxe. Er beginnt ein neues Leben nach dem Tod seiner Frau. Wenn ich ihn besuche, trinken wir abends Sekt. Aufruhr! Am anderen Morgen erkundigt er sich, ob noch ein Fläschchen im Kühlschrank sei. Wir machen – in kleinen Etappen Gänge durch Park und Stadt und speisen abschließend feudal im Ratskeller. Er ist immer heiter, gesprächig, redet von Dingen, die er nie erzählt hat. Ist zu Auskünften bereit – was er vorher nie war. Sein hintergründiges Greisenlächeln. Selbst wenn ich ihn – nach anfänglicher Überwindung – bade und ihm die Nägel schneide, haben wir Spaß. Es ist, als ob wir zu guter Letzt uns doch noch mögen und miteinander auskommen könnten. Mir wird bewußt, lebenslang habe ich mir durch meine Mutter den Blick auf meinen Vater verstellen lassen.

Wohin er mit der Taxe fahre, will er mir nicht sagen. Und ich frage nicht mehr. Erfahre es von den jungen Frauen auf der Friedhofsverwaltung und beim Hörgerätedienst. Er läßt sich zum Friedhof chauffieren, aber niemals besucht er das Grab meiner Mutter. Er trinkt in der Verwaltung bei den Mitarbeiterinnen einen Kaffee. Über eine Stunde sitze er manchmal hier, erzählen sie mir. Gleiches berichten die Frauen vom Hörgerätedienst.

Ich sehe ihn vor mir, sehe, wie er aus seiner Wohnung, sich am Geländer haltend, die Treppe hinabsteigt, im Hausflur mit zittrigen Händen nach dem Schlüsselloch des Briefkastens fingert. Mehrmals am Tag. Auch wenn der Postbote schon längst vorbei ist. Ich nehme alle zehn Ansichtskarten, die ich gekauft habe, beschreibe sie. Ich werde jeden Tag eine Karte in einen der Glasgower Briefkästen werfen, diese Postsäulen, die ich nicht aufhöre, für Hydranten zu halten.

Der Himmel ist zu Tintenbläue übergegangen. Ich knipse die Glühendekohlenszenerie an. Sie wärmt mir den Rükken. Ich nehme ein neues weißes Blatt. Jetzt werde ich dem Leipziger Dichterfreund schreiben, der im Märkischen, in Wiepersdorf, weilt. Er arbeitet dort eine Zeitlang, ein Stipendium lang, an seinem Roman. Ich sehe das Schloß mit dem schönen zweigeteilten Walmdach vor mir. In welchem Zimmer mag er wohnen? Ich sehe das niedrige Dachgaupenstübchen, von dort der Blick auf die Gräber der Arnims. Bettinens weiten Raum, den großen

Malsaal unten, sehe Park und Schloßteich, die flachen breiten Sandsteinstufen, die zum Park führen, der schnell durchmessen ist, die kleine Pforte, die Park und Wald voneinander trennt. Sehe die endlosen schnurgeraden Sandwege, die Wege am Feldrain, zum Moor, zur Wasserheide, die Wege, die ins benachbarte Meinsdorf und Ahlsdorf führen.

Und mit einem Mal sehe ich mich da, vor zehn Jahren, im Herbst, auf diesen Wegen, verheult, jagend, fliehend, mit dem Fahrrad, Wasser stürzt aus den Augen, heulen, heulen, in Tränen zerfließen. Ich hatte mich von dem Mann getrennt, mit dem ich fünf Jahre in Mecklenburg unter einem Dach gelebt hatte. Ich will ihn den Mann von der Nehrung nennen. Ich wußte, ich würde niemals zu ihm zurückgehen. Aber was bedeutete schon *wissen*.

Irrationaler Zustand. Überall nur sah ich ihn auf den Sandwegen. Seine Gestalt, groß, schlank, sein leichtes Hinken von einem Verkehrsunfall, die linke Schulter hochgezogen, ein wenig schief, der Kopf zur Seite. Überall kam er mir entgegen. Ich floh über die Sandwege, Rotz und Wasser, und konnte ihm nicht entrinnen. Einmal, auf einem dieser Wege, war er ganz dicht vor mir, ich sprang vom Fahrrad, riß es herum, trat in die Pedale. Aber er kam von der anderen Seite, war wieder ganz nah, er trug etwas auf den Händen, ich sah es deutlich, ich schrie, glaubte, verrückt zu sein: ein lebendiges pulsierendes Herz auf seiner Handfläche.

Das als Traum, wiederkehrend, bis heute. Und einmal, erinnere ich mich, war ich an der Steinbank im Ahlsdorfer Park. Die in die Bank gemeißelte Inschrift: So *bleiben wir immer einander geneigt eines in des anderen Herzen.* Lüge, ich wußte es. Meine Wut, mein Haß, meine Verzweiflung. Heulen zum Steinerweichen. Umsonst. Ich trommelte mit den Fäusten auf die Bank. Später, als ich erschöpft war, hockte ich mich auf sie, nahm die Inschrift in den Rücken, lehnte mich daran. Sah auf einmal: es war ein schöner Herbsttag. Spürte die warmen Steine. Die Sonne schien weißglänzend und war von schmerzender Helligkeit. In der Ferne standen Pappeln, wuchernder Efeu hatte sie erstickt, die abgestorbenen Äste ragten in den Himmel. Ich hob meinen kleinen Finger, hielt ihn gegen das schmerzende Licht. Ein Rot umfloß den Schatten. Das schien mir tröstend.

Kam ich von meinen Fahrten in das Schloß zurück, verbarg ich mich, des verheulten Gesichtes wegen, hinter der Hecke, bis der Abstellraum für die Fahrräder menschenleer war. Dann wieder Warten und schnell die schmale Treppe hinauf in mein Zimmer mit der Dachgaupe. Das sorgsame Verschließen der Tür, ich drehte den Schlüssel zweimal. Mit beiden Händen schöpfte ich Wasser ins Gesicht. Betrachtete mich im Spiegel.

Und übte.

Ich übte, erinnere ich mich, Schritte. Die Sohlen fest auf dem Boden. Nicht mehr auf Zehenspitzen, wie ich es die Jahre getan hatte, weil jeder Laut den Mann bei der Arbeit störte. Türaufreißen, sein verzerrtes Gesicht: Du trittst zu fest auf. Meine Schritte im Haus ein Trampeln. Ein Trampel.

Ich übte, erinnere ich mich, die Stimme. Auch meine Stimme war zu laut gewesen. Flüstern nur, um ihn nicht zu stören.

Schritte, Stimme, Einatmen, Ausatmen. Es war, als müßte ich jeden Zentimeter meines Körpers zurückgewinnen. Ich übte, übte. Einmal, erinnere ich mich, ließ ich die Badewanne randvoll Wasser laufen, schaltete das Radio ein. Mozart, das vierte Klavierkonzert. Ich stellte es lauter und sprang in die Wanne, das Wasser schwappte auf die Fliesen, ich hörte auf die Töne und spürte, langsam kamen meine Sinne wieder. Ich begann mich wieder zu bewohnen.

Freilich, auch daran entsinne ich mich, ein Telefonanruf des Mannes konnte alles wieder zusammenbrechen lassen. Auch mit meiner Stimme schaffte ich es nicht allein, ein Stimmtherapeut half mir. Meine siebzigjährige Freundin tröstete mich; wenn man einen Liebsten ans Leben verlöre, sagte sie, dauere es doppelt so lange als wenn der Tod ihn nehmen würde. Sie prophezeite Jahre. Sie sollte recht behalten.

Das leere Blatt. Der ungeschriebene Brief nach Wiepersdorf. Ich stehe auf. Die falschen Kohlen im Kamin glühen. Ich knipse sie aus. Schalte auch die Lampe auf dem wackligen Tischchen aus. Ein Moment Finsternis. Dann in den Fensterausschnitten Nachthimmel. Und wie am Rundhorizont eines Planetariums, scharf gegen ihn abgegrenzt, die schwarze Silhouette von Glasgow.

Am Morgen sehe ich, Schnee ist gefallen. Die Gärten gegenüber sind weiß. Auf der Straße aber schimmert das Schwarz des Pflasters schon wieder durch.

An die Arbeit gehen. Leere Blätter. Das wacklige Tischchen. Mir fällt das Wort des Leipziger Dichterfreundes ein, man müsse das Erleben der letzten Jahre erst einmal gründlich vergessen, ehe man es aufschreiben könne.

Die Urnenbeisetzung meiner Mutter im Herbst 1990. Der Totengräber hatte die kleine Erdgrube bereits ausgehoben, hatte die Urne mit dem beschrifteten Schildchen, Vor- und Zuname meiner Mutter, uns nacheinander vor die Augen gehalten, so, als müsse jeder von uns den Namen entziffern und sich von der Richtigkeit überzeugen. Mir schien es unerträglich lang. Dann wandte er sich an meinen Vater, fragte, ob er die Urne öffnen solle. Mein schwerhöriger Vater verstand die Frage nicht. Er wandte sich an uns, ob wir wünschten, daß die Urne geöffnet werden solle. Meine Schwester, die ihm am nächsten stand, wehrte wortlos ab. Mich verfolgte die Frage. Wenige Tage später ging ich zum Friedhof und bat den Friedhofsdirektor um eine Erklärung. Achselzucken. Die Schultern fliegen ruckartig. Nein, ich kann Ihnen nichts anderes sagen, nachdem ich ihn mehrmals eindringlich befrage. Etwas Unprofessionelles, Ratloses erscheint in seinem beamteten Trauergesicht. Ich verstehe es selbst nicht, sagt er. Es ist erst seit der Wende.

Ich nehme meine mitgebrachten Notizen, Entwürfe vor. Was ich lese, ist mir fremd, wie von einer anderen geschrieben, aus einem anderen Leben; eine abgetrennte, bereits stinkende Haut. Ich kann nicht mit dem Kopf durch das tief herabhängende Gewölbe stoßen, wie ich es im Traum vermochte. Die Räume des gewesenen Hier begehen; mit Füßen ohne Zehen, Händen ohne Finger, hautlos, die Nase ein Stumpf, die Augen verstört. In diesem krüppelhaften Zustand kann ich wohl sehen, aber nicht ergründen, es wohl hinschreiben, aber nicht verwandeln. Es ist, als machten die Bilder, die in die Augen fallen, kurz bevor sie auf den Grund des Bewußtseins gelangen, erschrocken halt. Alles Gesehene verfolgt mich.

Ich stehe auf, entschließe mich, ins Stadtzentrum zu fahren. Laufe zur U-Bahn Station Shields Road hinab. In einem gläsernen Autohaus sitzt ein gähnender Verkäufer vor seinem Computer. An der Ampel schiebt sich eine junge Frau durch die Abgase. Verwirrender Linksverkehr, ich warte, bis Grün ist.

Werfe ein Fünfzigpennystück in den Automaten, eine orangegestreifte Strathclyde-Transport-Karte schnellt heraus. Ich stecke sie in den Schlitz der Stahlbarriere. Sie verschwindet, erscheint wieder, läßt mich in die Erde ein. Eine schmale steile Treppe, sie ist der einzige Eingang und zugleich der Ausgang. Die Bahnsteighöhle. Aus den ovalen Erdlöchern kommen die kleinen orangefarbenen Züge. Die Wagen füllen die Erdgänge fast aus, eine Handbreit Abstand nur zwischen ihnen und dem Stollen. Maulwurfsgefühl.

Beim Einsteigen müssen sich große Leute beugen, wenn sich zwei Hünen gegenübersitzen, berühren sich die Knie. Neben mir eine Frau. Rotes Haar wie viele Schottinnen, und feine, durchsichtige Haut, wie ich sie hier oft sehe, fast ein wenig wäßrig, wie zu sehr im Regen gewesen. Im Einkaufskorb der Frau ein Hund mit verbundener Pfote, ein Ohr hängt über den Rand.

Schräg gegenüber ein Herr in feinem Tuch und Banker-Habit. Mit der stabilen Fahrkarte aus Pappe stochert er in den Zähnen. Er sieht, daß ich es sehe, läßt sich nicht stören. Kein anderer nimmt Notiz. In Cowcaddens hat er sein Werk beendet und steigt aus.

An der nächsten Station eine Ansage des Wagenführers, alle müssen den Zug verlassen. Ich habe nicht ganz verstanden, worum es geht. Der Bahnsteig ist voller Menschen. Ich frage die rothaarige Frau mit dem Einkaufskorb. Routine, sagt sie, technische Überprüfung, es dauert nicht lange. Sie erzählt mir die Diagnose des Tierarztes, der Hund hebt kurz den Kopf, schlappt das andere Ohr über den Rand. Nach fünf Minuten geht es weiter.

Am St. Enoch Square musizieren, inmitten von Verkehrslärm, junge Jamaikaner. Sie nutzen das Warten der Eilenden auf Grün an der Ampelkreuzung. Ihr phantastischer Kopfputz: unzählige geflochtene Zöpfe, die sich im Rhythmus ihres Spiels bewegen. Etwas weiter Klassik. Ein älterer Mann mit gestrickten Pulswärmern und pomadisiertem Haar. Aus den schwarzen Boxen zu seinen Füßen kommt die Orchesterbegleitung. Er spielt, über Lautsprecher verstärkt, den Solopart auf seiner Geige. Neben ihm ist das Pflaster aufgerissen, Preßlufthämmer stehen herum. Als die Straßenarbeiter zurückkommen, packt er zusammen, geht davon.

Heftiger Schneeregen setzt wieder ein. Ich überquere, dem Menschenstrom folgend, den St. Enoch Square. In großen Lettern: *St. Enoch Centre.* Ein überdachtes Shopping-Centre. Ich fahre mit dem gläsernen Fahrstuhl bis unter das gläserne Dach. Stahl, Beton, Röhren, Rohre. In allen Stockwerken Geschäfte, Bars, Theken. Ich gehe durch Geschäfte. Von Laden zu Laden überschneidet sich wie von Karussell zu Karussell auf einem Rummelplatz laute Musik.

Ein Schuhgeschäft. Ich sehe auf meine Schuhe hinab, ich trage noch die, die ich mir 1987 gekauft habe. Das Anbieten, Anpreisen, Aufdrängen. Der Überfluß der Waren. Meine beinah physische Kaufabneigung. Ich gehe weiter. Firmenschilder; ich nehme wahr, einige haben sich mir schon eingeprägt. Das Lacoste-Krokodil. Ich entsinne mich, der neueröffnete Laden Unter den Linden, der Pullover, den ich sah. Ich wollte ihn kaufen. Nur das Krokodil störe mich, sagte ich zum Verkäufer. Sein entgeistertes Gesicht. Aber deswegen kaufen es die meisten Leute, sagte er. Die Entgeisterung wechselte auf meine Seite. Aber ich möchte den Pullover. Kann man es nicht abtrennen? In seinen Zügen eine Mischung aus Arroganz und Mitleid. Er klärte mich auf. Die Worte Lebensstil, erobern und Statusreptil kamen vor. Letzteres brachte mich zum Lachen. Das Lacoste-Krokodil habe in Frankreich längst neben dem Centrecourt auch das Straßenbild erobert, sagte er. Und verfehlte den Eindruck, den er sich versprochen hatte. Meine Finger prüften noch immer, ob es abzutrennen sei. Ich sah, er wertete das als Sakrileg. Ich ließ von dem Pullover ab. Als ich ging, öffnete er mir die Tür, verbeugte sich, sein Gesicht drückte Zweifel an meiner Lernfähigkeit aus. Oder jene sympathische alte Dame, die mir in Reutlingen ein Sommerkleid verkaufen wollte. Alles zu bunt. Sie überfiel mich mit den Namen von internationalen Modeschöpfern. Mit den Namen ihrer Kundinnen und aus welchen Kreisen sie kämen. Beides verfing nicht. Wo ich herkäme, fragte sie. Aber da kannte ich die Spielregeln schon und hatte keine Lust, mich als östlicher Spielverderber einordnen zu lassen, aber auch keine, mich an die Regeln zu halten. So ein schlichtes wie sie trüge, sagte ich, würde mir zusagen. Sie lächelte, gab ihre Missionierung auf, wir schieden versöhnt.

Als ich das St. Enoch Centre verlasse, hat der Schneeregen aufgehört. In der Argyle-Street gehen zwei Männer in Schottenröcken vor mir her. Einer trägt ein normales

Jackett, der andere die zum Kilt gehörende kurze Jacke und das Käppchen. Der mit dem Jackett schwenkt eine abgewetzte lederne Aktentasche, in seinem Kniestrumpf, sehe ich, steckt ein Messer. Aus einer Seitenstraße kommt ein alter Mann, mühsam an einem Metallgestell, wie es in Krankenhäusern benutzt wird, sich fortbewegend. Auf seiner Hose große nasse Streifen. Wie auf einem vergessenen Kalenderblatt sind auf seinem Gesicht noch Spuren eines anderen gelebten Lebens zu erkennen. Mir fallen plötzlich die vielen alten, sehr ärmlich gekleideten Menschen auf. Zwei obdachlose Frauen schnüren am Straßenrand ihre Bündel auf, um ihre Habseligkeiten in der Sonne zu trocknen.

Trongate, Tolbooth Steeple am Glasgow Cross, Saltmarket, das alte Glasgow. Dunkelrot und Grün die Farben.

An den Ziegelmauern der alten Bahnbögen ein Schild: Fischhändler. Ein schmaler Schlauch zwischen Mauer und Hauswand. Wucherndes Unkraut aus den Mauerritzen. Gestank nach ranzigem Tran, faulendem Fisch. Holzbottiche mit Fischköpfen, Gräten und Gedärm. Trittsteine für die Käufer. Dann die Fischhalle. Blitzsauber. Überfluß. Farbenprächtige Knurrhähne, Seeskorpione mit gepanzerten Köpfen, am Rücken stachlige Flossenstrahlen. Kleine Sandaale, Hornhechte mit schnabelartigen Mäulern. Zander, Heilbutt, Schellfisch, Heringe, Makrelen, Sardinen, Forellen. Sandfarbene Schollen, orangerot gefleckt, Seezungen mit vom Kopf bis Schwanz gleich breiten Flossensäumen. Riesige Lachse. Ein Dorsch, fast einen Meter lang. Austern, Muscheln, Krebse, Langusten, Langustinen. Es ist voll, und obwohl ich im Wege stehe, störe ich niemanden. Eine ältere Frau wendet sich um, erklärt mir, daß man hier auch Fisch geräuchert kaufe, um ihn in Milch zu kochen. Der singende Tonfall, der Glasgower Dialekt. Ja, sie sei Glasgowerin, Schottin. Die schottischen Hausfrauen würden den frischen Fisch gern filetiert kaufen. Sie weist auf ein hölzernes Vordach, vier junge Frauen, Netze über den Haaren, ihre Finger fliegen, die Arbeitsvorgänge sind nicht zu verfolgen, so schnell geht es. Sie spotten über die Männer. Ein Alter droht ihnen, macht einen Witz, sie kreischen. Ab und an wirft der Fischhändler einer der jungen Frauen einen Fisch zu, den ein Kunde gerade gewählt hat. Trotz der Fülle langes Abwägen, Wählen, Debatte mit dem Händler über den Preis. Alles geht mit Ruhe und Freundlichkeit.

Weiter: Tron-Theater. High Street. Sonne. Die Türen der St. Mungo-Kathedrale stehen offen. Es wird gebaut. Von allen Seiten flutet Licht herein. Der angrenzende Friedhof ist nicht zu besichtigen. Ein Bauwagen vor dem schweren Tor. Das Tor ist nicht ganz geschlossen. Ich schlüpfe hindurch.

Necropolis, die Totenstadt auf einem Hügel mitten in Glasgow. Die Gräber der Kaufleute, Kapitäne, Tabakbarone, Reeder, Tuchfabrikanten, die im 19. Jahrhundert Glasgow reich gemacht haben. Denkmäler ihres Wohlstandes, ihrer Weltreisen. Alle Stile des verlorenen Empire; Gräber mit chinesischen und burmesischen Elementen, in ägyptischem und indischem Stil, mit griechischen Säulen und maurischen Zinnen. Je höher ich den Hügel steige, desto ausladender, monumentaler werden die Grabmäler. Ein riesiges Gelände, bizarre Totenarchitektur. Stelen, Nischen, Schreine, Obelisken, Säulen, Rundtempel. Viktorianisches Grabgepränge. Manche der Grabsäulen sehen wie Schornsteine aus; ich entdecke, näher kommend, daß es tatsächlich Industrieschornsteine sind. Die Totenstadt vermischt sich mit der lebenden. Am Fuße des Hügels breitet sich ein riesiges Werk. Dampfkessel, ein Labyrinth aus Aluminiumrohrleitungen.

Mein Blick auf die Stadt. Klaffende Lücken, ganze Flächen abgerissen, Industrieruinen, dann wieder großzügige Neubauten, Wohnviertel, Lagerhallen. Alles in Glasgow scheint mir schön und häßlich zugleich. Nüchtern und phantastisch. Ich entsinne mich, was der alte Mann mit den zitternden Händen voller Altersflecken mir in der kleinen Kneipe in Pollokshields über Glasgow erzählt hat. Er ist in der Stadt geboren, hat sein ganzes Leben hier verbracht. Vor dem Zweiten Weltkrieg gab es 100000 Werftarbeiter. Jetzt bauen die Japaner die Supertanker und Containerschiffe billiger. Das führte 1971 zu Massenentlassungen, gegen die die Arbeiter mit einer spektakulären Werftbesetzung protestierten. Von den fünf Werften haben zwei überlebt: 15000 Arbeiter sind geblieben. In einem einzigen Jahrzehnt haben in Glasgow 170000 Menschen – Schiffbau und Schwerindustrie zusammengenommen – ihre Arbeitsplätze verloren. Glasgow wurde die Stadt der Depression, der Verschuldung, der traurigen Rekorde von Gewalt und Häßlichkeit, die Stadt mit der höchsten Abwanderungsrate in ganz Großbritannien. Ist es wirklich so, wie der alte Mann gesagt hat, daß die Betrunkenen hier betrunkener, die Fußballfans fanatischer und die Arbeitslosen verzweifelter sind als irgendwo? Zugleich sein Stolz, Glasgower, Schotte zu sein. Was den Schotten alles zu verdanken sei, er hat es aufgezählt: das Telefon, die Logarithmenrechnung, der Asphalt, die wasserdichte Kleidung, das Penicillin, die Marktwirtschaft des Adam Smith, die Dampfmaschine des James Watt.

Später in einer Straße; Häuser stehen leer, Geschäfte sind mit Wellblech versperrt, Türen und Fenster mit Brettern vernagelt, die Wände zugerichtet wie Bahnhofstoiletten. Zwanzig Meter weiter sanierte Häuser, eine exklusive Kunstgalerie, ein Juwelierladen. Eine Gaststätte. hohe Räume, Kronleuchter, weiße Tischtücher; ich zögere, als ich die Tür öffne, limonadenhafte Teemusik. Etwas weiter ein Pub. Grüne Tapeten, auf denen braunrote Muster wie Wölkchen schwimmen. Fast alle Tische sind besetzt. Der Kellner läßt auf dem Tablett den Kaffee aus den Tassen schwappen, empfiehlt mir mit freundlicher Geste Cock-a-leeckie, eine Hühnersuppe mit Lauch. Sie schmeckt, wie alle Suppen in Schottland, vorzüglich. Der Blickkontakt, der sofort zu Gesprächen führt, auch über die Tische hinweg.

Auf dem Heimweg: von Schnee keine Spur mehr. Die Sonne scheint noch immer. Kleine Kamelwolken ziehen über einen wüstensandgelben Himmel.

Zeitungen. Fernsehen.

Unruhiger Schlaf. Das Ticken des Zählers.

Traum. Mit mehreren Frauen, darunter eine, die ein nach muslimischer Sitte geschlungenes Kopftuch trägt, kauere ich in einer fensterlosen Lehmbehausung. Die Frau mit dem Kopftuch betet. Wir sind auf der Flucht. Aus einer

Ebene, auf die wir von der Lehmhütte blicken, kommen drei zivile Personen, eine mit weißem Arztkittel. Als sie eintreten, begreife ich, wir sind in einem Gefangenenlager. Die Männer sagen freundlich, alles sei in Ordnung. Bei so wenigen Frauen sei das kein Wunder. Morgen würden hier eintausenddreihundert untergebracht. Wir sagen, daß dies unmöglich sei. Der mit dem weißen Arztkittel, mit Brille, sehr intellektuell, entgegnet auf deutsch, ihr habt tatsächlich keine Ahnung, was *möglich* ist, was euch hier *blüht,* er wendet sich zu mir, wiederholt, daß ich keine Ahnung hätte, was mir hier *blühe,* plötzlich sehe ich, er ist bewaffnet, hebt eine Spritze und zielt, schießt eine Flüssigkeit auf mich, die meinen Körper vereisen läßt, ich will schreien, spüre, meine Stimme ist gelähmt, fühle, wie meine Glieder absterben, meine Wahrnehmungsfähigkeit aber bleibt.

Am Morgen hocke ich untätig herum, ziehe aus dem Zeitungsstapel eine Seite mit einem Foto von Hannah Arendt. Von 1929. Sie ist mit ihrem ersten Mann Günther Anders darauf. In einem Artikel über ihn lese ich seine Fabel »Der Blick vom Turm«. Eine Frau auf einem Turm sieht von oben, wie unten, winzig klein, ihr Sohn von einem spielzeuggroßen Lastwagen überfahren wird, sie ruft: »Ich geh' nicht hinunter! Unten wäre ich verzweifelt!«

Zögernd sich öffnender Himmel.

Versuch zu arbeiten. Nur Worte. Worte, die einander nicht mögen, nicht zu Sätzen werden, keine Gemeinschaft bilden.

Zwei Anrufe. Fiona aus Edinburgh. Sie hat noch ihre beiden Lehraufträge, den an der Musikschule und den an der Universität. Und die Wohnung? Fast fertig, sagt sie. Lädt mich ein. Der zweite Anruf von einer unbekannten Frau. Ihr Thema sei meinem ähnlich, nicht Schwestern, Ehefrauen berühmter Männer, sie habe über die von Charles Dickens und David Herbert Lawrence promoviert. Von der Strathclyde-Universität habe sie erfahren, daß ich in Schottland sei. Ob wir uns treffen könnten? Sie wohne in Stirling, es sei nicht weit, sie würde mich gern zu sich einladen. Meine Abneigung gegen literaturwissenschaftliche Dispute. Aber da ist die Stimme der Frau. Die mir die Art, wie sie sich bewegt, wie ihre Körpersprache sein muß, vor Augen bringt. Sie kann nicht mehr ganz jung sein. Ethnologin und Soziologin sei sie eigentlich von Beruf, sagt sie, alles, was sie wisse und könne, habe sie von den nordamerikanischen Indianern gelernt, unter ihnen habe sie zehn Jahre gelebt. Meine Neugier ist geweckt.

Am Nachmittag ein Empfang in der Universität. Er ist für mich. Anthonys Werk. Der Direktor des Goethe-Institutes hat seine schöne kleine koreanische Gefährtin geheiratet. Wir erinnern uns an die Regenfahrt im Vorjahr zum Loch Lomond. In der hintersten Ecke des Raumes steht eine junge Frau, Jeans, kurzer Haarschnitt. Aus den Augenwinkeln, sehe ich, beobachtet sie alles. Erst ganz zum Schluß wechseln wir einige Worte. Sie sei Schottin, sagt sie, sie würde mir gern etwas von Schottland zeigen. Gibt mir ihre Visitenkarte.

In Srebrenica flieht die muslimische Bevölkerung unter chaotischen Umständen. Beim Sturm auf die Lastwagen der Vereinten Nationen, mit denen Flüchtlinge nach Tuzla gebracht werden, gibt es unter Alten und Kindern Tote.

Anthony ist am Telefon. Er habe sich für morgen von der Universität freigenommen, er wolle mit mir nach Kilmartin an die Westküste fahren.

Unruhiger Schlaf.

Als ich aufwache, erlebe ich das gleiche Schauspiel wie am ersten Tag, nur das Tempo ist schneller. Sonne, schwarze Wolken, schwefelgelbe Streifen.

Ich gehe in die Küche. Ich friere. Ich koche, wie jeden Morgen, Haferbrei, brühe den schwarzen Tee. Krieche ins Bett zurück. Der heiße Porridge in meinem Magen. Ich verstehe, warum die Schotten diese wärmende Nahrung für den Morgen wählen. Schluckweise den Earl Grey.

Das Telefon schrillt. Ich steige aus dem dunklen Kasten mit den Kugeln an Kopf- und Fußende. Es sei fürchterliches Wetter, sagt Anthony, und der Wetterbericht katastrophal. Ehe ich erwidern kann, laß uns trotzdem fahren, höre ich seine Stimme: Ich glaube, wir wagen es.

Wir lassen Glasgow hinter uns. Zur Rechten der dunkelgrüne Loch Lomond, Ben Lomond liegt in den Wolken. Auf meinen Knien die Lindkarte und das kleine gälische Wörterbuch. In vielen der topographischen Bezeichnungen hat sich die gälische Sprache erhalten. *Ben* bedeutet Berg, *loch* ist der See, *glen* das Tal, *tarbet* die Landenge, *dun* der Hügel, die Festung, *kyle* der Meeresarm, *lairg* der Abhang, *ness* das Vorland, das Kap, die Nase, *inver* die Flußmündung, *aber* der Zusammenfluß.

Wir biegen in Richtung Fort William ab. Halten in Arrochar an einem Take-away für Fernfahrer. Aus den beiden Spielautomaten im Windfang kommen Schüsse und das Bremsenkreischen eines simulierten Verkehrsunfalls. Es riecht nach Fisch und ranzigem Öl. Wir bestellen Kaffee. Treten, die heißen Pappbecher mit beiden Händen umschließend, in den Wind, er peitscht Muster in die Wasserpfützen vor uns. Ein Fernfahrer mit tätowierten Unterarmen macht eine Geste, wir sollen in den Windfang zurückkommen. Aber wir werfen die Pappbecher in die Mülltonne, heben die Hand, verabschieden uns.

Hinter Arrochar führt die Straße aufwärts.

Ich will es nicht glauben: mit Schnee bedeckte Berge zu beiden Seiten. Ein gleichmäßig blasser Himmel darüber.

In unserer Augenhöhe dagegen blühen Ginsterbüsche, leuchtend gelb gegen das Weiß. Die kurvenreiche Straße gibt immer neue Ausblicke frei. Kein Auto kommt uns entgegen. Keines überholt uns. Wir sind allein. Die schneebedeckten Berge, sie steigen, steigen. Diese Einsamkeit ohne Überfluß.

Anthony sagt, das sei die Paßstraße von Arrochar nach Inveraray, genannt Arrochar Alps, und die Paßhöhe trüge den Namen *Rest and Be Thankful* und zwischen Berggipfeln und Meeresspiegel lägen dreitausend Fuß.

Erstmals seit langer Zeit fühle ich, etwas strömt in mich zurück, es ist, als ob das Krüppelhafte in Bewegung geriete, ich mich langsam wieder zusammensetzen würde, die Verfolgung durch das Gesehene abbräche, fremd gewordene Fähigkeiten, für die ich keine Verwendung mehr hatte, zurückkehren – die Sinne wieder Botschaften empfangen, die Bilder wieder den Grund des Bewußtseins erreichen können.

Wir haben den Paß überquert, verlassen ihn, die Straße führt wieder zum Wasser hinunter, zu dem zum Meer hin offenen Loch Fyne. Es beginnt zu schneien. Anthony erzählt von Austernbänken, die es hier gibt. Schemen nur im Schneetreiben.

Wir erreichen Inveraray. Halten. Anthony sagt, das ist der Hafen. Es ist nichts zu sehen. Nur ein dichter Vorhang aus Schnee und die Bewegung des Vorhangs. Der Wind drückt Wellen in ihn, wedelt, schlägt ihn, die Richtung wechselnd, von einer zur anderen Seite. Wir fahren durch die Stadt, die Straßen sind menschenleer. Wir sehen kleine Häuser, die wie Puppenhäuser in gleicher Höhe aneinandergereiht stehen, sie scheinen mit Schneefarbe getüncht.

Weiter bis Lochgilphead. Etwa neun Meilen hinter der Stadt kommen wir in eine Ebene, der Schneevorhang ist schon durchsichtig. Anthony biegt in einen Weg ein, er führt durch ein Moor. Am Ende des Weges halten wir. Ziehen die Stiefel an, Nehmen die Regenumhänge. Ein Hügel, Anthony steigt vor mir hinauf.

Der schottische Himmel ist über uns, der Gefährte, Geselle; ich sehe, meine Wahl war nicht schlecht. Der Himmel rollt die Schneetücher ein, klumpt sie zu großen Wolkenballen, zieht sie mit langen Armen hinweg. Läßt Blau hindurch. Und als wir oben ankommen, liegt Sonne über der Ebene. Und vor uns ist das Meer in einem Türkisblau, und die Insel Jura sehen wir lichtüberflutet in der Ferne. Ich hatte gedacht, nach den schneebedeckten Bergen könne nichts mehr kommen.

Das sei nur die Zugabe, sagt Anthony und weist auf Mauerreste vor uns und einen großen flachen Stein. Die Umrisse eines wilden Ebers lassen sich darauf erkennen. Und Schriftzeichen der ältesten gälischen Schrift, der Ogham-Sprache, die noch nicht entschlüsselt ist. Wir sind auf Dunadd Fort, hier sei die einstige alte Königsstadt der Skoten von Dalriada gewesen, es sei einer der geheimnisvollen Entstehungsorte schottischer Geschichte.

Die Insel Jura ist noch immer lichtüberflutet. George Orwell hat hier nach dem Ende des Zweiten Weltkrieges seinen Roman »1984« geschrieben. 1948 kam er, schon tuberkulosekrank, auf die Insel, lebte, völlig zurückgezogen, unter spartanischen Bedingungen, ohne Strom, fließendes Wasser, der nächste Lebensmittelladen 66 Meilen entfernt. Kein Arzt war in der Nähe. Er schrieb und schrieb. Ende neunundvierzig erschien das Buch in London, im Januar 1950 starb Orwell. Er war siebenundvierzig.

Wir steigen wieder hinab. Verlassen Türkisblau und flutendes Licht.

Später sind wir in einer anderen Ebene. Anthony nennt sie eine rituelle Landschaft; überall in diesem Gebiet seien Menhirkreise und Begräbnisstätten aus der Jungsteinzeit und der Bronzezeit.

Temple Wood – der erste Menhirkreis. Steine, Felsbrocken, Blöcke vertikal in die Erde gepflanzt, sich nach oben verjüngend. In kreisförmiger Setzung angeordnet. Wir gehen umher, berühren die nassen bräunlichrot schimmernden Steine, gehen im Kreis. Zweiundzwanzig Steine. Daneben ein nächster, unvollständiger Kreis.

Menschen haben die Steine aufgerichtet. Wozu? Waren es Opferpfähle, an denen Schädel von Menschen- oder Tieropfern befestigt waren? Steine, an denen Totenrituale vollzogen wurden? Die mit Sonnenkult und Himmelsbeobachtung zu tun hatten? Steine als Maß zur Berechnung von Raum und Zeit? Geometrisch begriffene Figuren innerhalb unbegreifbarer Kräfte ringsum? Dreitausend bis eintausend zweihundert vor der Zeitenwende, sagt Anthony; der Zeitabstand ist mir nicht vorstellbar. Die Kelten, erste Nachweise ihrer Existenz um 500 vor Christi Geburt, fanden also die Steine bereits vor.

Überliefert sei, sagt Anthony, daß die Kelten an den Steingruppierungen Sonnen- und Mondstellung ablesen konnten, die Kreise astronomisch-kosmische Bedeutung für sie hatten und der Stein in besonderen Augenblicken des Jahres das Licht der Sonne abzuschirmen hatte, damit die Druiden, die Priester der Kelten, im Schatten der Steine die Wirksamkeit der Sonne für Landbau, Seefahrt und das Leben bestimmen konnten.

Verschlossene Welt.

Wir laufen weiter, klettern über Schafmauern und Zäune, durchwaten nasse Felder, balancieren auf Grasbüscheln. Einzelne aufrecht stehende Steine. Der Blick in die Ebene bis zum Talschluß. Steine und Begräbnishügel, erkennbar in der Linie Süd-Südwest und Nord-Nordwest angelegt. Eine der cairns, der Begräbnisstätten, Nether Largie North, wollen wir von innen sehen. Wir gehen wieder zurück über Grasbüschel, Felder, Mauern und Zäune, fahren ein Stück mit dem Auto, laufen wieder.

Wolken hasten nach Nord. Genau über uns eine fast schwarze. Sie öffnet sich, schüttet Hagel aus. Wir sind beim cairn angelangt, steigen schnell die Treppe zur Begräbnisstätte hinab, die Hagelkörner springen über die steinernen Stufen hinter uns her. Im Inneren der Grabkammer Steine. Einer, er sei der berühmteste, sagt Anthony, hat zehn axes, Mittellinien und vierzig maks, eine Art kreisförmiger Vertiefungen. Was sie bedeuten? Man weiß es nicht. Totenkalender, Ahnentafeln, andere Zeichen? Anthony, der sich damit befaßt hat, erklärt mir alle Vermutungen. Es sind nur Vermutungen.

Die Hagelkörner springen noch immer die Treppenstufen herab. Wir warten. Bis die Wolke ihre Arbeit getan hat oder sich zum Weiterziehen entschließt. Der Hagel hört auf. Wir laufen im Sonnenschein durch Wasserlachen zum Auto zurück.

Am Talende liegt das Dorf Kilmartin. Die Kirche auf dem Hügel, der angrenzende Friedhof. Keltische Steinmetzkunst, 14. bis 16. Jahrhundert. Bemooste und von Flechten überwachsene Steine. Im Inneren der Kirche ein keltisches Hochkreuz aus dem 9. Jahrhundert mit dem Schlangenmotiv, das die Erdenergien darstellt.

Aus der winzigen Schule kommt ein Chor von Stimmen, bricht ab, setzt wieder ein. Die weiße Herberge des Dorfes steht an den Berg gelehnt. Wir gehen hinein, trinken Tee und essen frischgebackene scones, eine Art halbsüßer Milchbrötchen. Das Sonnenlicht fällt wärmend durch die Scheiben auf Hände und Gesicht. Wir sprechen über das Gesehene, und je länger wir sprechen, desto rätselhafter scheint es.

Auf der Rückfahrt kommt mir mein Vertrauen in Steine und Bäume in den Sinn. Seit der Kindheit. Und mir fallen die beiden Steinkreise in Mecklenburg ein, die ersten und einzigen, die ich vor Schottland gesehen habe. Steintänze nannten wir sie, neun Steine im Buchenwald und der größere Steintanz auf offener Fläche. Der Mann von der Nehrung hat sie mir gezeigt, wir haben sie oft besucht, es waren immer glückliche Momente, wenn wir dort waren. Es war für uns der Ort, an dem in vorchristlicher Zeit die Liebesfeste gefeiert wurden, an dem die Menschen aus Anlässen wie Geburt und Tod, Saat und Ernte zusammenkamen.

Die Sonne ist untergegangen, es wird Abend, wir durchfahren die Ebene in Argyll, und die einzelnen Steine vom Morgen auf dem Feld sehen aus wie männliche Gestalten.

Wir haben das Gespür für die Erde verloren. Und nicht erst die moderne Industriegesellschaft ist daran schuld, die Christianisierung hat uns von der Erde getrennt, abgeschnitten, der Natur entfremdet. Päpstliche Edikte verlangten die Beseitigung von Steinsetzungen, das Beten an Quellen wurde mit dem Tode bedroht, heilige Berge wurden entweder zu christlichen Kirchen oder Kapellen umfunktioniert oder als Ort böser Geister verschrien.

Wir erreichen Lochgilphead. Dann Inveraray. Die wie mit Schneefarbe getüncht scheinenden kleinen Häuser vom Morgen sind tatsächlich weiß. Und im Hafen schlägt das Wasser an die Mauer, es ist Flut. Wir fahren die Paßstraße, erreichen die Paßhöhe.

Schweigen. Atem anhalten. Alle meine Sinne sind angespannt.

Als wir nach Arrochar hinunterkommen, ist es dunkel. Wir essen heißen fish & chips.

Spät bin ich in meiner Wohnung im Southerland Court. Ich koche Pfefferminztee, betrinke mich mit Pfefferminztee. Bin trunken. Dieser Tag!

Ich werfe die Glühendekohlenszenerie an. Das leere weiße Blatt. Ich schreibe nach Wiepersdorf. Schreibe von Bergen, Meer, Steinen, Gräbern, von über Stufen springenden Hagelkörnern. Schreibe von ziehenden, schüttenden, sich ballenden Wolken, vom schottischen Himmel, meinem Gefährten. Und – falls der Dichter an und ab von seiner Arbeit aufblicke und zum Fenster sähe – daß es sein könnte, daß ich gelegentlich als kleine Wolke vorüberziehen würde. Die Worte überschlagen sich, die Sätze finden kein Ende. Klammern, Gedankenstriche, Kommas, Semikolon, es stürzt aufs Papier, ich verliere den Satzanfang, ehe ich zum Ende komme. Ich lese den Brief nicht durch, ich würde ihn sonst nicht absenden, ich stopfe ihn in ein Kuvert. Das Kuvert hat einen dicken Bauch und braucht zwei Königinnen.

An den folgenden Tagen Seminare mit den Studenten. Wieder Goethes »Werther«. Werthers Selbstmord. Gesichter von Freunden vor mir, die sich in den vergangenen Jahren umgebracht haben; Zwanzigjährige, Fünfundzwanzigjährige. Bei den meisten Studenten völliges Unverständnis für Werthers Tat, Ablehnung. Zwei stumpfe, kälbchenähnliche Studentinnen, sie gehören zu jenen, die Schottland verlassen wollen. Ironie. Die Nähe zu den *glücklichen Geschöpfen,* denen Werther entflieht. *Biskuit* und *Birkenreiser* reichen. Sie werden heiraten, werden ihre Kinder *wie Puppen herumschleppen, aus- und anziehen.* Wie kann ich so vermessen sein in meinen Gedanken über sie? Ich sehe sie an, wie sie da vor mir sitzen. Den inneren Aufruhr, wer von ihnen wird ihn erleben, wird innehalten, wer wird, wenn er die Wirklichkeit zu fassen sucht, die Fäuste ballen? Ich bin mir bei einigen sicher, bei anderen, denke ich, geschieht es vielleicht nie, oder es geschieht mit dreißig. Ob Selbstmord nicht auch ein Bekenntnis zum Leben sein kann, ein Nichtaufgebenwollen von Ansprüchen?

Zwei Tage später sind zwei Zettel in einem geschlossenen Kuvert in meinem Fach im Sekretariat. Ein Student und eine Studentin haben ihre Gedanken aufgeschrieben. Ich passe sie in der Universität ab, lade sie in ein Cafe ein. Ein langes, gutes Gespräch.

Anruf von Fiona. Sie habe heute am Abend Gäste, ob ich kommen wolle. Ja, gern, sage ich, sage es viel zu schnell.

Das zweihundert Jahre alte Mietshaus, in dem Fiona in Edinburgh wohnt. Der runde Treppenturm. Beim Hinaufsteigen berühre ich die steinernen Mauern. Alles in ihrer Wohnung hat Fiona in den ursprünglichen Zustand versetzt. Wände wieder freigelegt, Farb- und Tapetenschichten von mehreren Generationen entfernt. Die nackten Wände atmen, das Farbenspiel auf ihnen. Die alten Feuerplätze, die zum Teil vermauert oder mit Brettern zugenagelt waren, sie hat sie wieder geöffnet. Die kostspielige Reparatur der Abzüge der Schornsteine auf sich genommen. Ansonsten hat sie alles allein gemacht. Ich erinnere mich an 1987, sie hatte die Wohnung gerade gekauft, fing an. Fußboden, Fenster, Wände. In allen drei Räumen je nach der früheren Sinngebung die verschiedenen Kamine. Was für eine Arbeit! Ein enormer Kraftaufwand. Fiona ist eine starke Frau. Alles hat sie neben ihrer Tätigkeit in Musikschule und Universität geschafft. Und zudem ist sie im Bläserquartett, gibt öffentlich Konzerte, sie spielt das Waldhorn.

Fionas Freunde. Aus unterschiedlichen Berufen. Und Universitätskollegen, meist von anderen Fakultäten, der mathematischen, der naturwissenschaftlichen. Die Rede ist von Hartflügelkäfern, Bergwanderungen, vom sozialen Abbau an der Universität. Ergebnis der Thatcher-Ära. Warum so lange warten, worauf überhaupt warten, sagt einer. Der Instinkt des Lebens schlägt um sich, ein anderer, der sein leeres Weinglas dreht. Ein untersetzter Ire, rothaarig, sympathisch. Edward ist der einzige, den ich vom Vorjahr kenne. Er hat den gleichen grauen Anzug an wie damals. Und als einziger unter den Gästen trägt er eine Krawatte. Er arbeitet bei der größten Bank in Glasgow. Im Vorjahr, entsinne ich mich, war er mit seiner jungen Frau da, einem fragilen Persönchen, auf dessen Gesicht die Wimpern lange Schatten warfen. Edward überschüttete sie mit Zärtlichkeit. Sie tat ein gleiches. Ihr Glück war offenkundig, steckte an, breitete sich aus, lagerte in Fionas Wohnung, bestimmte die Atmosphäre des Abends. Ich frage Edward nach seiner Frau. Sie hat Kohlen im Leib, sagt er. Schweigt. Sein Gesicht, sehe ich, versteinert. Fiona ruft zum Essen, er steht als erster hastig auf. Später, in der Küche, sagt Fiona mir, seine Frau habe ihn verlassen, es sei für ihn eine Katastrophe.

Ich werde nach der deutsch-deutschen Situation gefragt, weiche aus, bin der Wiederholungen überdrüssig. Sehe auf das noch immer sich drehende Glas in der Hand des Iren.

Anstrengung, sich für längere Zeit in der fremden Sprache zu bewegen. Im großen Zimmer der Feuerplatz.

Das Kohlenfeuer brennt. Als der Platz am Kamin frei wird, setze ich mich dorthin.

Die Flammen. Der Traum in der letzten Nacht zu Hause vor dem Abflug. Der Hörsaal, der in Flammen aufging. Der Mann mit dem roten Schlapphut, dem gelben Hemd. Auf einmal weiß ich, wo er her ist, wo ich ihn gesehen habe, auf dem Gemälde »Allegorie« von El Greco. In Edinburgh hängt es in der Nationalgalerie. Dieses rätselhafte Bild über Geheimnis, Verführung, Macht des Feuers. Und die Glatze des Mannes? Auch sie erkenne ich auf einmal.

Das erste Feuer meiner Kindheit. Der Herd in der Wohnung ein Stockwerk über uns. Ein altes Ehepaar wohnte dort. Vier Zimmer hatten sie, die nie benutzt wurden, alles geschah in der Küche. Die Frau saß klein und dürr, immer in der gleichen Haltung, dieselbe Schürze umgebunden, am Tisch oder hantierte in der Küche. Er, ein Mann mit massigem vorgewölbtem Leib und Glatze, stand am Herd, spaltete mit einer Axt Holzscheite, strahlenförmig; so dünn, daß sie wie chinesische Fächer wirkten. Im Korb neben dem Herd lagen Holzkloben, die er zum Wochenende im Rucksack aus Weingarten, dem Dorf, aus dem er stammte und in dem er noch in der Landwirtschaft half, mitbrachte.

Immer war er es, der das Feuer versorgte, Scheite nachlegte. Ich neben ihm. Und wenn genug Glut war und das Feuer ruhig brannte, dann nahm er seinen Platz ein. Er legte sich auf das alte Küchensofa mit der löwenfellähnlichen Decke, in die tiefe Kuhle; sein Gewicht hatte die Sprungfedern platzen lassen. Ich neben ihm, an ihm, sein Leib war warm, roch nach Feuer. Erzähl! Und er erzählte. Von seinen weiten Reisen in ferne Länder. Japan und China. Die kleinen geschnürten Füße der Japanerinnen. Und auf dem Schiff das Äffchen. Das possierliche Äffchen, das jeden Tag mit neuen Streichen und Überraschungen aufwartete, alle amüsierte, in gute Laune versetzte. Während der langen Schiffsreise ging es ihm niemals von der Seite. Eines Tages aber, keiner wußte, wie das geschehen konnte, stürzte es vom Deck ins Meer. Jämmerlich schrie es in den Wellen, alle Rettungsversuche waren vergebens, es ertrank. Diese Geschichte wollte ich immer wieder hören. Und andere auch. Und er erzählte. Niemals aber erzählte er – und ich habe als Kind auch niemals danach gefragt – vom Anlaß seiner Reise. Heute weiß ich es: Er gehörte als Zwanzigjähriger zu den deutschen Soldaten, die 1901 an der grausamen Niederschlagung des Boxeraufstandes im Norden Chinas beteiligt gewesen waren.

Das Feuer knisterte im Herd. Und wenn Stromsperre war, und es war meist Stromsperre, bettelte ich, den innersten Herdring, diese kleine Rundung mit der Vertiefung für den Feuerhaken, zu entfernen. Das Sofa knarrte, ich rollte in die Kuhle, dann war der warme Leib wieder neben mir.

Und aus dem kleinen Loch in der Herdplatte züngelten Flammen. Sie glichen denen, die die dünnen, wendigen Wesen in meinem Bilderbuch auf dem Kopf trugen. Die Irrlichter, die über die Moore geisterten und den Guten den Weg wiesen und die Bösen im Zickzack und in Kreisen mit den Flammenmützen in die Irre lockten, bis sie im Moor versanken.

Die Flammen im Herd erfüllten die Küche mit beweglichen Schatten. Und wir spielten ein neues Spiel, das Schattenspiel der Finger. Der massige Leib war der Berg, und unsere Hände kamen von beiden Seiten. Ein unendliches Spiel. Und manchmal durfte ich auf die Glatze mit einem Holzspan, den ich in Ruß tauchte, malen, und er besah es sich im Spiegel.

Dann gab es ihn nicht mehr. Beim Birnenpflücken in seinem Dorf hatte er einen Herzanfall bekommen, war tot vom Baum gefallen. Ich konnte es nicht begreifen, bis in den Winter hinein lief ich jeden Samstag mittag zur Haltestelle, wo der Autobus aus Weingarten ankam; er mußte wie früher aus ihm aussteigen, aber niemals stieg er aus.

Ich saß allein in unserer Wohnung, spielte mit meinen Fingern. Berg und Feuer fehlten. Trostlos.

Edward nimmt mich in seinem Auto mit nach Glasgow zurück. Die nächtliche Autobahn ist leer. Wir brauchen kaum eine Stunde von Edinburgh nach Glasgow. Wie willst du leben, frage ich. Als Stein unter Steinen, antwortet er.

Zum Wochenende besuche ich die unbekannte Frau. Sie steht in Stirling am Bahnhof. Klein, zart, schön; sie hebt die Hände, bewegt den Körper beim Sprechen. Genauso wie ich sie mir vorgestellt habe. Ich schätze, sie ist ungefähr sechzig. Susan heißt sie. Ich bin überrascht, sie ist Deutsche. Ihr Mann ist Schotte. Er sitzt im Auto, streckt mir die Hand entgegen. David, sagt er. Zu Hause erwartet uns ein Freund der beiden, John, ein Engländer. Der Tisch ist gedeckt. David brät Omeletts mit viel Knoblauch und Liebstöckel. Stirling habe eine Arbeitslosenquote von dreizehn Prozent, sagt John. Er sei auch lange arbeitslos gewesen und jetzt freiberuflich als Lehrer, Sozialarbeiter, Stadtführer tätig. Wir sprechen nur englisch. John bringt mir die Worte *amazing* und *delicious* bei, für den mit Apfelholz geräucherten schottischen Cheddar, den David anpreist, für den schweren kalifornischen Rotwein, den wir trinken. Johns ausladende Gesten. Sein Lachen. Möchten Sie, fragt er mich nach dem Essen, die Stadt sehen? Ich möchte.

Stirling, die Hochlandpforte, genannt das Herz Schottlands. John eilt über eine Anhöhe, die Stadt breitet sich in der Ebene. Auf einem Bergsporn das gewaltige Stirling Castle. Theodor Fontane hat hier einen Sonnenuntergang über den Hochlandbergen erlebt und im Schloßhof die Abendmusik des Pfeiferkorps eines Hochlandregimentes gehört und berichtet, *an keiner anderen Stelle der Welt* habe er sich *von dem Hauch,* von *den weichen Händen der Romantik so direkt umschmeichelt gefühlt wie auf jenen Mauerresten von Stirling Castle, von dem aus man das Schönheitspanorama des schottischen Hoch- und Niederlandes zugleich überblickt* ... Und das Ackerland sieht er als *phantastischen Teppich, der alle Linien zu verspotten scheint und doch die Linie der Schönheit trifft ... welcher Garten, welche paradiesische Stille ...*

Uns, die wir da laufen, umgibt das Gedröhn der Autobahn. Der Schall scheint sich zu vervielfachen. Reißt nicht ab. Nervenzehrend, Tag und Nacht, sagt John.

Ob ich Stirling Castle anschauen wolle? Nein, düstere Schlösser, Machtzentren locken mich nicht. John scheint aufzuatmen. Nur eines möchte ich sehen: Das kreisrunde Loch in der Mauer, von dem ich gelesen habe. Als Durchguck für einen Erwachsenen ist es zu niedrig. Für ein Kanonenrohr? Es ist in Augenhöhe eines Kindes. Von hier soll Maria Stuart, Mary Queen of Scots, die mit neun Monaten in Holy Rude in Stirling zur Königin gesalbt wurde und eine Zeit ihrer Kindheit im Stirling Castle verbracht hat, in die Ebene gesehen haben. Maria Stuart, als sie sechs ist, wird sie nach. Frankreich gebracht, dort mit vierzehn verheiratet, mit achtzehn kommt sie als Witwe nach Schottland zurück. Ihr erbitterter Gegner ist John Knox, der die Reformation in Schottland einführt. Acht Jahre regiert Maria Stuart. Mit sechsundzwanzig wird sie zu Gunsten ihres erst einjährigen Sohnes zur Abdankung gezwungen. Muß aus Schottland fliehen. Zwanzig Jahre Gefangenschaft, Schutzhaft in England, dann wird sie als Thronrivalin zum Tode verurteilt. Ich sehe ihn vor mir, den kindlichen Hals in der kreisrunden Öffnung. Und den Hals Jahrzehnte später auf dem Richtblock in Schloß Fotheringhay, wo die Tudorsche Elisabeth Maria Stuart enthaupten ließ.

Später fragt mich John, ob ich noch etwas Außerordentliches – ich lerne das Wort *extraardinary* – sehen möchte. Wir gehen zum unterhalb des Castles gelegenen Friedhof. Unter vielen Grabsteinen, die er mir zeigt, ist es der eine. Nicht der Stein selbst, sondern der Sockel. John zieht mich in die Hocke. Seitlich aus dem Sockel ragt eine kleine Hand. An der einen Schmalseite deutet sich eine Schädeldecke an. Und an der gegenüberliegenden Schmalseite kommen aus dem Stein zwei Füße; nackt, gestreckt, arglos und tapfer wie die Füße des Barlachschen Engels im Güstrower Dom.

Von der Mauereinfriedung, an der Weißdorn wächst, blicken wir in die weite Ebene. Theodor Fontane hat von hier aus vierzehn Schlachtfelder gezählt. Zwei Schlachtfelder, sagt John, müsse man sich merken. Ausholende Geste. Bannockburn bei Stirling. Unter Robert the Bruce kämpften hier im Juni 1314 die Schotten gegen die Engländer. Sie gewannen gegen ein zahlenmäßig stark überlegenes englisches Heer. Es ist die einzige bedeutende Schlacht, die die Schotten gegen die Engländer siegreich beenden konnten. Bannockburn sicherte für lange Zeit die schottische Unabhängigkeit. Das andere Schlachtfeld ist Culloden im Hochland in der Nähe von Inverness. Der schwarze Tag der Schotten. 16. April 1746. Ihre bittere Niederlage gegen die Engländer. Die Niederlage in Culloden war das Ende aller Hoffnungen auf ein unabhängiges Schottland.

Auf dem Weg in die Stadt hinunter deklamiert John deutsch eine Zeile von Robert Burns über Culloden: *Drumossie-Moor, Drumossie-Tag, / O bitterer Tag, o blutges Moor.*

Am Abend – David hat sich zurückgezogen – mit Susan in der Küche. Wir machen es uns bequem. Die Beine hoch. Zwei Kerzen blaken in Leuchtern. Mühelos ziehen wir gemeinsam einen langen Faden Gespräch aus der Dämmerung.

Susans Art, ihren Körper beim Sprechen einzusetzen. Sie erzählt von ihrer ersten Ehe, ein großes Haus, mehrmals folgt sie ihrem Mann ins Ausland. Zwei Söhne. Die Scheidung, die von ihr ausgeht. Das späte Studium. Als Ethnologin dann in Nordamerika. Mit David, ihrem zweiten Mann, in Stirling. Keine Stelle. Eine zweite Promotion. Für sich selbst sozusagen. Noch immer keine

Stelle. Eine schwere Krankheit seit Jahren, so daß sie keinen Beruf ausüben kann. Und doch ihre Energie, ihr Wollen, ihre Neugier, ihr scharfer Geist. Susan bewegt sich in der englischen Literatur ebenso wie in der deutschen, weiß über die ostdeutsche, vor allem die der Frauen, erstaunlich gut Bescheid. Der Gleichklang, den sie zu ihren Wünschen entdeckt. So wird es nicht bleiben, sage ich, der Geist der Gleichheit, soweit er vorhanden war, soll in die Flaschen zurückgekorkt werden. Sie will wissen, wie die Frauen gelebt haben, wie sie ihre Energien zu bündeln wußten, was mit dem utopischen Potential wird.

Die Gesprächsfäden, die sich breit durch das Zimmer ziehen, sich mitunter verheddern, verwirrende Muster bilden. Susan erzählt von den nordamerikanischen Indianern. Die Indianerfrauen, die sich ganz selbstverständlich zu ihrem Körper, zu ihrem Geschlecht bekennen. Wir sprechen über weibliche Lebensformen, gewaltlos, körperbejahend, erotisch, partnerschaftlich. Weibliches *und* Männliches. Das Symlieben, Symarbeiten, Symexistieren im Jenaer Kreis der Romantiker. Ihre Ideen und die so ganz andere Lebensrealität. Alternativen. Immer wieder Lebensexperimente und das Scheitern. Aber die Versuche werden nicht abreißen. Wenn auch die Erfahrungen eine andere Sprache sprechen. Was ist an euren Weibergesprächen so Besonderes, so Geheimnisvolles, fragen meine Söhne. Ich kann es kaum erklären. Vielleicht ist es diese Nähe. Die Leichtigkeit, mit der Frauen dorthin gelangen.

Die Solidarisierung von Frauen, bringt sie eine Entsolidarisierung mit den Männern mit sich? Warum hat David sich zurückgezogen? Muß er nicht ahnen, daß auch über ihn geredet wird? Wie nimmt er das auf? Was würden wir für ein Gespräch führen, wenn wir zu dritt wären?

Das Knäuel des Gesprächfadens ist ab- und wieder aufgewickelt. Es ist weit nach Mitternacht.

In meinem Zimmer ein schmaler Kamin mit winziger Feuerstelle, wohl, um die Temperatur im Schlafraum überschlagen zu halten. Ich nehme das hohe Kissen unter den Kopf, kann so vom Bett aus zum Feuer sehen. Kein Prasseln wie bei einem Holzfeuer; ein leises gleichmäßiges Fauchen, wenn ein Kohlestück zerfällt, ein dumpfer Laut, ein kurzes Aufzüngeln der Flammen.

Meine Mutter – sechs muß ich gewesen sein – singt mir das Lied *Kein Feuer, keine Kohle kann brennen so heiß, wie heimliche Liebe, von der niemand nichts weiß.* Das große Zimmer unserer Wohnung hatten wir räumen müssen, drei junge, schöne Frauen, Schwestern, deren Elternhaus durch einen Bombenangriff zerstört worden war, wohnten nun dort. Sie warteten auf die Rückkehr ihrer Männer aus dem Krieg.

Meine Mutter hatte mir streng verboten, mit den Frauen zu reden oder, wie sie sagte, jemals meinen Fuß über ihre Schwelle zu setzen. Mit denen kommst du mir nicht in Berührung; ihr Mund war dabei ein fast waagerechter Strich gewesen. Ich sah, wenn sie das Lied sang, wie ihre Hände aus den Bündchen der grauen Strickjacke kamen, und die Jacke war in der Taille durchlöchert, eine Kordel durchgezogen, die über dem Bauch ungeschickt zu einer

Schleife gebunden war. Der Geruch nach Kernseife, der von meiner Mutter ausging.

Mein ganzes Trachten war, das Verbot zu durchbrechen. Denn dort in jenem Zimmer geschah das Unerhörte, von dem sie sang. Aber sie tat, als ob sie es nicht wüßte. Ich aber wußte es, es war die *heimliche Liebe*.

Mein Bett stand in dem Zimmer, das neben dem der jungen Frauen lag. Die Tür war von meiner Seite mit einem Schrank verstellt, von ihrer mit einem Klavier. Nacht für Nacht geschah es. Es begann mit einem kurzen, schweren Schlurfen, mit dem Abrücken des Klaviers und dem Geklirr von Flaschen, die in der Türnische lagerten, und endeten mit dem gleichen Geräusch; Flaschenklirren und das dumpfe Ranrücken des Klaviers.

Vom ersten Geräusch erwachte ich meist, und ich wechselte sofort ans Fußende, da war der Spalt der Tür, ich rollte mich da zusammen, lauschte reglos. Alle meine Sinne versuchten das Nacht für Nacht wiederkehrende Geheimnis zu ergründen. Ich hörte helle Stimmen, tiefe; die hellen, die der jungen Frauen, konnte ich unterscheiden, die tiefen, die männlichen nicht. Obwohl sie stärker und ausdauernder waren, sich überlagerten, manchmal schienen sie mir wie ein geschlossener Hintergrund, der den hellen Stimmen die Einsätze gab. Dann waren da Sätze, Wortfetzen, deutsch und russisch. Und Lachen, helles, hochsteigendes der Frauen, raumfüllendes der Männer. Ein dröhnender Baß. Und als die Ziehharmonika leise und vorsichtig spielte, konnte ich dem Baß ein Gesicht geben. Es war der schwerleibige Offizier aus der Kommandantur, bei dem meine Mutter immer ihre Beschwerden vorbrachte.

Am Anfang der Nacht kamen alle Geräusche aus der Mitte des Raumes, von dort, wo der große Tisch stand. Immer, erinnere ich mich, waren Stimmen, Lachen, Laute von einer heiteren Friedfertigkeit, die zugleich von einer rätselhaften geheimnisvollen Erwartung war, die sich auf meinen Körper übertrug. Ich lag in meinem gestärkten Leinenhemd. Auch ich roch nach Kernseife. Manchmal schlief ich wieder ein und sah im Traum die drei jungen Frauen, die schlanken Hälse nach hinten gebogen, die Gläser mit der klaren durchsichtigen Flüssigkeit in einem Zuge leeren. Wie ich es von den russischen Soldaten kannte.

Und wenn ich wieder erwachte, hatte sich alles verändert, die Stimmen kamen nun von verschiedenen Seiten und waren auch nicht mehr dieselben. Sie setzten ein, brachen ab, kamen wieder, erfuhren Wandlungen. Flüstern nur noch, Atem, den ich deutlich vernahm, den ich hastiger, drängender und lauter werden hörte. Keuchen. Dann Stille.

Am Fußende des Bettes liegend, versuchte ich in dem rätselhaften Auf- und Ab der Geräusche den Dirigenten zu finden und das Geheimnis des Festes zu entschlüsseln. Einmal fiel die Ziehharmonika zu Boden, gab einen langgezogenen Ton von sich, nackte Füße waren auf den Dielen zu hören. Und schließlich, irgendwann in der Nacht oder gegen Morgen, gab es Flaschengeklirr und das entschlossene Wiederranrücken des Klaviers.

Wenn eine der jungen Frauen am Morgen in unserer Küche Wasser holte, sah ich das angeekelte Gesicht meiner Mutter, sie schickte mich sofort hinaus. Ich stand auf, äußerst langsam. Wenn ich an einer der jungen Frauen vorbeiging, sah ich, wenn sie den Wasserhahn drehte, weite weiche Ärmel zurückfallen und nackte weiße Arme sichtbar werden, ich roch das starke Maiglöckchenparfüm, blickte in glückliche, entspannte Gesichter und hörte meine Mutter von Schande reden.

Anderentags fühlt sich Susan nicht gut. Geh mit David, sagt sie. David und ich fahren in ein sanftes Bergland, die Gargunnocks. Wandern. Grüne Hügel, grasbewachsen, weidende Schafe, überall das Rotbraun vorjähriger Farne. Mit langen Schritten läuft David vor mir her, sieht sich nicht um. Ich probiere – atemlos – ebenso lange Schritte. Wir klettern zum spout of Balluchleam, zum Wasserfall hinauf. Später kraxeln wir einen glitschigen abschüssigen Hang entlang.

Der Rückweg über das Hochmoor. Eine große Ruhe. Wir reden kaum. Ein schriller Vogelruf, immer in gleicher Tonhöhe. Ein *curlew,* sagt David. Ein *curlew?* Er kennt den deutschen Namen nicht. Ich nehme die Ohren aus der Regenkapuze. Ein Regenpfeifer. Re-gen-pfeifer, wiederholt David mit gespielt schwerer Zunge.

Im Tal probieren wir ein Gespräch. Über Arbeit. Über Susan. Aber es will nicht recht in Gang kommen. Blühender Ginster wirft ein gelbes Licht ins Tal. Der Frühling, der mir am ersten Tag in Glasgow schon anwesend schien, zögert noch immer. Die Weidenkätzchen, eingeschuppt, warten auf verläßlichere Wärme. Wir brechen Weißdorn- und Weidenzweige, nehmen sie für Susan mit.

Am nächsten Morgen geht es Susan besser. Sie zeigt mir, wie man traditionell den Porridge bereitet; ich werde es fortan so machen. David gießt beim Frühstück, weil es Sonntag ist, süßen Rahm auf den Haferbrei. Milch tue es auch, sagt er. Am schmackhaftesten sei er ohne alles.

Nach dem Frühstück geht er wieder in sein Arbeitszimmer. Wir bleiben am Küchentisch. Reden, Knoblauch häuten, Salat putzen. Susan spickt eine Lammkeule mit Knoblauchzehen, reibt sie mit Kristallsalz ein. Brät die Keule kurz scharf an. Dann kommt sie mit großen Kartoffeln rundum auf einem Blech in den Herd. Jetzt braucht sie vier Stunden auf kleinster Flamme, sagt Susan, wir können sie allein lassen.

Wir fahren zu dritt zum Nordufer des Firth of Forth. Gegenüber Batterien von Schornsteinen, Rauchsäulen Grangemouth, der riesige petrochemische Komplex. Wir kommen nach Culross, einer Kleinstadt, im 16. Jahrhundert durch Kohle und Salz reich geworden. Das alte Stadtbild von Culross ist erhalten. Ein baugeschichtliches Denkmal. Der National Trust of Scotland betreut es. Die Zeit scheint in der Tat stehengeblieben. Eine alte Salzfabrik von eidotterfarbenem Gelb. Tolbooth und Marktkreuz, kleine Häuserzeilen, grob verputzt mit weißem oder grauem Mörtel. Rote Pfannendächer. Stufengiebel. Ein natürliches Gefühl für Proportionen, für Materialien. Zuweilen trägt der Türsturz Initiale und Hochzeitsdatum der Besitzer und das Berufsemblem. Manche der Hauseingänge liegen im ersten Stock, sind über Außentreppen erreichbar. Die Fenster sind zweigeteilt, bleigefaßtes Glas im oberen, verschiebbare Holzläden im unteren Teil, oben Licht, unten Lüftung. Wir gehen über das Kopfsteinpflaster. Es ist in der Mitte erhöht, dort zu laufen war den Begüterten vorbehalten, der gemeine Mann hatte seitlich zu gehn, holte sich in der Gosse nasse Füße. Die Einwohner, die wir treffen, wirken wie Statisten, die in eine Bühnendekoration geraten sind. Auch wir wandeln wie durch Kulissen. Im Sommer sei die Stadt von Touristen überfüllt, sagt David. Wir sind allein. Genießen es. Es ist feuchtkalt und windig, Susan hat eine dicke Pudelmütze auf, ich stecke im Kapuzenmantel. David, barhäuptig, schlägt, als Geste gegen das unwirtliche Wetter, den Kragen seines leichten Jacketts hoch. Ein Schotte eben, sagt Susan.

Dann Dunfermline, einst die Hauptstadt des schottischen Königreiches. David verfährt sich in den Straßen. Leichte Nervosität. Susan fragt eine Frau von mediterranem Aussehen nach dem Weg zur Abtei. Sie ist von auffälliger Schönheit. An ihrer Hand ein debiles Kind, man sieht, es ist ihre Tochter. Das Mädchen, etwa zehn, entstellte Züge, starrt uns mit offenem Mund an, aus dem Speichel tropft. Die Frau bemerkt unsere Blicke. Wir wenden sie ab.

Der Altarraum der Abtei. Im Schiff die gewaltigen normannischen Säulen. Das Grab von Robert the Bruce, dem Mann der Schlacht von Bannockburn. Wir wandern durch den Park. Der Regen ist stärker geworden, Susan und ich frieren.

Der Duft nach Knoblauch und Lammfleisch. Der Gigot ist vorzüglich gelungen. Wir essen, leben auf, reden. Das Kind geht mir nicht aus dem Sinn.

Am Montagmorgen nehme ich Abschied von Susan. Zerbrechlich steht sie vor mir. Tränen. Sie lädt mich nach Montmiral in ihr Bauernhaus in Frankreich ein. Dort verbringt sie, ihrer Krankheit wegen, den Sommer. Übermorgen fliegt sie. Wir versichern einander, daß wir uns wiedersehen werden.

Glasgow, Queen Street Station. Ich freue mich auf meine Wohnung. In einer fremden Stadt in eine eigene Wohnung zurückkehren zu können. Erstmals in meinem Leben. Ich mache einen Umweg, gehe zu dem indischen Händler. Er weiß schon, was ich möchte. Wir schwatzen. Er fragt, wie lange ich noch in Glasgow bleibe. Ich kaufe – alles ist verlockend – mehr als ich brauche.

Sutherland Court. Post im Briefkasten: Vom Leipziger Dichterfreund und vom Sohn. Auch das geschieht mir das erste Mal. Eine Karte aus Dänemark. In den Semesterferien ist der jüngere Sohn mit seinen Dresdener Studienfreunden dort. Er schreibt von langen Wanderungen am Meer, schlechtem Wetter und guter Laune. Eine zweite Karte von ihm aus Amsterdam. Ob man Drogen kaufen wolle, werde man ständig gefragt, berichtet er, und, daß er von van Goghs Bildern enttäuscht und von denen Toulouse-Lautrecs begeistert sei.

Der Leipziger Dichterfreund schreibt vom Frühlingsfest in Wiepersdorf, das wegen der Entlassung des Direktors und der Streitigkeiten in die Schaubühne nach Berlin verlegt wurde. Von den Verstörungen vermöge er nicht zu berichten. Er krieche in die Kindheit und lästere auf langen Gängen mit Christoph Aigner, und Walter Schmidinger habe ihm am Nachmittag eine Stunde Karl Valentin vorgelesen. *Wolken kommen am Fenster vorbei. Und nachts donnern so weich Wildgänsekeilschwärme übern*

Park. Du aber warst eine Wolke, so eine kleine schmale, deren Augen sagen: Hab mich extra schön geputzt, für den Flug, am Himmel bin ich sonst einfach so weißlich und feucht, wozu sich Umstände machen? ... Studenten hast Du auch, Du Glückliche, und die reden so kehlig. So gälisch: Quärick-Quaosrchß! Der Brief ist auf marmoriertem Papier des Leipziger Regenbogenpapiermachers Meister Hesse geschrieben, und wie immer liegen Siegelblätter bei. Gepreßte Blüten oder Blätter, hauchdünn, durchsichtig wie Libellenflügel. Auf weichem Papier mit einem Tropfen Siegellack festgemacht. Ein kleiner japanischer Stempel daneben, die Anfangsbuchstaben vom Namen des Dichters mit Bleistift darin. Alles winzig. Wie er das nur mit seinen schweren Händen macht? Und diese Unmengen. Seine Freunde und Briefpartner beschenkt er damit. DDR-Währung nannten wir seine Siegelblätter. Wer sie besitzt, ist reich. Und sieben darf man im Jahr verschenken. In Ausnahmefällen, wenn es Freunden schlecht geht, auch mehr. Dann muß man ihn fragen. Und zuweilen – ein besonderes Glück – ist vierblättriger Klee unter den Siegelblättern. Es kann auch geschehen, daß ein fünfblättriger darunter ist.

Ich kippe die Siegelblätter aus, betrachte eines nach dem anderen, sieben hat er mir gesandt, ich kann mich nicht entscheiden, alle sind schön, ich lege ein gelbes und ein rostbraunes auf das wacklige Tischchen. Lese den Brief ein zweites Mal. An einer der Seiten des Briefes, ich habe ihn schon nach drei Himmelsrichtungen gedreht, steht, als viertes Postskriptum, ich solle mich *in die grünen Mauern lehnen* und es werde *sich schreiben* in mir. Und darunter: *Aber wir setzen uns später mal auf den Balkon im Innenhof Brüderstraße und Du kochst mir was Gälisches, sowas Grünes! Aus Schafen, aber vorher eine feine kleine Suppe! Oder wenn die Götter wollen, laufen wir mal hier, schweifend bis zum Wacholder! Aber! Nun geht's zur Post in Sack und dann in die Lüfte! Ans Ende Europas.*

Ich lege Brief und Karten beiseite, teile meine Freude dem schönen Nachbarn mit. Gelbgrün und reglos steht er da, seine Blätter sind noch immer eingerollt, die Blüten unverändert, es ist zu kalt.

Susan hat mir von einer großen Personalausstellung von Niki de Saint Phalle in der McLellan Gallery in Glasgow erzählt. Ich fahre ins Zentrum, in die Sauchiehall-Street. Die Ausstellung. Niki de Saint Phalles wasserspeiende rote Lippen, sich drehende Herzen. Skulpturen, Bilder, Environments. Ein Foto von der riesigen Frauenfigur mit den geöffneten Schenkeln; die Eingangspforte, durch die die Leute in das Innere gelangen. In den hinteren Räumen heitere große weibliche Skulpturen mit wiesenbuntgeblümten Kleidern; breitschultrig, breithüftig, die Köpfe handtaschenklein. Eine Gruppe Frauen sitzt auf dem Fußboden. Sie versuchen mit Gesten auszudrücken, was die Arbeiten von Niki de Saint Phalle in ihnen auslösen. Ich beobachte sie eine Weile, setze mich dann zu ihnen. Ganze Spielszenen. Wir lachen viel. Entspannung. Einssein.

In der Nacht wieder das Ticken des Zählers, das Schlagen des losen Kabels. Ich träume, ich habe einen Menschen kreuzweise über Brust und Beinen mit Bandagen an einem Metallstuhl festgezurrt, ihm die Augen mit einer Binde verbunden. Ich sitze vor ihm, lese; lese endlos Texte. Warte auf eine Reaktion. Ein einziges Wort muß doch durchkommen. Ich werde lauter, schreie. Noch im Traum begreife ich: ich bin es selbst, die da gefesselt sitzt.

In die grünen Mauern lehnen, nicht an, *in* ... schrieb der Dichter. Anfangen können, immer wieder anfangen können, die Freude des Anfangens. Das Papier ist es. Jeder Anfang braucht neues Papier. Ich beschreibe immer noch die Blätter, die ich von zu Hause mitgebracht habe. Fixe Idee: das Papier. Ich entsinne mich: Meine grünen Dreißigpfennig-DIN-A4-Hefte. Kurz vor der Währungsunion Bewußtsein, sie würden verschwinden. Und so war es auch. Die Ostwaren verschwanden über Nacht. Im Dorfkonsum in Großkochberg hatte ich die letzten der grünen Hefte gekauft.

Ich fahre in die Stadt. Einziges Ziel: ein Schreibwarengeschäft. Ich finde keines, laufe durch die Schreibwarenabteilungen der Kaufhäuser, nehme Papiere heraus, befühle sie. Alles nicht das richtige. Ich frage mehrere Leute, wo ein Schreibwarengeschäft sei. Niemand kann Auskunft geben. Endlich sagt einer: *John Menzies.* Erklärt mir den Weg. Der Himmel ist lachsrot, und ich bin gutgelaunt. Die dritte Querstraße. Das richtige Geschäft. Alle Papiersorten; hart und weich, griffig und fein, holzfrei, reinweiß, gebleicht, grau, umweltfreundlich, Bütten-, Schreibmaschinen-, Fax-, Computerpapier, liniert, kariert, unliniert, in verschiedenen Formaten, kleine Lagen, Blöcke, Stapel zu fünfhundert Blatt. Das meiste ist eingeschweißt. Aber Proben liegen daneben, ich greife danach, wende sie, reibe das Papier zwischen den Fingern. Meine

Aufregung wächst. Ein Regal mit Notiz- und Geschäftsbüchern. Verschiedene Farben, Formate. Ich nehme ein Durchschlagbuch für Kaufleute in die Hand. Hauchdünne Seiten, numeriert, hundert Seiten mal drei, die jeweils erste Seite liniert, die beiden Durchschläge unliniert. Mit festem blauem Leinenrücken gebunden. *John Menzies-Triplicate Book – Feint ruled with Index Reference* steht auf dem hellblauen Umschlag, auf der Rückseite: *John Menzies Products for quality and value.* Sollte es das sein? Immer habe ich lose Blätter benutzt. Die Klammern in den grünen Heften gelöst, die Seiten auseinander geschnitten. Noch nie habe ich ein gebundenes Buch benutzt. Noch nie ein so kleines Format. Ich lege es zurück. Gehe zum Regal mit dem Briefpapier. Schüttle Gläschen mit schwarzer, kobalt- und königsblauer Tinte. Suche nach einem Radiergummi. Die vielen Sorten. Desgleichen bei den Bleistiften. Ohne Lackhülle müssen sie sein, das rohe Holz zwischen Zeige- und Mittelfinger fühlbar, weiches Blei. Ich sehe, ich werde beobachtet, ich bin schon annähernd zwei Stunden hier. In einem Cafe gegenüber lasse ich in Gedanken alles noch einmal durch die Finger gleiten. Dann der entschlossene Kauf: Bleistifte, Tinte, Radiergummi, zwei *Triplicate Books,* graues Umweltpapier und graue Kuverts für die Briefe an den Dichterfreund.

Auf der Heimfahrt Heiterkeit, das Gefühl, etwas Wichtiges getan zu haben.

Auf grünblauem Himmel pfifferlingsfarbene Wolken.

Zu Hause angekommen, nehme ich alle alten Papiere, beschriebene, unbeschriebene, stapele sie, lege sie in den leeren Koffer, verschließe ihn.

Die Glühendekohlenszenerie im Rücken.

Ich besehe die gekauften Schätze.

Nehme meine Schottlandbücher, in die ich noch kaum hineingesehen habe. Blättre. Lese. Maria Stuarts Sohn, der schottische König, der nach dem Tod von Elisabeth I. 1603 zugleich König von England wurde. Der Hof zog von Edinburgh nach London, faktisch das Ende der schottischen Monarchie. Die Union der Kronen 1603. Noch fast ein Jahrhundert existierten getrennte Parlamente. 1707 ging die Personalunion in die Realunion über. Mit dem Erstarken des Protestantismus wurden die katholischen Stuarts ausgeschaltet und ins französische Exil getrieben. Das schottische Hochland blieb die Hochburg der Stuart-Anhänger, der Jakobiten. Immer wieder kam es zu Rebellionen; die Versuche, die Macht zurückzugewinnen, rissen nicht ab.

Ich lese über Culloden. Die Schlacht, von der John sagte, es sei eine der beiden Schlachten in der schottischen Geschichte, über die man Bescheid wissen müsse. Es war der letzte Versuch der Jakobiten, den Thron für die Stuarts zurückzuerobern.

Der im französischen Exil lebende König James II. beauftragt seinen vierundzwanzigjährigen Sohn Charles Edward damit. Der segelt auf der französischen Fregatte »Du Teillay« nach Schottland. Verkleidet als Theologiestudent, versehen mit Waffen und Geld, landet er am 25. Juli 1745 an der Westküste. Er ruft die Hochland-Clans zu den Waffen, richtet die Standarte der Stuarts auf, wird bereits am 19. August zum Prinzregenten proklamiert. Tausende Highländer sollen ihm zugejubelt haben: *Scotland and no Union.* Der Exilprinz zieht einen Monat später siegreich in Edinburgh ein, residiert im Holyrood Palace, dem Königspalast, tanzt, singt, feiert und bläst zum Marsch auf London.

Im November steht er mit seinem Heer in Derby, nur noch hundertdreißig Meilen von London entfernt.

Packt der englische König George II. aus dem Hause Hannover bereits seine Koffer? Unterbricht Georg Friedrich Händel die Komposition der für den Sieger bestimmten Hymne?

In Derby beschließt Charles Edward Stuart die Umkehr. Sind dem Prinzen im schottischen Hochland die Menschen zugeströmt, aus alter Stuarttreue, Abneigung gegen die protestantische Religion, aus Furcht vor dem Verlust der eigenen, der gälischen Kultur, so findet er bei den Schotten in den Lowlands kaum Sympathisanten, denn dort hat die Union mit England von 1707 einen wirtschaftlichen Aufschwung eingeleitet. Je weiter er nach Süden kommt, desto stärker ist das Zögern. Auch die Hilfe aus Frankreich bleibt aus. Er entgeht knapp einer Einkreisung durch englische Truppen, gewinnt bei Falkirk, belagert vergeblich Stirling Castle, zieht sich bis in die Höhe von Inverness zurück, ist noch unbesiegt, hat aber längst verloren. Der englische König beauftragt seinen Sohn, die jakobitische Rebellion niederzuschlagen. Dieser marschiert nach Norden, befehligt die Regierungstruppen, gut ausgerüstete Berufssoldaten, 9000 Mann, Engländer und Tieflandschotten. Am 16. April 1746 greift er östlich von Inverness, auf dem Moorland von Culloden, die 5000 Mann zählende Armee der Highländer an.

Zwei Heerführer stehen sich gegenüber, auf englischer Seite der Herzog von Cumberland, ein Deutscher, in England lebend, auf schottischer Seite Prinz Charles Edward Stuart, ein Schotte, in Frankreich aufgewachsen, beide sind fünfundzwanzig Jahre, sie sind miteinander verwandt, entfernte Vettern.

In weniger als einer Stunde soll die Schlacht entschieden worden sein. Fünftausend, das gesamte Heer, fällt auf schottischer Seite. Es soll keine Gefangenen gegeben haben. Selbst die Zuschauer, Frauen und Kinder, sollen getötet worden sein, was dem Herzog von Cumberland den Beinamen »The Butcher«, der Schlächter, einbrachte. In London kann der Sieg gefeiert werden, Händel trägt musikalisch zu den Ovationen bei: »Hail, the Conquering Hero Comes«.

Die Vergeltung setzt ein. Hundertzwanzig führende Jakobiten werden enthauptet oder gehängt. Achtzig Köpfe auf Pfähle gespießt an den borders zur Schau gestellt. Alle Katholiken aus öffentlichen Ämtern entfernt.

Dreißigtausend Pfund sind auf den Kopf von Charles Edward Stuart ausgesetzt. Er ist entkommen. Irrt durch das Hochland. Wie es die Legende will, von Läusen und Mücken zerstochen, von Ruhr und Nasenbluten geplagt. Aber niemand verrät ihn. Die vierundzwanzigjährige Flora MacDonald von der Insel Skye rettet ihn. Sie bringt den Prinzen, als Frau, als irisches Dienstmädchen verkleidet, in einem Ruderboot in fünfzehnstündiger Fahrt von der Äußeren Hebriden Insel South Uist nach Skye. Wenig später nimmt ihn die französische Fregatte »L'Heureux« auf. Er verläßt Schottland für immer. Lebt noch zweiundfünfzig Jahre im Exil, bemüht sich, als er die achtzehnjährige Luise von Stolberg heiratet, vergeblich um männliche Nachkommen, wird fett, verfällt dem Alkohol, stirbt als Alkoholiker in Rom. Sein Grabmonument kann man im Petersdom sehen.

Flora MacDonald wird als Strafgefangene nach London gebracht. Die High Society besichtigt die schottische Fluchthelferin. Sie wird freigelassen, geht nach Skye zurück. Heiratet, gebärt sieben Kinder, wandert nach North Carolina aus. Sie verliert zwei Söhne im Amerikanischen Unabhängigkeitskrieg, kehrt nach Schottland zurück. Der Besucherstrom, der sie in Augenschein nehmen will, soll nie abgerissen sein. Das Leinentuch des Bettes, in dem der Prinz geschlafen hat, soll sie immer bei sich getragen haben, bei ihrem Tod darin gebettet worden sein. 1790 stirbt sie auf Skye, zwölf Dudelsackpfeifer blasen den coronach, den Trauermarsch der Highlands, mehr als eine Meile soll der Leichenzug lang gewesen sein. Realität und Legende.

Eine Legende, die ebenso Charles Edward Stuart einschließt. *Charlie for ever.* Bis heute ist er der Held, der ewig jung gebliebene. Bonnie Prince Charlie nennen ihn liebevoll die Schotten.

Die Legende kann nur verstehen, wer weiß, was die Niederlage von Culloden für die schottische Geschichte bedeutet.

Nach Culloden debattiert das englische Parlament als mögliche Strafmaßnahmen gegen das Hochland: Sterilisierung aller Jakobiten-Frauen, Vernichtung der Saat, Deportation aller Highländer und Ansiedlung »ehrbarer, gottesfürchtiger Menschen aus dem Süden«. Das 1746 vom englischen Parlament erlassene Gesetz atmet einen ähnlichen Geist. Es setzt die Hochlandverfassung außer Kraft, das alte schottische Erbrecht, und zerstört damit die Lebensform der Clans, es verbietet das Tragen der Hochlandtracht, das Tragen von Wappen und Farben der Clans, verbietet die gälische Sprache und selbst die Musik, die highland pipe, den Dudelsack.

Die Jakobiten haben eine Schlacht verloren, dem gesamten Hochland aber wird seine Geschichte und Kultur genommen.

Der englische König Georg II. stationiert eine Besatzungsarmee von zwanzig Bataillonen im Hochland, die englischen Festungsbauten aus früheren Zeiten werden verstärkt und neue errichtet. Fort Georg allen voran, eine monumentale Artilleriefestung, die psychologisch und militärisch das Ausmaß der englischen Okkupation demonstriert.

1751, fünf Jahre nach Culloden, macht der englische General Wolf einen »patriotischen« Vorschlag zur Lösung der Schottland-Frage. Er fordert, für den Krieg mit den amerikanischen Kolonien Hochland-Kompanien aufzustellen, die Highländer seien tapfere Männer, und es sei »kein großes Unglück, wenn sie fielen«, denn, »was kann man mit einem geheimen Feind Besseres tun, als ihn dem allgemeinen Wohl opfern«. Hinter der »patriotischen« Gebärde lauerte ökonomische Berechnung. Die Güter und Häuser der verurteilten oder geflohenen Jakobiten waren bereits von neuen, oft englischen Besitzern übernommen worden.

Nach Culloden setzen die Zwangsumsiedlungen und die Emigrationsströme ein. Der Engländer Samuel Johnson, der dreißig Jahre nach der Niederlage von Culloden durch das geschundene verödete Hochland reist, faßt das Ergebnis der Londoner Politik mit einem Tacitus-Zitat zusammen: »Sie haben eine Wüste geschaffen und nennen es Frieden.«

Mir schwirrt der Kopf, ich klappe die Schottlandbücher zu. Drücke den Schalter.

Der Sicherheitsrat setzt sein über Bosnien-Herzegowina verhängtes Flugverbot mit militärischer Gewalt durch. Es beschränkt sich auf den Luftraum, schließt Einsätze gegen Ziele am Boden aus, darunter die Hauptwaffe der Serben, ihre Artillerie. Kampfhandlungen zwischen Armenien und Aserbaidschan. Die Armenier greifen an, um sich Pfänder für Korridore zu der Enklave Nagorny Karabach in Aserbaidschan zu sichern.

Mein Universitätslehrer kommt mir in Erinnerung, wie er mit lässiger Handbewegung über die fünf Kontinente auf der Landkarte ging, mit Jahrzehnten, Jahrfünften jonglierte; es sei nur eine Frage der Zeit, bis der Kommunismus sich über die Welt ausgebreitet haben werde. Ich denke daran, wie ich, als ich zur Schule kam, sang *Ich trage eine Fahne, und diese Fahne ist rot* ... und der russische Soldatenchor ein Konzert in der Schützenhalle gab. Ich saß im ersten Rang neben meiner Mathematiklehrerin. *Im schönsten Wiesengrunde* ... sang der Chor, und der junge Soldat, der Solist, ließ in meiner Heimat Haus zu eimat aus werden, und der Beifall brandete. Meine Mathematiklehrerin klatschte so heftig, daß ihr Knötchen im Nacken aufsprang und ein dünner, grauer Zopf sich ihren Rücken hinab rollte. Auch ich klatschte und wartete auf

Kein Feuer, keine Kohle ... Aber es kam nicht. Ich war enttäuscht. Dafür sangen die Soldaten *Herrlicher Baikal, du heiliges Meer ...* und schließlich *Suliko,* Stalins Lieblingslied, und der Beifall in der überfüllten Schützenhalle wollte kein Ende nehmen. Ich denke an den russischen Soldaten, der sich 1992 beim Abzug der Truppen aus meiner Stadt versteckte, von Bewohnern gefunden und aus dem vierten Stock des Hauses geworfen wurde.

Besuch von Anthony. Er wirkt abgespannt. Nervös. Seine Stimme klingt gepreßt. Die vielen aufgeladenen und abzuarbeitenden Pflichten gegenüber Universität und Forschung. Er sei nur schnell gekommen, um mir Bücher zu bringen.

Ich habe ein Eheproblem mit Sandra, sagt er. Sie spricht nicht mit mir. Er lacht, ich wundere mich, er ist kein Freund von Ironie. Sie hat keine Zeit für mich, sagt er. Sie liest zum drittenmal dein Buch, hat begonnen, es zu übersetzen, fünfzig Seiten sind schon fertig.

Anthony will nicht einmal einen Tee. Er öffnet seine Tasche. Ein Stapel Bücher über Schottland, über Steinkreise, Druiden.

Wieder allein stehe ich vor meiner an das Regal gezweckten Landkarte. Was kenne ich von Schottland? Mir fällt die junge Frau ein, die auf dem Empfang in der Universität im Hintergrund blieb. Sie sei Schottin, hat sie gesagt, würde mir gern etwas von Schottland zeigen. Ich suche ihre Visitenkarte mit der Telefonnummer. Jane heißt sie.

Ich rufe sie an. Sie scheint nicht überrascht, hat sofort einen Vorschlag. Sie wolle mir das Gebiet der borders zeigen. Mit den mittelalterlichen Grenzlandabteien Jedburgh, Dryburgh und Melrose, um die es jahrhundertelang Grenzkämpfe zwischen Engländern und Schotten gab. Man verstehe wenig von schottischer Geschichte, wenn man das nicht gesehen habe.

Zwei Tage später holt Jane mich im Sutherland Court ab. Der Regen schüttet wie aus Kannen vom Himmel. Jane ist eine entschlossene Fahrerin. Ich hatte sie blond in Erinnerung, aber ihr kurzgeschnittenes Haar ist dunkel. Wieder trägt sie Jeans. Und Turnschuhe. Aus Glasgow sei sie. Wir kommen uns im Gespräch sehr schnell nah. Bereits in der ersten Stunde spüre ich, wie wichtig für Jane ihre schottische Nationalität ist. Schottland, am Rande Europas. Die Distel sei sein Symbol, nicht die Rose. Historisch und kulturell liege Schottland immer im Schatten Englands. Jane zündet sich eine Zigarette an. Die Union mit England – ich merke es an kleinsten Nebenbemerkungen – ist bis heute ungeliebt. 1979 habe es eine Volksabstimmung über eine Teilautonomie Schottlands gegeben. Nur 32,9% aller wahlberechtigten Schotten hätten zugestimmt. 40% hätten es für die Durchsetzung einer Teilautonomie sein müssen. Und sie? Sie habe auch dagegen gestimmt. Jane lacht. Die aufgeklärte Kühle, die Skepsis ihrer Rede. Schmaler Nasenrücken, entschlossene Lippen. Ihr schönes klares Profil. Wie alt mag sie sein? Höchstens dreißig. Ihr Deutsch ist ausgezeichnet. Ein reicher Wortschatz und nahezu fehlerfrei. Ohne fremden Akzent. Ihre harte Artikulation. Wenn sie mit der Hand den Jackenkragen ans Kinn hebt und ich sie von der Seite sehe, kommt sie mir bekannt vor, als wäre ich ihr schon begegnet, ich komme nicht darauf, wem sie ähnlich sieht.

Wir durchfahren die Moorfoot Hills, sehen in der Feme die Lammermuir Hills. Jane erzählt von der Schweigsamkeit der Schotten, ihrem Sarkasmus, ihrem schwarzen Humor. Von schottischen Festen und Bräuchen. Die Neujahrsnacht ist die Nacht der offenen Türen, man besucht sich, trinkt einen wee dram of whisky, einen winzigen Schluck, schenkt einander ein Stück Kohle, eine Kartoffel, einen Teebeutel oder eine kleine Münze, Glücksbringer, die bedeuten, von alledem solle im kommenden Jahr genug im Hause sein. Weihnachten dagegen wird kaum gefeiert, erst seit den fünfziger Jahren dieses Jahrhunderts ist es offizieller Feiertag. Am 25. Januar, dem Geburtstag des schottischen Dichters Robert Burns, gibt es die Burns' Night mit dem traditionellen Burns Supper. Seine Verse und Lieder werden rezitiert und gesungen, seine Lieblingsspeise, das schottische Nationalgericht haggis – klein gehackte Innereien vom Schaf, mit Hafermehl gemischt, kräftig gewürzt und in einen Schafsmagen gefüllt –, wird unter feierlicher Dudelsackmusik und dem Deklamieren der Burns-Zeilen »Tae A Haggis« aufgetragen, angestochen und warm gegessen. Am 5. November der Guy Fawkes Day, ein Tag, der auch in England gefeiert wird. Man gedenkt des 1605 mißlungenen Schießpulverattentats von Guy Fawkes auf das Parlamentsgebäude. Die Kinder haben schulfrei. Am Abend brennen Freudenfeuer in den Gärten, Böllerschüsse. Halloween am 31. Oktober, das alte, heidnische Fest der Hexen und Geister. Mit ausgehöhlten Kürbissen, in denen Lichter brennen, maskiert und kostümiert laufen die Kinder durch die Straßen.

Und die Nacht zum 1. Mai, die Nacht der Hexen? Jane zündet sich eine neue Zigarette an. Der weißen oder der schwarzen Hexen, fragt sie sarkastisch, bläst den Rauch zur Seite. Wir wissen Bescheid. Wir könnten die Cairngorm-Berge wählen. Ob ich Lust hätte? Ich hätte. Aber die schottischen Hexen ritten nicht auf profanen Besenstielen, sie bevorzugten Stecken von Jakobskreuzkraut und Ginsterbüschen oder flögen in Sieben durch die Lüfte.

Als wir durch die Tweedmuir Berge fahren, ist zum Regen heftiger Wind gekommen. In Moffat, der Stadt des Schaf- und Wollhandels, steht ein aus Bronze gegossenes Schaf auf einem Sockel in der High Street. Selkirk, die Schuhmacherstadt. Hier habe Bonnie Prince Charlie, bevor er in Culloden geschlagen wurde, für seine Soldaten zweitausend Paar Schuhe für den Fußmarsch nach England anfertigen lassen. Der Regen hat die Häuser gewaschen. In Selkirk war Walter Scott dreißig Jahre als Amtsrichter tätig. Sein Wohnhaus, Abbotsford, das schottische Weimar, befindet sich ganz in der Nähe. Wir sind uns schnell einig, daß wir das nicht sehen wollen.

Wir erreichen die erste Grenzlandabtei. Jedburgh aus dem frühen 12. Jahrhundert. Als Jane den Motor abstellt, hört der Regen schlagartig auf. Das Hauptschiff der Kirche, roter Sandstein, der Rhythmus der fensterlosen Bögen; Sonnenlicht nach den Regengüssen, Beleuchtungseffekte. Das Kloster ist bis auf die Grundmauern zerstört, aber man sieht noch das Ausmaß des Bauwerks. Kriege,

Plünderungen immer wieder. Englische Truppen. Wer Hunger und Elend ins Land bringen wollte, mußte den wirtschaftlichen und kulturellen Nerv treffen, und das waren im Mittelalter die Klöster.

Im Museum ertönen Gregorianische Gesänge. Hinter einer Tür steht ein Mann in schwarzer Kutte, Kordel um den Leib, weißes Untergewand, Sandalen, Kapuze, ein Franziskaner-Mönch. Er ist aus Kunststoff, wir tippen ihm auf den Bauch. Die Gesänge gehen uns nach.

Auf einem Steinquader im Halbprofil eine Plastik: zwei Mönche, ein liebendes Paar, einander zugeneigt, Innigkeit, Körperlichkeit. Wir bleiben lange davor stehen. Die Liebe läßt sich durch kein *muß* und *darf* regeln.

Im Flüßchen Jed Water spiegelt sich die Sonne. Auf dem Weg zum Auto erzählt Jane von den Jedburgher Webern, die mit der Tradition, nur einfarbige Garne, Grau, Blau, Schwarz, zu verarbeiten, Schluß machten, sie spannen – ich bin noch immer bei den beiden Mönchen – zwei Farben zu einem Faden zusammen und schufen so die eigentümlichen Flecken- und Tüpfelmuster des Tweeds.

Die nächste Grenzlandabtei, in einer bewaldeten Aue am Tweed-Fluß gelegen, ist Dryburgh. 1140 von den Prämonstratensern gegründet. Hochgotik. Der Wohntrakt der Mönche ist noch erhalten, das Kapitelhaus und der Kreuzgang. In einer Nische ein granitener Sarkophag mit der Inschrift: »Sir Walter Scott 1771-1832«. Der Wind hat die Regie übernommen, er peitscht die riesigen Zedern, sie beugen sich zu den Steinen.

Als wir nach Melrose weiterfahren, zur größten Grenzlandabtei, fängt es zu schneien an. Feine Nadeln, die sich vor den rötlichen Sandsteinmauern von Melrose bewegen. Auch hier die Grenzkämpfe mit den Engländern, 1336 plündert Edward II. das Kloster, 1385 zerstört Richard II. es. Die Übergriffe englischer Truppen im 16. Jahrhundert und dazu die Kämpfe der Schotten untereinander, die Zerstörung der Abtei durch die schottischen Protestanten. Zuletzt diente die Klosterruine als Steinbruch für Haus- und Stallbau der Bewohner des Umlandes.

Wir schließen uns einer Gruppe von Architekturstudenten an. Ihr Professor, einen karierten Schal um den Hals geschlungen, spricht vom Wunder des noch Vorhandenen. Von der Eleganz des gotischen Maßwerkes, der plastischen Phantasie der Erbauer. Die liebevolle Detailliertheit seiner Erklärungen. An den Kapitälen der Säulen Ornamente, Blüten von Lilien, Disteln, Klee, Raute und die krausen Blätter des schottischen kail, des Grünkohls, den die Mönche anbauten. Ein Wasserspeier in Gestalt eines dudelsackspielenden Schweins. Unter dem Altar soll das Herz von Robert the Bruce liegen, das bei den Kreuzzügen von Schotten um die halbe Welt getragen worden sein soll. Tatsächlich habe man 1920 unter den Fliesen des Kapitelhauses ein mumifiziertes Herz in einer Bleikassette entdeckt.

Einer der Studenten trägt eine Strickmütze von der Faire Isle, solch eine habe ich im Vorjahr meinem jüngeren Sohn aus Schottland mitgebracht, er hat sie, gleich ihm, verwegen in die Stirn gezogen, die langen Haare hinten zu einem Zopf gebunden. Es schneit heftiger. An einem tea room das verlockende Schild: *home baking.* Jane schlägt eine Pause vor. Heißer Tee. Warme Quarkkuchen, wir schneiden sie auf, bestreichen die Hälften mit Butter, streuen Salz darauf. Jane erzählt von der Klosterruine Paulinzella in Thüringen. Nach ihrem Studium hat sie ein Jahr in der DDR gelebt. Babyland, sagt sie. Im Straßenbild, in öffentlichen Verkehrsmitteln, in Gaststätten, überall Kinder. Ob es mir noch nicht aufgefallen sei, wie wenige man hier sehe.

Heimwärts fahren wir über Galashiels und Peebles. Auf einem Wegweiser lese ich Lanark. Das ist die Stadt des schottischen Schlesiers oder schlesischen Schotten und seines Sohnes aus dem Flugzeug. Ob der Alte zu Hause auch seinen Whisky mit Sprite verdünnt? Ich wäre neugierig, zu sehen, wie sie leben.

Der Himmel ist tintenschwarz. Reißt auf, Dunststrahlen und Schwefellicht, die Sonne. Und unvermittelt am Horizont ein halbkreisförmiges Band in den Farben: Rot, Orange, Gelb, Grün, Blau, Indigo, Violett. Ein zweiter kleinerer Regenbogen, die Farbenfolge umgekehrt. Das Leuchten auf dem tintenschwarzen Himmel.

Wir durchfahren den Industriegürtel südlich von Glasgow mit den stillgelegten Stahlwerken. Jane nennt Zahlen, die Arbeitslosigkeit ist hier besonders hoch. Ich denke daran, daß ich jeden Morgen in Radio Scotland die Versicherung höre, the recession is over, und im gleichen Atemzug die Nachricht von erneuten Betriebsschließungen.

In Hamilton muß Jane einem Laster ausweichen, sie fährt nahe am Bürgersteig, das Wasser spritzt in hohem Bogen, drei halbwüchsige Mädchen in Schulkleidung springen kreischend zur Seite, sie sind gebadet. Wenig später ein dicker Junge nahe am Bordstein. Er bleibt unversehrt. Schade, den habe ich nicht geschafft, sagt Jane. Schottischer Humor? Wir erreichen East Kilbride, Janes Stadt, südwestlich von Glasgow gelegen. Die Regenbögen gibt es noch immer. Jane lädt mich in ihre Wohnung ein.

Dreimal mußte ich nach Schottland fahren, erst beim drittenmal lerne ich eine Schottin kennen.

Jane legt eine Platte auf, singt, während sie kocht. Ich sehe mir ihre Bücher an, viele deutsche, viele französische. Jane ist Dozentin für Deutsch und Französisch an der Universität Paisley. Nachschlagewerke, Wörterbücher. Ein schottisches Wörterbuch. Ich blättere. Schottisch, das die gleichen Ursprünge wie Altenglisch hat, ist seit dem 15. Jahrhundert eine eigenständige Sprache. Ich wußte nicht, wie viele Worte, die in der englischen Sprache nicht verwendet werden, existieren: 50000. Das »Scottish National Dictionary« umfaßt zehn Bände. Ein gälisches Wörterbuch. Die Schallplatte. Die warme tiefe Stimme einer Frau. Gitarrenbegleitung. Sie singt gälisch. *Chi mi'n geamhradh a's a'ghaoith / Chaneil an sneachd 'fada bhuainn / Sgothan dorch s'na craobhan rùisgt / Tha an oidhche nochd fuar.* Sie könne ein wenig Gälisch, ruft Jane aus der Küche, sie habe einen Kurs mitgemacht. Vom Winterwind, nicht fernem Schnee, dunklen Wolken, nackten Bäumen und einer kalten Nacht singe sie, Catherine-Ann MacPhee heiße die Sängerin. Ich könne mir *Uisge beatha* merken, das bedeute Whisky, wörtlich Wasser des Lebens und *Slainte mhath,* das gälische Prost.

Das Essen ist fertig, wir trinken keinen Whisky, sondern bulgarischen Cabernet, der Jane an ihre DDR-Zeit erinnert. Wir stellen die Gläser auf den Fußboden. Halten die Teller in den Händen. Auf Janes Eßtisch lagert freundlich breit ein Computer, umgeben von Disketten, Büchern, Papierstapeln und einem Drucker.

Später zeigt Jane Fotos. Die schottische Hochzeit ihrer Schwester. Ich finde Jane auf den Fotos nicht. Sie ist eine der Brautjungfern. Rosa Kleid mit Flügelärmeln, die Schminke im gleichen Ton. Zwei Schminkproben müsse man überstehen. Rituale fordern Opfer. In diesem Sommer heirate ihre zweite Schwester. Diesmal werde sie das sei traditionell in Schottland den Männern vorbehalten – eine Rede halten. Ich erinnere mich, was Susan mir über die Schotten gesagt hat, als wir durch die Kulissen von Culross liefen. Sie seien sich selbst nicht gut, zu streng zu sich. Das Leben liefe nach genauen Vorschriften, das dürfe man, das nicht. Das verhärte.

Langes Gespräch mit Jane darüber. Wir gehen zum Du über. Mitternacht ist längst vorbei.

Am Morgen ist der Himmel zinngrau. Kalkweiße Wolken treiben auf ihm. Ich grüße den schönen Nachbarn und denke, Post könnte auch mal wieder kommen.

Ich schreibe nach Wiepersdorf.

Wie jeden Morgen ruft Anthony an. Ja, alles in Ordnung, sage ich. Er erzählt von seiner Mutter, es geht ihr schlecht, er sei diese Nacht zu ihr gerufen worden. Ich entsinne mich an das Vorjahr. Sie war schon im Pflegeheim, Anthony besuchte sie. Ich wartete im Garten. Unter der Pergola trippelte ein Greis mit abwesendem kindischen Lächeln auf und ab. Jedesmal, wenn wir aneinander vorbeigingen, grüßte er. Kaum eine Minute war vergangen, er schien es vergessen zu haben. Ich grüßte freundlich zurück, als sei es das erste Mal.

Ich trage in mir den Tag mit den dreitausend Fuß aufsteigenden schneebedeckten Bergen, dem Türkisblau, den die Treppe hinabspringenden Hagelkörnern, ich trage den Tag mit Jane in mir.

Lese in meinen Schottlandbüchern.

Am Morgen telefoniere ich mit Sandra. Anthony ist bei seiner Mutter. Sandra sagt – ich sehe, wie sie die Hand wie ein Schulmädchen vor den Mund schlägt, als täte sie etwas Verbotenes –, das Übersetzen mache ihr großen Spaß.

Ein Brief aus dem Märkischen. Auf der Rückseite einer alten topographischen Karte, die die Inseln San Domino, La Caprara und Santo Nicola zeigt, grün auf gelbem Grund. Der Dichter schreibt von *dröhnenden Sandwegen,* auf denen er *stundenlang laufe,* er werde *immer sportlicher und jünger, wozu?! So ein Unfug eines Müden.* Er schreibt von den Rufen des Uhus, wenn er abends im oberen Salon sitzt. So *eine Stille nach neun Uhr, so still kann es in Schottland nicht sein! Die Ohren schmerzen. Zitronenfalter! Trauermäntel Und in Dahme war ich auch, ja hier kommt keiner zur Ruhe. Die Zeit, die FAZ, und die Märkische Volksstimme und vier Vasen Birkengrün im Zimmer. Deine Schilderungen machen mich ganz magersüchtig in der Seele, so wie tonerdesauer, es gab was in der Kindheit, vielleicht zum Gurgeln, das zog einem alles so zusammen, die Häute im Munde, der Neid ... Wenn wir noch ein Weilchen leben, zeigst Du mir das mal. Aber alles. Fahren die Schotten auch Auto? Ich denke sie mir nur in karierten Loden und dudelnd. Und Whisky Ballantines. Sie rufen: Scotch! und runter. Tja. Bringe bitte eine seltene Pulle solchen scharfen Wassers mit, und gib mir in Berlin ein Gläschen, aber ganz seltenen! Daß ich immer sagen kann: Habt ihr getrunken..........? Nein? Na, Perlen vor die Schnapstrinker!*

Ich schreibe dem Dichter zurück, es wird ein langer Brief, das Kuvert hat wieder einen Bauch und kriegt zwei Königinnen.

Am Abend rufe ich Anthony an. Keiner zu Hause.

Am Morgen kommt auch niemand ans Telefon.

Für diesen Tag habe ich mich mit Jane zu einer Bergwanderung verabredet. Nach Glen Coe, ins Hochland, wollen wir. Das legendäre Tal der Tränen, das Massaker von Glen Coe. Im Sommer würden die Dudelsackpfeifer – meist Arbeitslose – die Totenklage, das »Larnent of Glen Coe« für die Touristen blasen, wenn einer der Busse anhielte. Der im Tal ansässige Clan der MacDonalds sei von einem anderen Clan getötet worden. Ein politisch motivierter Mord. Der Widerspruch zwischen Jakobiten und Königstreuen. Der englische König, der protestantische Wilhelm von Oranien, forderte von den katholischen Hochlandclans Gefolgschaft. Nach kriegerischen, für den König siegreichen Auseinandersetzungen, verlangte er ultimativ den Treueschwur bis zum 1. Januar 1692. Maclan, der Clanchief der MacDonalds von Glen Coe, zögerte damit bis zum letzten Augenblick. Wenige Tage nach Ablauf der Frist kam er in Inveraray an und leistete am 5. Januar den Eid auf den Sieger. Dennoch – war das Zögern der Grund – gab der König den Befehl, ein Exempel zu statuieren. Er beauftragte den im Glen Lyon ansässigen Clan der Carnpbells, den gesamten Clan der MacDonalds zu töten.

Aber nicht die Mordtat an sich – so Jane – ist das Wesentliche der Überlieferung, sondern die Art, wie der Mord geschah. Unter Verletzung eines in Schottland unantastbaren Rechtes, des Rechtes des Gastes. Die Campbells kamen in den letzten Januartagen nach Glen Coe unter dem Vorwand, Quartier zu suchen. Der Clan der MacDonalds nahm sie auf. Vierzehn Tage genossen sie Gastfreundschaft, wärmten sich am Feuer, tranken Whisky und Wein, aßen das Essen der Gastgeber. Die Mordtat immer im Sinn. Am Morgen des 13. Februar 1692 dann überfielen die Campbells ihre Gastgeber im Schlaf, metzelten sie nieder. Die, die fliehen konnten, starben in der Winterkälte und in den Schneestürmen von Glen Coe.

Queen Viktoria habe im September 1803 in der Schlucht von Glen Coe gepicknickt und geäußert, sie hoffe, der König habe von dem Massaker nichts gewußt. Aber er hatte den Befehl selbst unterschrieben. Als das schottische Parlament 1695 eine Untersuchungskommission einsetzte, hat er vorgegeben, den Befehl nicht gelesen zu haben. Das Ergebnis der Kommission lautete: Mord. Der König sah sich gezwungen, seinen Schottland-Minister, John Dalrymple, zu entlassen, er entschädigte ihn mit einer üppigen Pension.

Wir haben Tarbet schon hinter uns, auch Crianlarich, haben die Brücke von Orchy bereits überquert.

Wir schweigen. Die Landschaft wird immer menschenleerer. Jane legt eine Kassette ein. Johannes Brahms »Deutsches Requiem«. Ob sie ein wenig üben könne? Sie singt in einem Chor. Am 8. Mai wird er – Janes Initiative – zusammen mit dem Akademischen Chor aus Jena in einer Glasgower Kirche ein Konzert geben. Vier Gäste aus Jena wird Jane in ihrer kleinen Wohnung für Tage beherbergen. Ihre Hände am Steuer, ihr zügiges Fahren. Ich betrachte sie von der Seite, ihr Profil, noch immer weiß ich nicht, wem sie ähnlich sieht. Sie spult die Kassette zurück; mehrmals die Stelle: *Denn alles Fleisch, es ist wie Gras.*

Luftspiegelung oder Halluzination? Wir erreichen eine Hochfläche. Eine braune Einöde, schwarze und dunkelblaue Einbrüche darin. Das Moor auf Rannoch, ein baumloses seen- und tümpeldurchsetztes Hochmoor. Der Clan der Campbells muß es, von Nordosten kommend, überquert haben. Wir fahren durch das Moor, das Tal von Glen Coe liegt vor uns, die Paßstraße. Eine unwirkliche Straße, ich habe das Gefühl, in einem Film zu sein. Die Kamera verändert die Größenverhältnisse willkürlich. Auf beiden Seiten Bergmassive. Zur Linken, das seien die drei Schwestern. Dahinter läge der 3733 Fuß hohe Bidean nam Bian. Die unwirkliche Straße ist wirklich, Jane hält an, es gibt sogar einen Parkplatz.

Wir schnüren unsere Stiefel. Jane ist schon als Kind mit ihrem Vater in den schottischen Bergen gewandert. Sie verändert sich, wenn sie von den Bergen spricht. Aufgeklärte Kühle und Skepsis schwinden. Von verlorenen und sich verlierenden Wegen auf schmalen Graten ist die Rede, vom Laufen in Nebel und Wolken. Sie scheint die Gefahr zu lieben. Ihre Augen sagen, erst wenn man sich ein wenig mutwillig auf das Spiel mit dem Leben einläßt, kann man erfahren, was Leben bedeutet.

Motorgeräusch. Ein weiteres Auto. Es hält. Drei Männer steigen aus, in Bergschuhen und Wetterkleidung. Ein kleiner mit schütterem Haar und dunklen Augenringen, er nimmt, als er nach oben blickt, die Hand vor die Augen, als blende es. Die beiden anderen, wohl Vater und Sohn, robust, der Sohn mit metallisch roten Locken, die ihm das fröhliche Aussehen eines Hahnes geben. Blick zum Himmel. Debatte untereinander. Dann Gespräch mit Jane über das zu erwartende Wetter, den Weg. Die aufgeschlagene Karte, der Kompaß. Jane ist es, die erklärt, sie erweist sich als Autorität. Rückfragen. Und immer wieder Lachen. Ich mag es, die Schotten lachen viel. Die Männer verabschieden sich, winken.

Wir könnten, sagt Jane, zwischen einem Weg von acht Stunden und einem von vier wählen. Das Wetter lasse den von vier Stunden angeraten sein. Ihr Finger fährt auf der Karte zwischen den Bergmassiven der drei Schwestern entlang; hierher hätten vermutlich die MacDonalds geraubte Viehherden getrieben, ein Talschluß, eine tiefe Bergschlucht, genannt Verlorenes Tal, The Lost Valley, gälisch *Coire Grabhail* – das sei unser Ziel.

In Schottland gibt es keine Wegmarkierungen, keine Wegweiser. Jane amüsiert sich über Mitteleuropa. Wenn alles abgesichert sei, mache es keinen Spaß.

Unsere Füße suchen den Weg. Ab und an ein von Tieren getretener Pfad, den wir benutzen, bis er sich wieder verliert. Wir steigen über Geröll, überqueren – auf Steinen balancierend – Wasserläufe.

Nach zwei Stunden Aufstieg weitet sich die Schlucht, wir kommen auf eine ebene Fläche. Eine Geröllhalde. Soweit wir sehen können, von Schmelzwasser rundgeschliffene handgroße rötliche Steine. Wir rasten. Die Berge stehen um uns. Vollkommene Stille. Schweigen. Keinerlei Überfluß.

Beim Weitergehen das dumpfe Rollen der Steine unter unseren Bergschuhen, das Knirschen unserer Schritte. Echo. Der Talschluß scheint ganz nah zu sein. Ein schmaler Pfad führt bis zur Schneegrenze hinauf. Aber es ist eine optische Täuschung. Als wir den Pfad erreichen, ist es eine tiefe Erdspalte, rostrot und braun, mit stürzendem Wasser. Seitlich der Erdspalte laufen wir aufwärts. Wenn du nicht schwindelfrei bist, sieh nicht hinab, sagt Jane.

Aber ich sehe hinab, es ist zu verlockend. Wir laufen, bis wir die Schneegrenze erreichen.

Der Himmel ist weit heruntergezogen. Eine unbewegte Fläche. Grau. Von gleicher Farbe sind die Berge, nur Nuancen in den Farbschattierungen des Graus. Und auch die Berge sind wie der Himmel eine unbewegte Fläche. Abweisend, in sich zurückgezogen, in zeitloser Ruhe verschlossen. Das Blut pocht gegen meine Schläfen.

Als ich am Abend von Rannoch Moor auf die Bergmassive von Glen Coe zurückblicke, gleicht der Himmel einer über einen Abgrund gezogenen Decke. Auf der langen Rückfahrt raucht Jane immer wieder, das Fenster für die Zigarettenlänge herunterkurbelnd. Der Tag brennt nieder zu einem Ascherest. Ich bin froh, daß es Jane gibt.

Vom Sutherland Court rufe ich sofort in Bishopbriggs an. Anthonys Mutter ist in der vergangenen Nacht gestorben. Ehe ich etwas sagen kann, sagt Anthony, es bliebe dabei, daß ich vor Edinburgh noch drei Tage zu ihnen käme, er hole mich morgen Mittag ab. Es ist mir unangenehm, ich widerspreche. Er beruhigt mich, Ablenkung würde Sandra und ihm guttun.

Der letzte Abend in meiner Glasgower Wohnung. Ein letztes Mal die Glühendekohlenszenerie. Am Morgen der schöne Nachbar. Das Gelb ist grünlich geworden, die Trugdolden ein wenig dicker, die Blätter aber sind noch immer eingerollt. Es hat sich nicht viel verändert in der Zeit meines Hierseins. Die Kälte und Nässe. Habe ich nicht schon im Park der Burrell Collection unten am Fluß einen blühenden Kirschbaum gesehen? Und aus Wiepersdorf kam die Nachricht von den *ersten Spitzen Vorgrün. Na drei Tage Sonnenwärme und alles ist grüüüüüüüüüün! zart hellgrüüüüüüüüüün.* Ich packe Koffer und Rucksack, stelle das wacklige Tischchen an seinen Platz zurück, stapele die Bücher, die ich gekauft und die Anthony mir gebracht hat, leere Papierkorb und Blumenvasen, ziehe das Bett ab, säubere Kühlschrank und Herd, das Bad. Der Abreißkalender schaukelt an der Tür.

Ich warte. Bis Anthony kommen und mich abholen wird.

Wir laufen zu dritt am Kanal entlang. Gehen untergehakt, Anthony in unserer Mitte. Es ist feucht-warm. Frühlingsgeruch nach Weidenruten und Erde. Und an der Uferböschung Schöllkraut und die ersten Anemonen.

Spätabends sitzen wir am Kamin. Ein künstliches Feuer. Die Gasflammen mühen sich redlich, lebendige Flammen nachzuahmen. Anthony gießt einen Glenmorangie ein. Am Kanal hat er wenig gesprochen. Jetzt beginnt er zu erzählen. Er wirkt entspannt, seine Stimme ist weich, das teilt sich uns wohltuend mit. Er erzählt von seiner Mutter. Seiner Kindheit in Bristol. Erzählt vom kalten Haus, vom Sparen mit Heizmaterial in der Nachkriegszeit. Nur in einem einzigen Raum brannte das Kohlenfeuer im Kamin. Aschereste am Morgen. Herausschaufeln, Fegen, Kohlentragen. Alles in der Kälte. (Ich werfe einen abbittenden Blick auf die Gasflammen.) Die Mutter war Klavierlehrerin. Er erzählt, wie der Vater, Buchhalter von Beruf, das Essen auf die Minute genau auf dem Tisch zu haben wünschte. Wortlos aß. Und seine Mutter, wenn der Vater nicht zugegen war, oft zu ihm gesagt habe, das Leben einer Frau sei eine endlose Kette unangenehmer Pflichten. Aber widerspruchslos habe sie immer alles getan. Nach dem Tod des Mannes dann der Beginn ihrer Krankheit. Sie kann das Haus in Bristol nicht mehr bewältigen. Sandra und Anthony holen sie in ihre Nähe. Sie schafft auch die kleine eigene Wohnung nicht mehr. Ein Platz im Heim. Dann Pflegeheim. Die Verwirrung, die Auflösung. Sie hat die gleiche Krankheit wie meine Mutter gehabt. Nur eines, wird mir bei Anthonys Reden bewußt, war grundsätzlich anders. Während bei seiner Mutter die Krankheit friedlich verlief, war sie bei meiner von Aggressionen begleitet.

Als ich im Bett liege, drängen sich mir Bilder aus dem letzten Jahr meiner Mutter auf. Ihr alter nackter Körper. Seit ihrem Tod mißlingen alle meine Versuche, sich an sie zu erinnern, erstarren in dem einzigen gräßlichen Bild ihrer Nacktheit.

Als Kind, entsinne ich mich, wünschte ich heftig, begehrte, meine Mutter nackt zu sehen. Aber sie schloß mich aus ihrer Körperlichkeit aus. Nie hat sie sich mir unbekleidet gezeigt. Ich empfand das als Zurückweisung. Mein eigener Körper wurde mir dadurch lange zum Feind.

Meine Mutter, die mich ohne eine Erinnerung an ihren jungen Körper ließ, drängte mir in ihrem letzten Jahr ihren alten Körper geradezu auf. Es war nicht die Unumgänglichkeit, wenn ich sie wusch. Sie präsentierte ihren Körper geradezu. Ich erinnere mich, wie sie die Bettdecke und das Nachthemd zurückschlug. Es hatte etwas Gehässiges, Demonstratives. Ich werde die Bilder nicht mehr los. Sie peinigen, quälen, verfolgen mich. Mit einem Mal vergrößern sich vor mir einzelne Körperteile und Hautpartien wie unter einem Brennglas. Ich fahre hoch, knipse die kleine Lampe neben dem Bett an, setze mich auf. Der Computer auf dem Tisch, die Wände mit den Büchern. Es ist Anthonys Arbeitszimmer, in dem ich schlafe. Im Haus ist es vollkommen still. Ich lasse das Licht an.

Meine ängstliche, leise Mutter, zeitlebens zu kurz gekommen, zeitlebens gegen meinen Vater hinterrücks stichelnd, ihm nie widersprechend, sich unterordnend, von meinem Vater im Zaum gehalten, aber ihn gleichfalls im Zaum haltend; zwei Menschen, die sich gegenseitig lahm legten, ihre Lebensenttäuschungen aneinander ausließen. Meiner Mutter erwuchs aus ihrem kleinen verfallenden Körper im letzten Jahr eine unerwartete Kraft.

Bilder: Wie sie auf meinen Vater losgeht, ihn mit Fäusten bearbeitet oder mit Gegenständen, die ihr gerade in die Hände fallen. Wie sie bei Tisch mit der Gabel nach ihm sticht, die Finger zu Krallen formt, faucht. Wie sie, meine Schwester und mich, wenn wir sie waschen oder anziehen, in die Schienbeine tritt, mit einer Heftigkeit, die man nicht für möglich hielt. Gingen wir, stand sie oben am Fenster, statt zu winken, schüttelte sie die Fäuste. Je hinfälliger sie wurde, desto wilder und überraschender wurden ihre Angriffe, ihr kleiner Körper entwickelte eine solche Kraft, daß sie zu einer Bedrohung für meinen Vater wurde.

Ihre Krankheit. Ihr Außer-sich-sein. Sie hatte den Verstand verloren.

Ihre Hexenreden im letzten Jahr. Immer wieder: Sie sei eine Hexe. Herausfordernde Gesten, die diese Reden begleiteten. Aus welchen Untergründen hatte meine stille Mutter dies hervorgeholt? Plötzlich fällt es mir wie Schuppen von den Augen. Ich werde fast heiter. Ihr Hexendasein war Befreiung. Endlich war sie aus der Rolle gefallen. Endlich hatte sie die Beherrschung verloren. Eine Tatsache, die ich erst jetzt erkenne. Für die ich sie liebe. Was meine Mutter immer zugedeckt, geleugnet, verdrängt hatte – ihren Wunsch, ihre Sehnsucht nach einem eigenen Beruf –, war durch die Krankheit im Chaos des Zerfalls an die Oberfläche gekommen.

Ihre Aggressionen, ihre Hexenreden ein letztes Zeichen, daß nicht alles erstickt, ausgetreten, ausgelöscht war, noch Wünsche in ihr lebten. Ihre Angriffe bedeuteten Aufbegehr, Widerspruch, Nichteinverstandensein. Freilich in der pervertierten Form des Zuspät, der Krankheit.

Wie wenig habe ich meine Mutter geliebt. Ständig floh ich vor ihr. Nie so werden wie sie. War es die Angst vor dem Spiegel? Abstand! Nur pflichtgemäß die Tochterrolle, auf das Notwendige beschränkt. Ein Fuß in der Tür, der andere schon wieder draußen. Wegwenden. Um nicht ihre Angstvorstellungen und Klagen aufgebürdet zu bekommen, nicht mit den Bleigewichten behängt zu werden, mit denen sie alle Dinge beschwerte. Mein Verschließen, das sie als Kränkung empfand. Und das es auch war. Rückzug. Schweigen. Ihr nichts anvertrauen, weil alle meine

Versuche dahin geführt hatten, das ihr Anvertraute in die schwarze Farbe getaucht zu sehen, mit der sie ihrer depressiven, ängstlichen Natur nach das gesamte Leben einfärbte.

Meine Mutter, die die Zeichnungen von Sulamith Wülfing liebte. Weibliche Wesen, durchscheinend, wie Fäden so dünn, mit seelenvollen großen Augen, umgeben von Zwergen, Blumen und Gräsern. Meine Mutter, deren Lieblingsbuch die »Keuschheitslegende« von Rudolf G. Binding war.

Wie nur hatte sie so werden können? Ihre schmalen Lippen. Ihre Rede: *mit denen kommst du mir nicht in Berührung.* Meine Mutter, die bis ins hohe Alter hinein immer wieder betonte, eigentlich habe sie Mathematik studieren wollen, und die sich zu meinem Vater, der nur die Realschule besucht hatte, auch oft so verhielt, als habe sie das getan. Einmal kam sie von einem jährlichen Klassentreffen aus dem Westen zurück und erzählte, eine ihrer ehemaligen Mitschülerinnen habe – es hätten alle hören können – gesagt, es sei ihr unverständlich, warum aus ihr, die doch mit Abstand von allen das beste Abitur abgelegt habe, so gar nichts, aber auch gar nichts geworden sei. Es entstand eine Pause. Dann sagte mein Vater: Aber aus deinen Töchtern ist doch etwas geworden. Ihr Blick hinter ihren starken Brillengläsern. Er traf zuerst meine Schwester, dann mich, dann meinen Vater. Nie vergesse ich diesen Blick. In ihm war zunächst das uns Gewohnte, diese unterwürfige Traurigkeit, die sagte: alles vergebens. Dann aber, sie saß kerzengerade, die Hände verkrampft, die Gesichtsmuskeln angespannt, veränderte er sich. Etwas

Böses, Haßerfülltes kam in ihn, für Sekunden ein fast irres Flackern. Niemand sprach. Ihr Blick wanderte von einem zum anderen. Er machte uns zu Schuldigen. Wir waren es, die die Tür zugeschlagen, sie ausgesperrt hatten, sagte dieser Blick. Ich entsinne mich, obwohl ich zutiefst erschrocken war, beglückte er mich; erstmals im Leben erschien mir meine Mutter stark, ich bewunderte Sie.

Erinnerung an Kinderfotos meiner Mutter. Die Dreijährige im rosa Kleid, rosa Stoffschuhe, rosa Haarschleifen; eine Puppe. Ein koloriertes Foto, im Atelier aufgenommen, für den Vater im Ersten Weltkrieg. Die Sechsjährige. Eine Aufnahme im Freien. Die Fußspitzen stehen nach innen, die Kleidertasche beutelt, aus einer ragt ein Stock heraus. Angriffslust in ihren Augen. Ernst. Neugier. Ich mag es, dieses Kind, liebe es. Wie auch die Heranwachsende, das junge Mädchen. Ein Foto der Siebzehnjährigen. Wieder dieser Ernst. Die Neugier. Alles ist Erwartung. Und schön ist sie. Erotisch. Es ist das einzige Bild von ihr, auf dem sie Erotik ausstrahlt. Meine schöne Mutter. So habe ich sie nie gekannt. Ich besitze das Foto, hüte es wie einen Schatz. Es war niemals in einem Familienalbum. Sehr spät fand ich es auf dem Dachboden unter alten Papieren meiner Großeltern. Auf dem Bild war meine Mutter mit einem Mann zu sehen, er hatte den Arm um sie gelegt, Weltgewandtheits- und Beschützergeste. Als ich es einmal überraschend vor sie hinlegte, war sie erregt, verwirrt, verweigerte die Auskunft. Ihr Geheimnis. Später hat sie doch gesprochen. Dieser Mann war ihr Verlobter gewesen. Mit siebzehn hatte sie ihn kennengelernt. Die Verlobung war groß im Kreis beider Familien gefeiert worden. Der Bräutigam war fünfzehn Jahre älter, ein Geschäftspartner des Vaters, er besaß ausgedehnte Wälder und Ländereien am Oderhaff.

Und? Ein dreiviertel Jahr später habe sie die Verlobung wieder gelöst. Sie? Ja, sie. Gegen den Willen des Verlobten, gegen den Willen ihres Vaters. Warum? Sie schwieg. Dann, auf mein wiederholtes Drängen, stockend: Er habe sie berührt, mehr gewollt, sie sei nicht bereit gewesen. Und? Er habe gesagt, er liebe sie, wolle sie ganz, Seele und Leib ganz. Wenn es nur der Leib sei, das könne er von jeder seiner Mägde bekommen. Dieser Satz sei es gewesen. Dieser eine Satz? Ja, dieser eine Satz. – Sie habe dann darauf bestanden, auf das Mädchengymnasium zurückzukehren, habe – verspätet – mit neunzehn ihr Abitur gemacht. Und mit dem Mathematikstudium beginnen wollen. Sie sei schon in der Universität eingeschrieben gewesen, habe ein Zimmer in der Universitätsstadt gehabt, die Koffer seien gepackt gewesen.

Das Weitere war mir bekannt. Die gängige Familienversion. Wegen wirtschaftlicher Schwierigkeiten hatte ihr Vater das Studium nicht finanzieren können. Plötzlich sehe ich es in einem anderen Licht. Das Aufbegehren der Tochter gegen den Vater. Er verlor den Geschäftspartner durch sie. Die Entlobung war ein Makel, ein Skandal, der auch ihn traf. Die Verweigerung des Studiums ausschließlich aus finanziellen Gründen? Oder Strafe für den Eigensinn der Tochter? Lieferte vielleicht eines den Vorwand für das andere? Der Vater stellte die Tochter nach dem Abitur als ungelernte Kraft in seiner Firma ein, sie wurde seine Kontoristin, hatte die gesamte Buchführung zu erledigen; umsonst, jahrelang umsonst, sie erhielt lediglich ein schmales Taschengeld. Er ließ sie die Rechnung bezahlen. Er steckte das Ziel ab: eine kleine Kontoristin.

Meine Mutter suchte nach einem Ausweg. Der hieß Ehe. Aber sie tauschte nicht den Vater gegen den Ehemann, sondern sie geriet unter die widerstreitende Herrschaft beider. Sie wählte einen Bankkaufmann, der aus sehr kleinen Verhältnissen kam, weder Weltgewandtheit noch Vermögen besaß und den ihr Vater nicht akzeptierte. Das ließ er aber nicht an der Tochter, sondern am Schwiegersohn aus. Er setzte ihn herab, wo es nur ging. Der Vater blieb der unsichtbare Dritte in dieser Ehe, er war der Bestimmende. Als er starb, wiederholte meine Mutter in fast manischer Unterwerfung das, was er von ihr als Neunzehnjähriger erzwungen hatte, nun freiwillig dem Ehemann gegenüber. Sie wurde wieder berufstätig, fing im Betrieb, in dem ihr Mann arbeitete, als seine Bürohilfe an. Er war ihr Vorgesetzter. Blieb es über fast zwei Jahrzehnte.

Meine Mutter. Nie sie selbst. Ihre Wünsche unerfüllt. Schon mit siebzehn in ihren Körper eingesperrt, niemals befreit. Warum habe ich das nie zu Ende gedacht, als sie noch lebte? Warum erst jetzt, wo es zu spät ist. Hätte ich ihr eine Freundin sein können? Wenigstens der Versuch. Eine späte hilflose Zuneigung zu ihr erfaßt mich. Das Spiegelbild verblaßt, der verfallene Leib verliert das Schreckliche. Ich sehe den Körper einer alten kranken Frau. Es ist meine Mutter.

Das Licht brennt noch immer. Ich höre die Vögel im Garten. Ich lösche die Lampe. Es ist schon hell. Alle meine Glieder sind verspannt und schmerzen. Ich lege mich zurück, ziehe die Decke über mich, schlafe ein.

Ruhige Tage mit Sandra und Anthony. Wir machen lange Spaziergänge. Essen ausgedehnt. Wir arbeiten. Anthony an seinem Vortrag über Barockforschung für Wolfenbüttel. Sandra und ich sitzen – umgeben von Wörterbüchern – an der Übersetzung. Ich will Sandra davon abbringen, erst müsse man einen Verlag haben, sonst sei es möglicherweise umsonst. Aber sie läßt sich nicht abbringen, hat schon hundertdreißig Seiten. Sie ist begabt für diese Arbeit. Hat viele kleine Fragen. Ist äußerst genau, hartnäckig. Trifft meinen Sprachduktus. Manchmal setzt Anthony sich zu uns, hört eine Weile zu, gibt einen Rat, trinkt einen Tee mit uns. Und wenn es dunkelt, gehen wir um die Häuser bis zum Kanal. Es ist zunehmender Mond. Ich habe nicht das Gefühl, Besuch zu sein. Das Ende meiner Glasgow-Zeit. Aber kein Abschied.

Am Montagmorgen bringt mich Anthony zu Karin nach Edinburgh. Sie wohnt im Vorort Craiglockhart. Lockharton Avenue, eine ruhige Straße mit traditionellen zweistöckigen Häusern, die aneinandergereiht und mit den niedrigen Mauern der Vorgärten wie eine langgezogene Terrasse wirken. Karins Haus, aus bearbeiteten Feldsteinen, gelb-grauen schönen Quadern errichtet, ein schottisches Steinhaus.

Ich komme gern in fremde Häuser. Dieses schottische Steinhaus habe ich gleich beim ersten Mal gemocht. Häuser, in denen etwas beginnen oder enden kann. Räume, in denen die Stunden sich öffnen. Die Fensternische im Lesesaal der Forschungsbibliothek auf dem Gothaer Friedenstein, im Rücken den alten Bibliothekar, aus dessen Ohren die Haarbüschel wuchsen. Das Turmzimmer im Güstrower Schloß, das mir an einem einzigen Tag für einige Stunden gehörte. Das Giebelzimmer mit den gescheuerten Holzdielen im Klein-Varchower Neubauernhaus, in dem die Zeit wie eine Verführung lagerte. Das fremdländische, mit den schönen dunklen Möbeln bei Anna in der Strada del Nobile in Turin. Die Räume mit den im Abendlicht dunkler werdenden Fensterkreuzen im Thüringer Wasserschloß in Kochberg, nach denen ich süchtig bin. Burg Falkenstein, der Arbeitstisch der Architekten, über den ich die Radiergummireste blasen kann. Die im Wind sich bewegenden Weinranken auf dem Altan der Burg; Schreibasyl der letzten Jahre.

Das schottische Steinhaus. Karin hat es Anfang der sechziger Jahre bezogen. Sie hat – aus Deutschland kommend – in Edinburgh studiert und als Au-pair-Mädchen gearbeitet, hat ihren Mann, einen Schotten, kennengelernt und ist geblieben. Ihre beiden Kinder sind in dem Haus groß geworden. Sie sind, wie die meinen, zwischen fünfundzwanzig und dreißig. Karins Mann ist Mediziner, er hat eine Stellung an einem Forschungsinstitut außerhalb Edinburghs, in Dundee. Sie haben getrennte Haushalte, sehen sich nur an Wochenenden und zu Feiertagen. Karin, die im Vorjahr mehrmals krank war, sieht gut aus; sie hat gerade ihren sechzigsten Geburtstag gefeiert. Wir sitzen im Wohnzimmer, der Tisch ist zum Lunch gedeckt. Karin und Anthony reden über die Universität, über Prüfungen, Richtlinien, Beurteilungen, durchzusehende Examensarbeiten. Ich nasche eine Olive aus dem Salat und betrachte die kräftigfarbenen Bilder von Miró und die leuchtend roten Fenstervorhänge. Alles in diesem

Haus ist von einer ungewöhnlich mutigen, heiter stimmenden Farbgebung. Bis hin zu Karins Kleidern. Vielleicht ein Gegengewicht zu dem ständigen Regen. Karin sagt, das sei Frank, ihr Ehemann, er liebe die kräftigen Farben.

Der lavendelblaue Flur, der auf dem Treppenabsatz mit dem Lichthof heller wirkt. Das Kastanien- und Rehbraun der Wände in den oberen drei Zimmern. Karins Schlafzimmer, Franks Zimmer, wie das andere ist es ein Arbeitszimmer. Alles voller Bücher. Auch im Flur. Überladene Regale, die mit der deutschen Literatur stehen schief, sind fast am Zusammenbrechen. Karin hat viele Neuerscheinungen, manche sind noch eingeschweißt. Unten, am Telefonplatz, geht das Lavendelblau in ein warmes Gelb über. Eine alte Kommode mit Notizblöcken, Unmengen von Papieren. Haken mit Mänteln, Regenkutten, Hüten, Taschen, ein Fahrrad steht darangelehnt. Die Küche. Überall Nischen und Winkel, eingelassene Kammern für Vorräte. Regale, Tisch und Stühle sind rot gestrichen, die Wände eidottergelb, Türen und Türrahmen von hellem Frühlingsgrün. Am Fenster zum Garten Blumenstöcke, Saatkästen, die Wicken kommen.

Ich löse den Türriegel, gehe hinaus. Ein Garten wie in meiner Kindheit. Rhabarber und Pfingstrosen. Die Knospen der Pfingstrosen liegen hart und kalt in meiner Hand, noch ist kein Rot zu sehen. Minze. Ich zerreibe die dunkelgrünen Blätter der Wasserminze zwischen den Fingern. Der starke Geruch. An der Steinmauer klettert ein Jelängerjelieber. Vom Nachbargarten ragen Zweige von Holunderbüschen und einer Eberesche herüber. An den Bäumen Blätterahnungen, noch zusammengerollte grüne Spitzen.

Das Gartenzimmer, ein Zimmer zu ebener Erde, mein Zimmer für die nächsten Monate. Bevor Karin hier einzog, hat in diesem Gartenzimmer ein alter Engländer gewohnt, der in den allerersten Kriegstagen bereits in deutsche Gefangenschaft geraten war. Die Wände des Zimmers hatte er mit den mageren Speiseplänen aus den deutschen Gefangenenlagern geschmückt. Die vier Kriegsweihnachtsmenüs sogar gerahmt unter Glas. Ich packe Koffer und Rucksack aus. Die weiße Jugendstilkommode mit dem verstellbaren Spiegel. Mein Gesicht im Spiegel. Ein volles Bücherregal neben dem Kamin. Ein Radio mit CD- und Kassettenteil. Ich schalte ein, Radio Scotland, rollendes R, singender Tonfall. Ein Interview, das Sprechen geht immer wieder in Lachen über. Der Schreibtisch steht vor dem Fenster. Von hier wirkt der Garten handtuchklein. Links der geflochtene Zaun, der ihn vom Nachbargarten trennt. Die rückwärtige Begrenzung eine brusthohe Steinmauer. Dahinter die nächste Häuserzeile und noch dahinter der Turm der Psychiatrie, das auf dem Berg liegende Irrenhaus, das ein Irrer erbaut haben soll.

Die Kamine im Haus werden von Karin nicht benutzt. In meinem Zimmer ein in den Kamin eingebautes Rundblech mit einer Heizschlange. Im Wohnzimmer ist die alte Feuerstelle von einem Paravent verdeckt. Karin geruhsam am Feuer sitzend und in die Flammen blickend ist mir auch schwer vorstellbar. Immer ist sie in Bewegung. Das ständige Klingeln des Telefons, Besuch von Nachbarn, Studenten, Freunden. Karin hat Freunde in der ganzen Welt.

Am Abend gibt es geräucherten Schellfisch mit weißer Pilzsoße, gedünstetes Gemüse. Ich habe Wein mitgebracht, wir essen beide zuviel, trinken zuviel, es ist wunderbar. Wir erinnern uns, wie wir uns 1987 kennenlernten. Ich hatte den letzten Rückfall mit dem Mann von der Nehrung. Man konnte damals Angst um dich haben, sagt sie jetzt. Mir fällt ein, wie bei dem Rückfall davor, dem vorletzten, meine alte Freundin, die die doppelte Zeit prophezeit hatte, wenn man einen Liebsten ans Leben verlöre, im Krankenhaus an meinem Bett erschien, die Schublade des Nachttisches aufzog, das Bild von dem Mann herausnahm. Wenn es dir ernst ist, ihn zu vergessen – sie hielt mir das Bild hin –, zerreiß es vor meinen Augen. Ich nahm es und zerriß es. Trotzdem zwei Jahre später jener letzte Rückfall. Ich erinnere mich an den Gang mit Karin; es war nach einer Konferenz, wir liefen durch einen leuchtend bunten Herbstwald an einem Fluß entlang, mein ununterbrochenes Reden, ihr Zuhören. Jetzt entschuldige ich mich. Karin will meine Entschuldigung nicht annehmen. Wenn ein anderer so rückhaltlos über sich spreche, erkenne man sich selbst. Vielleicht hat sie recht. Es war der Beginn unserer Freundschaft.

Das Telefon hat schon mehrmals geläutet; die über achtzigjährigen deutschen Tanten in Eutin haben ihre Schlüssel verlegt. Karin gibt geduldig Suchanweisungen, ein Kollege aus Birmingham, der die Thesen seines Referats mit Karin beraten will, eine Freundin aus New York. Katrina, die Tochter, sie ruft aus Leipzig an, dreht dort, um sich Geld für ihr nächstes Tanzprojekt zu verdienen, für das schottische Fernsehen einen Film.

Karin öffnet noch eine Flasche Wein. Wir wenden die deutsche, dann die deutsch-deutsche Situation hin und her. Reden über die Arbeit unserer Kinder. Ich sage den Spruch vom Abreißkalender an der Badezimmertür in

Glasgow. Eine Nachbarin erscheint mit einer Tasse, will Mehl borgen. Sie ist dünn, klein und federleicht. Sie geht nicht, sie hüpft. Jeder ihrer Schritte ein kleiner Sprung. Sie braucht kein Mehl, sagt Karin, als sie gegangen ist; Neugier, sie wollte sehen, wer angekommen ist.

Später, als ich im oberen Stockwerk in Karins tanzdielengroßem Bad bin, in dem die Wände rhabarbergrün gestrichen sind, springt, mich erschreckend, eine Katze aus dem Wäscheschrank. Wir begrüßen uns. Sie hat witzige Ohren. Als ich mir die Haare bürste, sehe ich im Spiegel, daß ihre Gestalt sich seltsam wandelt. Ich weiß, wer du bist, sage ich, und sie postiert sich vor mich, als wolle sie das bestätigen. Als ich das Licht lösche, folgt sie mir zur Treppe – wieder arglos katzenklein –, springt mit großen Sätzen vor mir hinab.

Am Morgen, als ich erwache, ist es vollkommen still. Ein verworrener Traum von Feuer, Wasser, Erde, Luft; ich versuche mich zu erinnern, nur Bruchstücke, kein Zusammenhang. Mein Gesicht, vom Feuer erhellt, ich entzünde an einer Kienfackel eine Kerze, blase hinein, etwas Fellartiges neben mir, ein roter Hut. Aberglaube, was man in der ersten Nacht in einem fremden Haus träumt, geht in Erfüllung. Ich schreibe nach Wiepersdorf, daß ich jetzt in Edinburgh angekommen bin und beschreibe dem Dichter die Stille.

Am späten Vormittag fahre ich mit Karin in die Universität. Der Institutschef hat uns zu einem Gespräch gebeten. Er begrüßt mich als ersten *Writer in Residence* in Edinburgh. Es war seine Idee. Er möchte es zur Tradition werden lassen, hat schon einen nächsten Vorschlag. Das Problem sind die Mittel. Ich bedanke mich bei Karin, ihr gastfreundliches Haus macht mir den Aufenthalt möglich. Wir überlegen zu dritt, was ich den Studenten anbieten, was für sie von Vorteil sein könnte. Wir einigen uns auf drei Workshops und eine Lesung. Und das Angebot meiner Gesprächsbereitschaft für alle Fragen der Studenten. Ich habe noch ein wenig Zeit, das Semester läuft gerade aus, das neue beginnt in vierzehn Tagen.

Zehnter Stock des David-Hume-Tower. Karins Zimmer. Ich sehe auf Edinburgh hinab. Arthur's Seat, der mitten in der Stadt liegende Vulkanfelsen vor mir. Ein riesiges schlafendes Tier, eingerollt, auf Nasen- und Augenpartien wandern Leute gipfelwärts. Das Fell ist grün und hat gelbe Einsprengsel von blühendem Ginster. Im Vorjahr war Arthur's Seat ein Schemen, die Stadt ein Nebelmeer. Jetzt ist Edinburgh sonnenüberflutet; die Uferlinien der Trichtermündung des Firth of Forth heben sich in klaren Konturen ab. Karin bringt mich zum Zimmer des *Writer in Residence,* es hat die Nummer zehnzehn, liegt dem ihrem gegenüber. Mein Zimmer, nicht zu glauben. Der Schreibtisch vor dem Fenster, ich setze mich auf die Kante. Der Blick direkt auf die Burg, die auf dem zweiten in der Stadt lagernden Vulkanfelsen erbaut ist, auf seiner Spitze. Ich sehe, wie auf dem Bergkamm die lange graue Phalanx der mittelalterlichen Häuser entlangwächst. In der Ferne die Berge der Pentlands. Direkt unter mir die alten Universitätshäuser, der Flachbau des neuen Auditorium Maximum, das grüne Gartenkarree des George Square. Im Vorjahr saß ich Minuten auf einer Bank, es war neblig, von den Blättern der Bäume tropfte die Nässe. Jetzt hat die Sonne die Studenten nach draußen gelockt. Auf dem Rasen lagern sie, einzeln und in kleinen Gruppen. Ein Gewimmel, Kommen und Gehen.

Zurück in Karins Zimmer. Berge von Papieren, Ordnern, Mappen, Zetteln. Ich höre eine Weile zu. Karin berät Studenten zu Examensthemen und Auslandsaufenthalten, nimmt Seminararbeiten entgegen oder bespricht sie. Ihre Geduld, ihr Eingehen auf jeden Studenten, ihre fachliche Sorgfalt. Und jedem brüht sie einen frischen Kaffee.

Als sie fertig ist, sagt sie, jetzt haben wir das Meer nötig. Ich mag ihre Improvisationen, ihre Entscheidungen aus dem Augenblick heraus. Wir fahren mit ihrem kleinen roten Auto aus der Stadt. Vorbei an Duddingston Loch. Der See, wo Referent Robert Walker Schlittschuh lief, sagen wir zu gleicher Zeit. Jedes Kind in Edinburgh kennt den schlittschuhlaufenden Referent Walker auf dem Gemälde des schottischen Malers Sir Henry Raeburn. Und die Touristen tragen ihn als schwarzen Scherenschnitt auf durchsichtigen Plastiktüten, wenn sie aus der schottischen Nationalgalerie kommen.

Wir halten in Aberlady am Meer, essen mit Hafermehl panierte, auf offenem Feuer gebratene frische Heringe. Ziehen dann unsere Mützen über die Ohren und gehen an den Strand. Die Nachgiebigkeit, mit der Welle für Welle bis zu meinen Schuhen gelangt. Ich sehe nach den kleinen karierten Muscheln, die es nur hier gibt, den Schottenröckchen. Karin geht dreißig Schritte vor mir. Der Sand weht über die Dünen, wir laufen in der Sonne.

Am Morgen fahre ich von Craiglockhart in die Edinburgher Innenstadt. An dem bordeauxroten Doppeldeckerbus steht in großen Buchstaben: *Take care with Sex,* in kleineren darunter: *Aids concerns us alt.* Edinburgh hat neben New York die höchste Aids-Rate in der westlichen Welt. Die Zweige schlagen an die oberen Fenster. In der Princes Street steige ich aus. Läden und Kaufhäuser auf der einen, der Park, Princes St. Gardens, auf der anderen Seite. Der Verkehr, ohrenbetäubend. Lärmendes Durcheinander von Motoren, Autohupen. Der Menschenstrom, Gesprächsfetzen, Gesichter, Hände, Münder. Das Fluidum dieser Straße. Vor »Marks & Spencer« ein schwarzgekleidetes Mädchen mit Schnürstiefeln, sie zupft mit den Fingerkuppen die Saiten einer Clarsach, einer schottischen Harfe. An der Ampelkreuzung zur Waverley Station ein Dudelsackspieler. Geschwollene Stirnadern, aufgeblasene Backen, die verschiedenen Pfeifen, der mit Luft gefüllte Sack, den er durch seinen Armdruck dirigiert, die tiefe, dröhnende Bordunpfeife, darüber die schrillen hellen Töne der sich wiederholenden Melodie. Ich muß es dem Dichter schreiben.

An der Nationalgalerie Hämmern von Preßluftbohrern, Bauzäune, rote Warnfähnchen, aufgeschüttete Gräben. Über einen aus Brettern bestehenden Weg gelange ich in die Galerie.

Als erstes will ich zu El Greco. Sein Gemälde über Verführung, Macht, Geheimnis des Feuers. Das Bild, das durch meine Träume geht. Ich glaube zu wissen, in welchem Saal es hängt. Schnelle Schritte, ein zweites Mal durch die unteren Säle, ich begreife es nicht. Genau an dieser Wand, fast am Ende, in dieser Reihe müßte es hängen. Ich trete näher, ein kleines Schild, das ich übersehen habe. Der Verweis, daß das Gemälde sich zur Zeit auf einer Sonderausstellung im Ausland befindet. El Greco (1541-1614) »Allegory« c. 1585, oil on canvas, 66,3 x 88,6.

Ich bin enttäuscht. Zögere. Gehe dann in die oberen Räume zum Schlittschuhläufer. Mit schmalen Schnallenschuhen, an denen mit Lederriemchen die Schlittschuhe befestigt sind, mit Seidenstrümpfen, weißem Seidenjabot, Kniehosen, schwarzem Ministerornat, das vorn auseinanderschlägt, läuft er über das Eis; in gestreckter Haltung, ein Bein schwingt weit nach hinten, das gesamte Körpergewicht lagert auf dem anderen, die Arme hat er über der Brust gekreuzt, der Rücken ist durchgedrückt, der Kopf – bedeckt mit einem breitrandigen schwarzen Hut – gehoben, die Nase spitz wie die Spitzen der Schlittschuhe. Ein schlittschuhlaufender Pfarrer. Fünfundzwanzig Jahre jung war Robert Walker, als er in Edinburgh die erste Schlittschuhläufergesellschaft gründete. Das Schwarz seines Ornates umschließt ihn wie eine Larve, hat etwas Totes, Starres. Er selbst befreit sich daraus. Die Farbkorrespondenz zwischen ihm und der Natur sind die rötlichen Lederriemchen an den Schlittschuhen. Und aus einer sich öffnenden dunklen Wolkenwand am Horizont fällt von der tief stehenden Wintersonne ein rötlicher Farbton auf

Eisblaugrau von Bergen, Himmel und gefrorenem See. Die Landschaft ist bei Raeburn von gleicher malerischer Subtilität wie bei Caspar David Friedrich. Die menschliche Figur aber steht im Mittelpunkt. Die weit ausholenden energischen Bewegungen des Schlittschuhläufers auf dem Eisblaugrau von Duddingston Loch. Von dem Bild geht eine große Heiterkeit aus, eine Aufbruchstimmung.

Als ich die Treppe hinabsteige, kommt mir eine Schulklasse entgegen. Unten, in den dunkelrot tapezierten Sälen laufe ich an Rembrandt und Raffael vorbei dem Ausgang zu.

Draußen blendet das Licht. Wieder die Preßlufthämmer. Der Rasen in Princes St. Gardens ist von Sonnenhungrigen belagert. Von den Hängen unterhalb der Burg leuchtet das Gelb der Osterglocken. Dort, wo einst der See war, der mittelalterliche und gregorianische, Alt- und Neustadt voneinander trennte, fahren, fast lautlos, Eisenbahnzüge zum Bahnhof Waverley. Am Fuße der Treppe sitzt, apathisch, in sich zusammengesunken, ein Bettler mit einem Hund. Die Pennystücke klirren, als sie auf die in der Mütze treffen. Am Ende der Treppe stehe ich vor den zweihundert Jahre alten acht- und zehnstöckigen Edinburgher Steinhäusern. Ich habe die Fassaden bisher nur in Nebel und Regen erlebt. Jetzt ist grelles Sonnenlicht. Sie sind überraschend blaß, als seien sie ausgebleicht.

Ich überquere die Ampelkreuzung, gehe zur Royal Mile, laufe sie bis zum Palace of Holyrood hinab. Das Schloß, in dem Maria Stuart residierte, in dem sie mit ihrem Sekretär David Riccio Madrigale sang, Ariost und Ronsard las und 1566 die viehische Ermordung Riccios miterleben mußte. Das Schloß, in dem Bonnie Prince

Charlie 1743 tanzte, bevor er sich auf den Weg nach London machte. Touristenbusse. Ich gehe die Straße wieder aufwärts; erinnere mich: das Huntley-House, Tolbooth, das Stadtgefängnis, das Haus von John Knox, der die Reformation einführte. »Kill joy«, Freudentöter, nennen ihn die Schotten, er ist der Inbegriff des Puritanismus. Savonarola soll gegen ihn sanft und Luther ein Lebemann gewesen sein.

Das »Museum of Childhood«, ich kann nicht widerstehen, gehe hinein. Viktorianische Puppenhäuser, dreistöckig, mit Bad, grüner Wanne, Klokiste. Princess Elisabeths Puppenhaus. Kaufmannsläden. Küchen mit kleinen Kupferpfannen, originalgetreuen kleinen Herden; Tafelservice für Puppen. Ein butcher shop von 1880. Zootiere, Windmühlen, Pferdewagen, Farmhäuser. Eine Sammlung von Teddybären, von Puppen. Puppen mit Lederkörpern, Stoffkörpern, Porzellanköpfen, in historischen Kostümen. Soldaten in britischen Uniformen aus dem Ersten, dem Zweiten Weltkrieg. Puppen aus Holz und Kork als Teufelsaustreiber. Eine Vitrine mit mechanischem Spielzeug, Trommelbären mit richtigem Fell, Mäuse, die Turnübungen vollführen, eine Maus im weißen Spitzenkleid auf einem Fahrrad. Käfige mit Vögeln und zwei clockwork birds von 1920, aus Metall, die Körper mit tiefblauem Gefieder aus einer Art Samt, Schnabel und Beine gelb. Solch kleinen Vogel besaß ich als Kind. Ich spüre den Metallkörper in meiner Hand, entsinne mich an die seitliche Öffnung, in die ich den Schlüssel steckte, ihn aufzog, sehe, wie er mit winzigen Füßen ruckartig über den Tisch läuft. In einem anderen Raum eine Puppenbühne mit flachen Pappfiguren wie für ein theatrum mundi. Und Marionetten, schwarze Stricke, dunkle

Holzkreuze, der Tod, ein Polizist, ein harmonikaspielender Matrose, eine Balletteuse, ein Kugelspieler, ein Sackpfeifer. »Dixsons Royal Marionettes« vom »Le Theatre Fantastique«, mit ihnen zogen – lese ich – Dixson und seine Frau bis 1953 durch die Lande. Etwas weiter, umlagert von Kindern, ein großer Kasten, eine gutbürgerliche Stube darin. Wirft man ein Geldstück in den Schlitz, verwandelt sich die Stube in ein Gespensterhaus, Bücherwände öffnen sich, Gerippe dahinter, ein Stuhl kippt um, eine verborgene Tür springt auf. Im letzten Raum optische Spielzeuge: *Magic Lantern, Traumatrope, Panorama, Stereoscope* und ein Kaleidoskop. Ich würde gern hineinsehen, es drehen, es liegt in einer verschlossenen Glasvitrine. Ein Schotte hat es sich im 17. Jahrhundert patentieren lassen.

Wieder auf der Straße. Ich gehe die Royal Mile weiter aufwärts. Lawnmarket, die leichten Biegungen und Schwingungen. Wiedererkennen. Erinnern. Nur: der Rhythmus dieser ungewöhnlichen Straße scheint mir verändert. Das Tempo ist schneller, die Atmosphäre lauter, fröhlicher. Es ist der beginnende Frühling, es ist der Sonnenschein. Ich erreiche Castle Hill, auf der Esplanade der Burg wurde 1722 die letzte Hexe in Schottland verbrannt.

Auf dem Rückweg verirre ich mich in den mittelalterlichen Hinterhöfen, den verwinkelten closes. Treppen, schmale Durchgänge, Asymmetrie des Gesteins. In einem der Höfe ein Wirtshausschild »The jolly judge«. Innen ein dämmriger Raum, eine niedrige Decke mit alten Holzbalken. Feuergeruch, ein offenes Kohlefeuer. Ein einziger freier Tisch, direkt am Feuer. Ich setze mich, blicke mich um. Zeitungsleser. Die meisten der Männer tragen dunkle Anzüge. Vielleicht sind es die fröhlichen Richter, wie es das Wirtshausschild verheißt. Eine rothaarige junge Frau flirtet mit mehreren Männern gleichzeitig. Sie lacht ein wenig zu laut, biegt den Kopf zurück, ihre langen Ohrringe schaukeln. Ein Mann mit geröteten Augen kommt hinter seiner Zeitung hervor. Ein anderer, hochgewachsen, eleganter schwarzer Anzug, tippt mir auf die Schulter, lächelt, weist zur Theke. Selbstbedienung. Ich hole mir ein dunkles Lager und ein Sandwich. Eine halbe Stunde später leert sich das Wirtshaus. Ich bin allein, Geräusch des Gläserwaschens am Tresen, das gleichmäßige, ruhige, flackernde Kohlefeuer. Die Wände des Kamins sind vom Ruß der Jahrhunderte geschwärzt.

Vor mir die Feuer beim Mann von der Nehrung. Als erstes, erinnere ich mich, brachte er uns, dem älteren Sohn, der mit mir gekommen war, und mir, das Abbrennen einer Wiese bei. Sie lag hinter seinem Haus, stieg zum Friedhof hin leicht an. Eine große Wiese. Es war Ende April. Er hielt die Hand in den Wind und bestimmte die Stellen, an denen wir das Feuer zu legen hatten. Langsam und gleichmäßig sollte es sich den Hang hinauffressen. Das tat es zunächst auch. Aber als es an trockene Stellen mit hohem Gras kam und der Wind dazu in Stößen vom See her wehte, da züngelte es, loderte hell auf und lief davon. Er dirigierte, und wir rannten an die Stellen und schlugen das Feuer mit feuchten Lederlappen soweit nieder, bis es sich wieder langsam glimmend weiterfraß. Stundenlang rannten wir, bis die Wiese vollkommen schwarz war.

Wir gingen ins Haus, es war ein altes reetgedecktes

Bauernhaus, und ich dachte, das sei das Glück. Ich machte Feuer im Herd, lernte, die Herdfläche in ihrer unterschiedlichen Wärme zu nutzen, mit den Ringen zu hantieren. In dem Dorf nannte man den Fischer den Fischer und den Förster den Förster. Und der Mann von der Nehrung war der Schriftsteller. Er rief mich, damit ich ihm vorlesen sollte, was er den Morgen über geschrieben hatte. Ich tat es. Aber es fiel nie zu seiner Zufriedenheit aus. Es war meine Stimme, oder mein Gesichtsausdruck, die ihn behaupten ließen, das Geschriebene gefiele mir nicht. Noch einmal. Es gab neue Nuancen, die ihn mißtrauisch machten. Alle Beteuerungen vergebens. Den ganzen Text vorlesen, fünfzig oder sechzig Seiten. Er hörte genau heraus, wo meine Stimme angeblich lustlos geworden war. Er konnte sich so steigern, daß er seine Brille zertrat und schrie, er werde alles verbrennen. Er war ohne Abstand zu seinen eigenen Sätzen. Es war seine wirkliche Verzweiflung, seine Schreibqual, für die ich nur die Projektionsfläche war. Die Wörter waren schuldlos, man konnte sie weder anschreien noch schütteln. Er war hautlos, unsicher, er brauchte pausenlos Bestätigung. Die erwartete er von der Frau, die ihn liebte.

Ich, die ihn liebte, lernte es. Aber unvollkommen. Ich lernte Stimme und Miene zu beherrschen, zu verstellen, lernte, es ging in diesen Momenten nie um Worte, um Sachgespräch, es ging einzig und allein um seine Stimmung, seine Schreibstimmung, die wie ein Gespenst im Haus hockte. Aber ich war keine gute Schauspielerin, ich konnte die Wahrheit schlecht verbergen, ich wußte, daß sein eigenes Sprachempfinden ihm – oft qualvoll langwierig und auf Umwegen – den Weg weisen würde. Und so war es auch.

Wenn ich ihm dann sofort ungeteilt und beglückt zustimmen konnte, war er wie ein Kind in seiner Freude. Er setzte sich ins Auto, mich neben sich und flog mit mir ans Meer zur Insel Rügen, er warf mir Hagebuttenzweige in den Schoß, küßte mich und redete von Liebe wie ein mittelalterlicher Troubadour. Er war hinreißend, seine schmalen Hände mit den langen Fingern, die schiefe, hochgezogene Schulter. Ich war glücklich, nahm die Hagebuttenzweige aus dem Schoß, küßte ihn wieder. Aber schon Sekunden später hielt ich den Atem an, ahnte, wußte, es war nur dieser eine Augenblick; ich fürchtete die nächsten Ausbrüche, Schreibqualen, Depressionen. Und sie kamen. Sein Haus war sein Schreibgefängnis. Wir waren die Mitgefangenen.

Und diese Feuer am See. Wenn er Manuskriptseiten verbrannte. Er benutzte die schweren Blätter von Zeichenblöcken, schrieb mit Bleistift darauf. Die weggelegten Seiten stapelten sich neben seinem Arbeitstisch auf dem Fußboden. Wir liefen zweimal, der Junge mit, trugen die Papierstapel durch die Gartenpforte zum See, der gleich hinter dem Zaun begann.

Er entzündete die ersten Blätter. Sie loderten hell auf, weil der Wind stark war, flogen sie über den See. Kurzlebige Flammen, die über die Wasseroberfläche zogen, hochwirbelten, vom Winde getrieben kreisten und zischend verloschen. Blatt um Blatt.

Zu dritt standen wir schweigend am See. Wenn der Wind landeinwärts drehte, flogen die brennenden Seiten ins Ufergebüsch und verloschen. Der Junge mußte sie zurückholen, jedes einzelne Blatt. Manchmal war nur eine Ecke verbrannt, manchmal war das Blatt halbverkohlt. Aber auf dem Rest waren noch Schriftzüge erkennbar. Er hockte sich an den kleinen Holzfeuerstoß und begann die Schrift zu entziffern. Er las laut vor. In jedem Satz und

Halbsatz schwang – so schien mir – ein Vorwurf, der mich an meine Verfehlungen erinnerte; ich hatte einen Besucher nicht abgewehrt, ein Telefonat nicht verhindert, der Hund des Nachbarn hatte gebellt, meine Begeisterung über seine Sätze war zu lau gewesen, er hatte geändert, noch immer diese Lauheit, er hatte sie verworfen. Ich sah auf den Jungen, spürte, daß Ähnliches in ihm vorging, er seiner Verfehlungen gedachte; er hatte ein Werkzeug nicht an den richtigen Platz zurückgelegt, eine Tür war ihm aus der Hand gefallen und zugeschlagen, ein Mitschüler hatte sein Fahrrad an den Baum gelehnt und – unverzeihlich – er war beim abendlichen Fernsehen aufgestanden mit der Bemerkung, noch arbeiten zu müssen. Ich, die es ihm gern gleichgetan hätte, wagte es nicht. Ich kannte die Folgen. Wir beschuldigten ihn damit des Nichtstuns. Es war ein Schmerz, seine hagere Gestalt da gekrümmt am Holzfeuerstoß hocken zu sehen. Er las mit Hingabe, ehe er an die Blätter nochmals Feuer legte. Und er hielt sie dann dicht über das Wasser, bis sie, schwindend, schließlich als feines weißes Pulver auf die Seeoberfläche rieselten. Seine Stimme ließ die entleibten Sätze noch für kurze Zeit in der Luft stehen, und manchmal überfiel ihn, nach Stunden, eine übertriebene Heiterkeit, er scherzte mit dem Jungen, um das Peinigende und Quälende dieses Autodafés vergessen zu machen.

Zu Hause wasche ich mir die Haare in Karins tanzdielengroßem, rhabarbergrünem Bad, in dem die alte Emaille-Badewanne mit den Schnörkelfüßen mitten im Raum steht. Ich beuge mich über die Wanne, es ist angenehm, das warme Wasser über die Kopfhaut rinnen zu lassen.

Die witzigen Ohren, ein Sprung aus dem Wäscheschrank. Ich binde das Handtuch zu einem Turban, gehe in den Garten hinunter und trockne das Haar in der Sonne. Durch die nassen Strähnen sehe ich, die Blätter des Jelängerjelieber an der Mauer haben mächtig zugelegt.

Am Abend sind wir mit Fiona und Leuten von der Universität verabredet. Wir fahren nach Stockmarket. Ein Pub im Keller eines Eckhauses; voll und laut und rauchig. Unter den Universitätsleuten sind junge westdeutsche und österreichische Lektoren. Das Gespräch scheint festgelegt. Zum wievielten Male höre ich mir fast gleichlautende Berichte über erste Ostbesuche an. Wir sitzen an einem großen Tisch, einer nach dem anderen bestellt eine Lage. Als ich an der Reihe bin, nehme ich die Gelegenheit wahr, den Platz zu wechseln, gerate an eine junge Tschechin, die seit achtundsechzig in Westdeutschland lebt. Rauchschwaden umziehen uns. Es wird immer lauter. Ein junger schottischer Dozent am anderen Tischende formt die Hände zu einem Trichter, ruft eine Frage. Ich schüttle den Kopf, lache, hebe meine Hände, antworte auf die gleiche Weise. Später ersetzen wir die Sprache durch Zeichen und Gesten.

Als ich mit Karin wieder auf der Straße bin, scheint die Nacht schon alle Farben geschluckt zu haben, nur der Himmel ist sommerdunkelblau und sternenübersät. Ehe wir ins Auto steigen, laufen wir eine halbe Stunde durch die steinernen Häuserzellen von Stockmarket, niemand begegnet uns, die Straßenlaternen werfen lange Schatten, und das Licht aus den Fenstern der Souterrainwohnungen beleuchtet unsere Füße.

Das graue Umweltpapier, ich berichte dem Dichter. Die Stimme von Catherine-Ann MacPhee im Radio. Der Ansager übersetzt den gälischen Text. *Mein Duncan ging in die Berge / Mein Duncan ging in die Berge / Mein Duncan ging in die Berge / Und kam nicht zurück. Chaidh mo Dhunnchadh dhán bheinn / Chaidh mo Dhunnchadh dhán bheinn / Chaidh mo Dhunnchadh dhán bheinn / 'S cha d'thill e dhachaidh.*

Am Morgen ist der Himmel bedeckt, und gleichmäßig sanfter Regen fällt. Ich schiebe das Fenster hoch, um den Regen zu hören. Als ich in die Küche gehen will, um Frühstück zu machen, liegt ein Brief vor meiner Zimmertür. Aus Wiepersdorf. Der Dichter schreibt, daß *die Sonne die Stämme alter Kiefernwälder bescheint* und *es seit zwei Tagen die zarten zartgrünen Behänge der Birken gibt.* Von *gelben Sandwegen* ist die Rede und einem *Riesengetreidefeld, grasgrün,* über das *Sturm* und *Dunkelheiten zogen und da war vor dem dunklen Kiefernhorizont ein schmaler beleuchteter Streifen zuletzt: smaragdgrün! Schottländisch! Jaja.*

Er glaubt meinen Schilderungen über die Stille in Edinburgh nicht. *Hier ist nachts so eine Stille, da ist Schottland ja laut dagegen!* Mein Brief mit den englischen Königinnen habe ihn naß, innen und außen verregnet, erreicht. Und *die Wolke, die kam und sah aus wie ein kaputtes Wiesel, so fasrig und ärmlich, bei der Abfahrt wird es noch in Ordnung gewesen sein, aber die Frühjahrsstürme!* Die Schilderungen über die schottische Küche und meine Ankündigung, für ihn schottisch zu kochen, haben ihn erreicht. *Rudere nicht zu allen Inseln wegen dem Ham-*

melfleisch, wird schon nicht schlecht sein, das vom Festland. Mit Kruste muß das braten, seit der Neuzeit ist aller Braten wie gekocht. Schrecklich. Früher, was waren das für Braten.

Ich sehe ihn auf einmal vor mir in meiner winzigen Küche bei einem seiner zweimal im Jahr sich ereignenden Hauptstadtbesuche. Er bereitet Kartoffelmus, in seiner Oberlausitzer Heimat Mauke genannt. Er erklärt mir Dauer und Rhythmus des Stampfens, ich halte den Topf, dann wechseln wir, er läßt Zwiebeln und Speckwürfel aus, wendet sie mit dem Holzlöffel im Tiegel, das Verhältnis von Kartoffelmasse und Ausgelassenem sei, doziert er, die zu handhabende Philosophie, wir lachen, erheben den Tag zu einem Maukefesttag. Und ich sehe ihn in der Sonnenglut unter der Markise auf meinem Balkon, wir verzehren ein Rosmarinhuhn, das ich bereitet habe, er leckt die Finger ab, und ich denke, daß man im Leben nichts tut, ohne herausgefordert und belohnt zu werden, in diesem Falle mit sichtbarer Eßlust. Und auf den winzigen Balkon passen plötzlich viele Leute, und der Dichter gibt zwischendurch im Schatten des Zimmers ein Interview und liest Aphorismen in ein Mikrofon.

Ich wende das Briefblatt und lese auf der Rückseite: *Wir essen mal schottischen Lammbraten mit schottländischem Gemüse und Skotsch dazu und nordschottische Moosbeeren in gälischem Honig. Leben denn Bienen in dem Wetter? Bring etwas Torf mit!* So *viel! Aber selbstgegraben. Und einen kleinen grünen Stein. Und ein Märchen aus dem uralten grünen verlassenen Kloster. Eine Liebesgeschichte.*

Über Hexen könnte ich ihm schreiben. Aber eine Liebesgeschichte? Schottische Märchen. Nach dem Frühstück gehe ich nach oben, wandere an Karins Bücherregalen entlang, aus ihrem Arbeitszimmer kommt das Geräusch des Computers. Ich finde kein Märchenbuch, picke wie ein Vogel in den Büchern herum, nehme dies und das heraus, lese das eine oder andere. Der Drucker druckt. Auf dem Flur später fragt mich Karin noch einmal, ob ich Ostern wirklich allein verbringen, ob ich nicht doch mit nach Yorkshire zu ihren Freunden kommen wolle. Ich möchte nicht. Karin packt ihre Reisetasche, ich mache noch einen kleinen Lunch, wir essen in der Küche.

Dann bin ich allein. Ich räume ab, stelle die Geschirrspülmaschine an. Gehe durchs Haus. Auf dem oberen Treppenabsatz der Regenlichthof. So nenne ich ihn. Ich sitze gern dort auf den Treppenstufen. Die lavendelblaue Farbe der Wände. Über mir das gläserne Dach. Die Katze neben mir. Der Regen ist stärker geworden. Aufschlagende Tropfen, ein angenehmes Geräusch. Die Gleichmäßigkeit, mit der die Regentropfen auf das Glasdach fallen, hochspringen und noch einmal fallen; sanfter Nachklang, ein rhythmisches, melodisches Trommeln. Auf dem Vorsprung des Treppenabsatzes lagert ein kleines steinernes Walroß mit breitem Rücken, das jeden Morgen gegrüßt werden will. Und in seiner Gesellschaft ein grau-blaues Zicklein, ein Tanzbär mit erhobenen Tatzen, eine Flöte aus braunem Ton und ein marmornes Ei, das dem Brancusis gleicht. Sachen aus den Kindheitstagen von Karins Tochter Katrina, vom Sohn Collin? Geschenke? Alles in diesem Haus lebt, hat eine Geschichte. Ich liebe dieses Haus.

Am Abend des Gründonnerstag warte ich auf die acht Glockenschläge von einem Kirchturm als Zeichen, daß Judas Ischariot Jesu verraten hat. Aber ich höre, so angestrengt die Ohren durch das Regengeräusch lauschen, keine Kirchenglocken. Am Morgen hat sich das Trommeln auf dem Glasdach noch verstärkt. Ich bin mit niemandem verabredet, niemand wartet auf mich. Ich könnte arbeiten. Deswegen bin ich auch geblieben. Aber ich habe eine Ausrede. Es ist Feiertag. Wenn sie nach Schottland fahren, dann müssen sie unbedingt dieses Buch lesen, höre ich meinen Verleger sagen, ich schicke es ihnen nach Schottland. Es lag auf meinem Tisch, als ich ankam. Es hat über fünfhundert Seiten. Ich würde drei Tage brauchen. Aber hineinsehen könnte ich. Es ist Feiertag. Es wieder weglegen. Arbeiten. Ich hole das Buch, schlage es auf. Beginne zu lesen. Lese von Feuer- und Wassergeistern, von Melusine, der Nymphe, die auch eine Hexe war; *daß sie am Samstag hat müssen ein Wurm sein, das ist ihr Gelübde gegen Beelzebub gewesen, damit er ihr zu dem Manne hülft.*

Kein Gedanke, das Buch zuzuschlagen. Ich lasse mich hineinziehen, lasse mich fallen, verliere mich, begierig auf fremde Erfahrung, fremdes Leben. Über Hunderte von Seiten die Geschichte der Liebe zwischen der Dichterin Christabel und dem Dichter Ash.

Christabel, die Ruhe und Leere für ihre schöpferische Arbeit braucht, für die *Einsamkeit das Wesentliche* ihrer Existenz ist. In dieser *Einsamkeit* erlangt sie die *Freiheit*, die ihr *das leere Blatt gewährt.* Als sie dem Dichter Ash begegnet und in Liebe zu ihm entbrennt, weiß sie, was geschehen wird. Die Liebe als Feuer, das sie verzehren wird. *Oh, ich darf nicht zulassen,* schreibt sie dem Liebsten, *daß ihr Feuer mich verbrennt. Ich darf es nicht. Ich würde auflodern – nicht ruhig und friedvoll wie mein geliebtes Herdfeuer ... – o nein – ein Zittern in der Luft Geruch von Verbranntem – ein Rauchwölkchen – und sehr viel feines weißes Pulver, welches Wolkenform nur einen unendlich kurzen Augenblick lang behält und dann in zahllose Stäubchen zerfällt – o nein, ich darf nicht.* Aber ihre Selbstbeschwörung kommt zu spät. Sie liebt Ash.

Für ihn ist Dichtung Ausdruck unerfüllter Liebe und die Liebe ein Teil des Universums. Als solchen sieht er auch Christabel. Als sie sich berühren, hält das All kurz inne.

Christabel wird schwanger. Und die Muse verläßt sie; *herzlos und spöttisch, wie sie es mit allen Frauen hält, welche sich mit ihr einlassen – und mit der Liebe.* Die herrschenden Normen zwingen Christabel, das Kind zu verleugnen. Ihre Tochter wächst neben ihr auf, ohne zu wissen, daß Christabel ihre Mutter ist. Die Heranwachsende sieht ohne Verständnis auf das seltsame Worttreiben dieser seltsamen alternden Frau. Die Brücken zwischen Dichtung und Leben scheinen eingestürzt. Ruhe und Leere, die zurückgekehrt sind, sind voller Bitternis, haben etwas Totenähnliches.

Von Anfang an sind Gewinn und Verlust in der Liebe zwischen Christabel und Ash ungleich verteilt. Christabel tut mit ständigem Herabspielen ihres Wertes selbstzerstörerisch das ihre dazu. Eine *arme, atemlose Frau, ohne Durchhaltevermögen* nennt sie sich, als sie Ash trifft und macht sich immer wieder klein und ihn groß, auch in der Zeit ihrer Liebe. *Ich bin ein Eiszapfen ... Du bist es, der den Dingen Leben verleiht ...*

Mir fällt der Mann von der Nehrung ein. Was er nicht alles konnte! Bücher schreiben konnte er, wunderbare Bücher. Er konnte Flöten schnitzen, Aale fangen, die Geige spielen, ein Pferd reiten. Er konnte Häuser bauen, verstand etwas vom Handwerk des Zimmermanns, er konnte im Winter das Schilf auf dem gefrorenen See mit Schneidmessern mähen und im Sommer die Wiese mit der Sense. Ich hatte nie auf dem Dorf gelebt. Alles war neu. Ich lernte. Von keinem anderen Menschen habe ich im Leben so viele Dinge gelernt wie von diesem Mann. Ich lernte, ein Pferd zu zäumen und zu striegeln, Heu zu wenden und den Zeitpunkt zu bestimmen, wann es eingefahren werden kann. Aale, an den Kiemen packend, aus Wasserbottichen zu greifen, sie in einem Eimer Salz abschleimen zu lassen, auszunehmen, zum Trocknen aufzuhängen und in einer Tonne im Rauch von Buchenholz und Wacholder zu räuchern. Er brachte mir bei, Bäume und Sträucher zu pflanzen, einen Garten zu pflegen, Auto zu fahren, Ersatzteile zu beschaffen, mit Behörden um eine Haferzuteilung zu streiten; mit einer Pumpe umzugehen, die das Wasser vom See in den Garten pumpte, er brachte mir das Aufstellen von Fallen für Mäuse, Maulwürfe und Marder bei. Da er das Lehren so liebte, lernte ich ihm zu Gefallen auch vieles, was ich längst konnte. Seine Meisterpassion übersah das. Eine gelehrige Schülerin zu haben, verschaffte ihm Lust.

Eines allerdings schloß er vollkommen aus: das Schreiben. Aber war es nicht gerade das, was mich gelockt hatte? Seine Macht über die Worte. Das war es, was auch ich zu besitzen begehrte. Aber da wollte er keine Schülerin. Im Gegenteil. Er gab mir von Anfang an Signale, die ich nicht verstand. Er würde, sagte er, mich ebenso lieben, hätte ich keinen Beruf oder wäre ich Krankenschwester. Nichts war mir ferner als Krankenschwester. Ich hatte meinen Beruf. Er gehörte zu mir. Das mußte er spüren.

Aber er spürte es nicht oder wollte es nicht spüren. Liebe war für ihn Entwurf. Er machte sich sein Bild. Ich war für ihn eine Tafel, auf der er alle Zeichen löschte und neue schrieb. Er spaltete mich in zwei Teile. Er liebte nur den einen Teil: die Frau. Den anderen blendete er aus. Erklärte ihn zum Feind. Nicht zu seinem, zu meinem. Er wisse um mein wahres Wesen, sagte er. Sein Hohelied des Dienens, versteckte Warnungen. Seine beiden früheren Frauen hätten ihre Berufe aufgegeben, ihm Schreibstimmung verschafft. Wenn ich darin nicht volle Erfüllung fände, sei ich von Egoismus und Selbstliebe geprägt, die gesellschaftlichen Fehlleitungen hätten ihr Werk an mir schon erfolgreich verübt.

Und ich? Ich wollte dem entworfenen Bild gleichen. Ihm Schreibstimmung schaffen. Für ihn da sein. Auch wenn ich unrecht habe, mußt du mir zustimmen, sagte er. Auf den Fotos blicke ich bewundernd zu ihm auf, immer in der gleichen Weise, strahlend, wie er es wünschte. Ich war damals achtunddreißig, mein Gesicht noch jung, meine Haare grau. Mit einer grauhaarigen Frau wolle er nicht durch die Straßen gehen. Es sei ein Zeichen der Liebe, wenn ich mich für ihn verändere. Ich färbte mir die Haare. Ich zog mich an, wie er es wünschte. Ich senkte die Augen, wenn Besuch da war; er war der Mittelpunkt. Ich trennte mich von meinen Freunden. Angepaßt aus Liebe.

Ich verlor meine Heiterkeit, mein Freuenkönnen. Er nahm mir alle meine Güter. Warum machte er das? Und weshalb ließ ich es mit mir geschehen?

Es war der Schock seiner Selbstmorddrohungen, mit denen er mich in den Zaum zwang. Sich umbringen, das Manuskript verbrennen, das Haus anzünden. Hatten nicht andere mich gewarnt? Du kannst mit ihm ins Nachtblau fliegen, in den Himmel, die Hölle aber ist vorherrschend, hatte sein bester Freund mir gesagt. Ich glaubte es nicht. Nun erlebte ich es. Und war selbst die Ursache. Er schrie, schloß sich ein, auch in der Nacht, ich lag wach, lauschte auf jeden Laut. Manchmal bat er mich am Morgen um Verzeihung. Die schiefe, hochgezogene Schulter, die schmalen Hände. Wenn er mit seinem Buch fertig sei, werde er ein anderer Mensch. Ich liebte, was er schrieb. Vielleicht, dachte ich, ist die Anstrengung des Schreibens so groß, daß es nur für das Papier reicht, das Leben aber leer ausgeht. Nur mit Glück im Bauch könne er schreiben. Neig dich mir zu, bat er, schließ dich mir an. Ich schloß mich ihm an, das Schloß schnappte zu.

Seine Liebe meinte nicht mich, meinte eine andere, die ich nicht werden konnte. Ich wurde mir selbst immer langweiliger, mir immer unähnlicher. Je näher ich seinem Bild kam, desto mehr verlor ich mich. Würde ich es erreicht haben, wußte ich, wäre ich eine, die er gegen eine nächste tauschen könnte.

Der von ihm beschworene Feind ließ sich nicht von mir trennen. Er hockte in mir, dehnte und breitete sich. Ich gab ihm Herberge, zunächst gegen meinen Willen, mit schlechtem Gewissen. Später bewußt. Ich schuf mir innerhalb des Hauses einen Freiraum. In dem Kämmerchen, in dem ich schlief. Ein kleiner Raum mit einem alten Harmonium, die Wände voller Bücherregale, eine Eckbank, eine Liege, vor dem Fenster ein Schreibtisch. Im Herbst turnten die Mäuse in den Lehmwänden. Und in den Nächten hörte ich das Pferd husten. Der Raum war vom Zimmer des Mannes durch einen kleinen Flur getrennt. Auf der anderen Seite gelangte ich durch das Gästebad zur Tenne, von .dort ging es zur Kammer des Jungen, zur Küche und zum Pferdestall. Ich arbeitete heimlich. Schrieb, wenn er noch schlief. Wachte er auf und rief, riß ich die Sachen, die ich übergezogen hatte, wieder herunter, trat im Nachthemd als gerade Erwachte an sein Bett. Niemals hätte er eine Zeile schreiben können, hätte er gewußt, daß ich vor ihm am Schreibtisch gesessen hatte. Ich verstand es. Er war hautlos, sensibel. Selbst der Junge, wenn er zeichnete und seine Puppen baute, war eine Bedrohung für ihn. Einmal las ich ihm vor, es gefiel ihm, er umarmte mich, und ich dachte, es wird alles gut werden.

Auch ich wollte ihn nicht so nehmen, wie er war. Auch ich hatte ein Bild von ihm, dem er nicht gleichen konnte. Es war ein aussichtsloser Kampf – Liebe und Zerstörung lagen dicht beieinander. Abgrund zwischen Leben und Schreiben. Das Geheimnis von Angezogen- und Abgestoßenwerden, von Haß und Liebe in unserer Beziehung war unlösbar. Als wir uns liebten und haßten zugleich, waren wir einander noch nah, waren in Gesellschaft der Wesen, die wir einander zu sein wünschten und nicht sein konnten. Erst die Gleichgültigkeit war der Tod von Liebe und Haß. Niemals war ich einsamer als in den Jahren mit ihm. Er sagte mir bei der Trennung das gleiche; niemals,

als in den Jahren mit mir, hätte er innerlich einsamer gelebt. Es gab keinen Gewinner, keinen Verlierer, die Liebe starb.

An den Moment, wo die Gleichgültigkeit in mich kam, entsinne ich mich. Es waren Sommerferien, die Kinder aus seiner ersten und zweiten Ehe waren zu Besuch. Seine Schreibstimmung war äußerst gefährdet. Ich hörte ihn laut auf der Tenne. Seine vierzehnjährige Tochter sagte, ihre Mutter habe die Bücher, die sie lesen wollte, vor ihm verstecken müssen. Er rief mich als Zeugin an. Ich wußte, es war die Wahrheit. Auch ich versteckte die Bücher, die ich las. Meine Lektüre konnte ihn kränken und verunsichern, wenn du das magst, kannst du meinen Text nicht lieben, war sein Vorwurf; er konnte sich zu tagelangen zermürbenden Streitereien ausweiten.

Ich log dem Mädchen ins Gesicht, gab dem Mann recht. Er ging zufrieden an seinen Schreibtisch zurück.

Ich fühlte, ich hatte die Grenze überschritten. Ein heftiges Schluchzen begann mich zu schütteln, wie ich es noch nie erlebt hatte. Ich lief in die Kleiderkammer, hockte mich zwischen Schrank und Tiefkühltruhe. Mein ganzer Körper flog. Aus meiner Kehle kamen unbeherrschte Laute. Ich hörte im Garten die Kinder in der Höhe seines Zimmers, ich mußte hinaus, sie ermahnen, leise zu sein, ich konnte nicht. Was dann geschah, ich weiß es nicht. Irgendwann fand er mich, stand im Türrahmen, sagte, du bist ja hysterisch, wie alle meine Frauen bist du hysterisch. Zwischen Schrank und Kühltruhe hockend, sah ich zu ihm hoch, und obwohl meine Kehle noch immer nicht beherrschbar war, wurde ich plötzlich innerlich völlig ruhig. Er stand vor mir wie ein Toter in meiner Biographie, ich wußte, ich würde ihn verlassen.

Unsere Trennung dann, die sieben Anläufe brauchte. Er verstand es, wieder und wieder, aus der schon verloschen geglaubten Glut Flammen zu schlagen. Troubadoursprüche. Versicherung, ein anderer Mensch zu werden. Meine Beschämung, meine Kleingläubigkeit. Unsere Versöhnungsfeiern waren vielleicht das Vollkommenste unserer Liebe. Aber immer jäher und schneller das Ende. Immer absurder seine Eifersuchtsszenen, vor allem die Eifersucht auf den Jungen.

Einmal, es war die sechste Trennung, der Mann hatte das Haus verlassen, war ins Gebirge gefahren. Ich packte meine Sachen, schaffte Stapel von entliehenen Büchern in die Güstrower Schloßbibliothek. Der Junge nahm mich auf dem Moped mit ins Dorf zurück, es war kühl, war Herbst, wir flogen am Hutberg vorbei, ich fühlte Leben in mir. Im Hause öffneten wir die Tür zum Arbeitszimmer des Mannes, der Junge legte eine Schallplatte auf, »Meine Frau wollte heute ausgehn« und »Genug ist nicht genug« sang Konstantin Wecker, ich hörte ihn zum erstenmal, *überm Boden dampft bereits das Licht,* sang er, *jetzt muß endlich was passieren weil sonst irgendwas in mir zerbricht.* Das Telefon klingelte. Der Mann. Er bat, flehte. Der Junge sagte später, von einem zum anderen Augenblick hast du dich in eine andere Person verwandelt. Ich fuhr dem Mann nach. Ein letztes Mal.

Die siebente und endgültige Trennung. Die letzte Nacht verbrachte ich im Heuschober an der Pferdekoppel, über dem Friedhof stand der Mond. Der Junge war tags zuvor gegangen. Wir waren – der Mann schlief mit Tabletten – mit dem Kahn auf den See hinaus gerudert, ich werde alt werden und den Mann vergessen, hatte ich zu meinem Sohn gesagt, er war achtzehn geworden, hatte sein Abitur bestanden, wir öffneten auf dem See einen Rotwein, tranken aus der Flasche. Am Morgen der Trennung fuhr der Mann mich nach Berlin. Auf der Autobahn sagte er, die nächste Frau, die er nähme, müsse, habe sie einen Sohn, sich von ihm trennen, ehe sie zu ihm käme. Troubadoursprüche. Meine Tränen flossen. Sie flossen beim Abschied. Als ich aber die Tür meiner kleinen Wohnung hinter mir schloß, ging ich von meinem in das große Zimmer, das bisher seins gewesen war, rückte seinen Schreibtisch vom Fenster ab, gab ihm einen anderen Platz, stellte alle Möbel um, arbeitete bis zum frühen Morgen. Setzte mich an den Schreibtisch. Das Licht fiel seitlich auf ihn.

Die Überheblichkeit meiner Sanftmut. Ich, die heimlich meine Mutter anklagte, verhielt mich genauso wie sie. Gut sein aus Feigheit, sanft aus Verblendung. Ich entsinne mich, wie der Mann meinen Namen verkleinerte oder mich Kind nannte; ich sah Gäste an unserm Tisch, die mich von früher kannten, ironische Blicke wechseln. Er nannte mich mit Recht so. Ich blieb das Kind. Er war der Starke. Während er mir seinen Willen aufzuzwingen suchte, zwang ich ihm den meinen nicht auf. Verhielt mich wie ein Gefängnisinsasse, wie sollte er da wissen, was wirklich in mir vorging?

Meine Ausbrüche nur im Kopf, die Zunge ein Klumpen am Gaumen, nie die Zunge gelöst. Warum, wenn er mich anschrie, schrie ich nicht zurück? Warum, wenn er eine Tasse auf die Fliesen des Küchenbodens warf, reichte ich ihm nicht die nächste? Warum nicht die Zündholzschachtel, wenn er durch das Haus rannte und es anbrennen wollte? Weshalb sagte ich ihm, wenn er mit Selbstmord drohte, nicht ein einziges Mal: Es ist deine Entscheidung. Meine Geduld. Meine Sanftmütigkeit. Man macht keinen Mut durch Trost.

Ich hätte, denke ich heute, wie die Prinzessin im »Froschkönig« den Frosch an die Wand werfen müssen. Das wäre die einzige Chance gewesen. Ich tat es nicht. Das ist mein Versäumnis. 'Liebe ist Arbeit.

Der Mann von der Nehrung fand die Frau, die bereit war, sich um seinetwillen vom Sohn loszusagen. Sie spielt nun meine Rolle, mit gleicher Gestik, gleicher Mimik, gleicher Sanftmut.

Das Aufschlagen, Hochspringen, Niederfallen der Regentropfen auf dem Glasdach muß irgendwann unterbrochen worden sein, ich habe nicht gemerkt, wann es anderen Geräuschen gewichen war. Entsinne mich, am zweiten Tag sprangen für Stunden die schwarzen Buchstaben aus den weißen Buchseiten mit der Geschichte von Christabel und Ash, um ins Grau zurückzufallen, als die Sonne fort war, es wieder nur noch das unaufhörliche Rinnen des Regens gab. Entsinne mich an den seltsamen Gestaltwandel der Katze, menschengroß ging sie, flog sogar einmal durchs Haus, die meiste Zeit aber lag sie schlafend und katzenklein auf meinen Füßen. Ab und an waren wir in die Küche hinuntergegangen, hatten etwas gegessen, waren zum Treppenabsatz zurückgekehrt.

Es ist der dritte Tag, Karin wird von Yorkshire zurückkommen. Ich leere die Geschirrspülmaschine. Als ich die

Ostereier für sie verstecke, sehe ich die, die sie mir hingelegt hat.

Als ich erwache, scheint die Sonne auf mein Bett. Ich schalte Radio Scotland ein. Ansage von Wasserständen und Tauchtiefen. Wettervorhersage für die Inseln Orkney, Shetland und die Hebriden. Die schottischen Fischer beklagen sich über die Einfuhr billiger Fische aus dem Baltikum und aus Rußland, sie reden mit erregten Stimmen, kündigen Streiks an. Ich höre Karin mit ihrem kleinen Transistorradio auf der Treppe, höre sie in der Küche ihr Frühstück bereiten, mit dem Frühstückstablett wieder nach oben gehen. Sie arbeitet die ersten beiden Morgenstunden im Bett. Schottische Sitte.

Ich strecke den Fuß in die Sonne, sie wärmt, ich bewege Finger und Zehen. Alle Sinne beisammen. Überschuß. Es ist ein besonderer Morgen, spüre ich, es ist der Anfang. Worte in verschwenderischer Fülle lagern im Zimmer. Worte, die einander mögen, zusammenfinden, eine Gemeinschaft, Sätze bilden wollen. Gesehenes, Erinnertes. Wechselndes Feld, aus dem Kraft wächst. Das Fäßchen mit der Tinte. Das Notizbuch mit dem blauen Leinenrücken, das Triplicate Book. Alles auf dem Schreibtisch. An diesem Tag beginne ich, beginne ein neues Buch.

Mittags eine halbe Stunde im Garten, ausgestreckt auf dem Rasen, die warme Hand der Sonne, ein Baumvogel zwitschert in meinem Kopf.

Wieder das Notizbuch.

Traumlose Nacht.

Glück.

Karin sagt, sie werde nicht fragen, worüber ich schreibe, sie wisse, über die Arbeit, an der ich säße, würde ich nicht sprechen.

Gegen Abend ziehe ich den Trainingsanzug an, laufe am Kanal entlang. Danach sitze ich an meinem Tisch vor dem Fenster.

Den nächsten Tag auch. Und den folgenden. Ich fahre nicht mehr in die Stadt, gehe nicht mehr in den Pub, will niemanden mehr treffen. Karin hat sofort die Veränderung der Situation begriffen. Unser gemeinsames und voneinander unabhängiges Leben bewährt sich.

Ich sitze wie fest gezurrt im Zimmer zu ebener Erde. Einmal, beim Aufschauen, sehe ich Karin im Garten Wäsche auf die Leine hängen, ein scharlachrotes und ein dunkelblaues Badetuch, ein zimtfarbenes Laken. Ich sehe, wie sie die Leine in die kleine Holzgabelung der Wäschestange fädelt, sie anhebt und in der Erde befestigt. Das Licht fällt auf die Wäschestücke und das zimtfarbene Laken verdeckt den Turm des Irrenhauses.

Mittags jäte ich im sonnenwarmen Garten Unkraut. Die Hände in der warmen Erde. Die Katze kehrt von Frühlingsgängen zurück. Die kleine federleichte Nachbarin ruft über den Zaun: welch schönes Wetter. Ich sehe sie in kleinen Sprüngen durch den Garten hüpfen. Als Kind besaß sie sicher ein Springseil, vorwärts, rückwärts, seitlich, gekreuzte Hände, Hüpfschritte; das Seil schwirrt durch die Luft.

Was mit den Schafen sei, will der Dichter wissen. Ich schreibe, daß in Schottland fünfzig Millionen Schafe weiden, auf einen Schotten zehn Schafe kommen, im Weltdurchschnitt dagegen auf ein Schaf fünf Menschen. Daß es vierzig Rassen gibt, Hill Radnor, Teeswater, Cheviot, Wensleydale, Shetland, Suffolk, Dorset Down, Herdwick, Black Welsh Mountain; ich ihm von der schönsten das schönste Lämmlein mitbringen könne, ein rosa Seidenband dazu, damit er es zur Freude der Stipendiaten im Wiepersdorfer Park spazierenführen könne.

16. April, in ganz Großbritannien streiken die Eisenbahner.

Am späten Nachmittag jogge ich wie jeden Tag am Kanal. Ich treffe immer dieselben Leute; ein Hallo unter Keuchen hervorgestoßen, ein Handheben, ein Lächeln.

Ab der zweiten Woche fragt Karin manchmal gegen Abend, ob wir für zwei, drei Stunden weg wollten.

Einmal fahren wir von Balerno aus in die Pentland Berge. Wandern einen Weg, der durch ein Hochmoor führt. Zurückhaltende Farben, Kühle. An einem Wasserreservoir fliegen kreischend Tausende von Möwen. Eine vierreihige alte Buchenallee zieht uns bergan. Von oben der Blick: alles in Erdfarben.

Ein andermal fahren wir nach Haddington. Marktkreuz und Taubenschläge. Ein träger Fluß. In seiner Mitte auf einer Insel brütet ein Schwanenpaar. In der Gaststätte Waterside essen wir in Teig gewickeltes Gemüse und süßes Whisky-Trifle.

Wir besuchen Karins schottische Freunde Walter und Ellis. Walter ist krank, geht am Stock. Ein Haus voller Bücher. In der Küche Wäsche auf der Leine. Wir trinken Tee. Das Angenehme der schottischen Gastfreundlichkeit. Da wird nichts zurechtgerückt, nichts arrangiert, man fühlt sich sofort wohl. Wir gehen durch den Garten, am ersten November müsse ich kommen, Walter weist auf den Feuerplatz, ein Holzstoß ist schon aufgeschichtet. Halloween, sage ich. Er: Samain, das alte keltische Neujahrsfest, das wichtigste Fest des Jahres. Am Vorabend werden alle Feuer gelöscht, das Jahr stirbt. Der Zeitbegriff ist aufgehoben, Lebende und Tote begegnen sich in dieser Nacht. Mit dem Entzünden des neuen Feuers beginnt das neue Jahr. Wiedergeburt. Ein anderes Fest sei Beltaine, die Nacht zum ersten Mai, auch da das Feuer. Flammenräder, mit Stroh und Werg umwickelte Räder seien früher die Berge herabgerollt, die Viehherden seien zum Schutz vor Krankheiten durch das Feuer getrieben worden. Wie der Raum nur drei Dimensionen habe, so gäbe es für die Kelten nur drei Elemente: Erde, Wasser und Luft. Das Feuer entstehe aus der Verwandlung dieser drei Elemente, sei Transformation.

Später machen wir einen Spaziergang durch ein frühlingsgrünes Tal, die Vögel lärmen wie betrunken, es ist glitschig, Walter stützt sich auf seinen Stock. Er redet vom Mondkalender der Kelten, nicht die Tage, die Nächte zählten, achtundzwanzig hatte ein Monat. Jedes fünfte Jahr gab es ein Schaltjahr. Der Zyklus der Frauen und die Schwangerschaft werden bis heute nach dem Mondkalender berechnet. Den Orgasmus bezeichneten die Kelten als kleinen Tod, den endgültigen als einen Orgasmus ohne Wiederkehr.

Einmal klettern Karin und ich im Tantallon Castle am Meer im roten Sandsteingemäuer bis zum obersten, dem siebenten Stockwerk. Wie haben Frauen hier Kinder geboren und großgezogen. Herd und Bett waren die einzigen warmen Orte.

Danach besuchen wir den Töpfer Cohn und seine Frau Francis, die Stoffe webt. Siebenundachtzig habe ich die beiden kennen gelernt. Der Töpfer, schmale Gestalt, mit vorstehendem Adamsapfel, scheint mir gealtert, seine Frau dagegen sieht jünger und schöner aus. Was ist mit mir in den sechs Jahren geschehen, wie habe ich mich verändert? Als der Töpfer Cohn mir in seiner Werkstatt seine Arbeiten zeigt, wirkt er wieder jünger. Vom Fenster sehe ich auf den Vogelfelsen, den Bassrock, der neben Tantallon Castle im Meer liegt. Der Töpfer reicht mir sein Fernglas, der Felsen ist weiß von Tausenden brütender Möwen. Im Wohnhaus essen wir zu Abend. Nur die Frauen sitzen am Tisch. Die Tochter, die mir vor sechs Jahren ein Kind schien, ist schwanger. Ich sehe auf ihren Bauch. Für mich – in der Erinnerung – war dieser Zustand der beste der Welt. Auf der Heimfahrt halten wir in

North Berwick und laufen am Meer entlang. Es ist Ebbe. Eine weite Fläche. Windstärke sechs. Das Sirren des Windes. Er hat die Fläche geglättet, treibt einen dünnen Schleier getrockneten Sandes vor sich her. Obwohl wir die Lippen fest aufeinanderpressen, haben wir Sand im Mund. Die gleißende Sandfläche mit den vielfachen Spiegelungen des Lichtes.

Regen. Vorn Schreibtisch aus sehe ich den Garten in der Nässe glänzen. Es ist Sonntag. Fiona ist gekommen, sie hilft beim Korrigieren von Examensarbeiten, Karin ist in Verzug. Sie rufen zum Lunch, ich bin noch nicht soweit, esse später in der Küche. Am Abend telefoniere ich, wie jede Woche, mit meiner Schwester, um zu erfahren, wie es meinem alten Vater geht. Dann ein langes Gespräch mit dem Sohn, dem älteren, über seine Arbeit, wie immer. Der Bruder war auf der Rückreise bei ihm. In Schottland ist es Mitternacht, in Deutschland ein Uhr, als ich den Hörer auflege.

Wieder Regen. Garten, Irrenhausdach und Himmel sind grauverhüllt. Beim Laufen am Kanal weiche ich den Pfützen aus, überspringe oder umrunde sie. Meine Mitläufer machen sich nicht diese Mühe.

Am Abend hat Karin den Friseur zu Gast, der einst ihren Kindern die Haare geschnitten hat. Viermal im Jahr holt sie den alten Mann ab und fährt ihn wieder zurück, es sind für ihn die Höhepunkte des Jahres. Ich höre seine dünne Altmännerstimme durch die Tür. Gehe in den Lichthof hinauf, schlendere an den Bücherregalen entlang. Ein Arbeitsheft des Uwe-Johnson-Archivs fällt mir in die Hand. Ich lese den Satz: *Wer die Gedanken Hannah Arendts über Benjamin einerseits und die Grundkonstruktion des Jahrestage-Epos vergleicht, dem gehen die Augen auf* Johnson hat Hannah Arendt 1966 in New York kennen gelernt. Ihr Porträt hing in seinem Arbeitszimmer in Sherness-on-Sea, in dem er in der Nacht vorn 23. zum 24. Februar 1984 starb, erst am 13. März gefunden wurde.

Schon *vor dreißig Jahren* habe, so mein Leipziger Dichterfreund, Uwe Johnson *die Wahrheit über diese seine DDR geschrieben,* aber, da er *mit der historischen Wahrheit im Verbunde war,* habe er es nicht vermocht, das *beliebig zu dosieren und arrangieren wie die cleveren Halbtalente.* Meine erste Johnson-Lektüre: »Ingrid Babendererde«. 1988 war das. Ich erinnere mich, ich erkannte, das war Güstrow, der Dorn, der Platz darum. Die Brinkmann-Oberschule, Aula, Gänge, Treppen, alles war mir vertraut, ich war dort zu Elternabenden gewesen. Niemals war der Name Uwe Johnson in Verbindung mit der John-Brinkmann-Oberschule in Güstrow gefallen. Im schottischen Steinhaus auf der Treppe sitzend lese ich von Johnsons Besuchen in Güstrow. 1980 und 1982. Am 25. und 26. Oktober 1980 ist er als Mitglied einer britischen Reisegruppe in Güstrow. Am 16. Juni 1982 notiert er bei seinem Besuch in Güstrow: *Heidberg, Grenzburg geschlossen, Barlachhaus, Kurhaus, Kastanienstraße, Markt, Schloß, Dom, Gertrudenfriedhof und für 20 Uhr Warnow-Hotel.* Ich habe in dieser Zeit dort gelebt, ich hätte ihm auf der Straße begegnen können.

Der dritte Regentag. Karin hat Stauden gekauft, pflanzt im Regenmantel im Garten. Auf meinen Fenstersims stellt sie eine Schale mit roten Aurikeln.

Die Worte mögen sich, das Notizbuch mit dem blauen Leinenrücken ist schon dreiviertelvoll.

Traum. Ein Mann ohne Schnürsenkel in den Schuhen sitzt vor mir. In einem hohen Raum steht ein alter Flügel, als ich ihn öffne, riecht er nach Curry.

Vom Schreibtisch aus der Blick auf Holunderbüsche und die Eberesche im Nachbargarten. »Wer Holunderholz verbrennt, holt den Teufel ins Haus«, höre ich meine Großmutter sagen und: »Vor Holunder soll man den Hut abziehen und vor Wacholder die Knie beugen.« Ihr ständiger Spruch, entsinne ich mich, war: »Wer das Feuer haben will, muß den Rauch leiden.«

Sitzen und schreiben, das Haus nicht verlassen.

Aber das Semester beginnt, das Sommersemester. Ich muß meine Arbeit beiseite legen, das Triplicate Book kommt in die unterste Schublade des Schreibtisches. Ich bereite meine Workshops vor.

Karins Student kehrt zurück. Er ist von der Ostküste, von Dunfermline, studiert Computerwissenschaften in Edinburgh. Wohnt in dem winzigen Zimmer über der Küche, zu dem eine steile Treppe hinaufführt. Ein Schwall lauter Popmusik, wenn er die Tür öffnet. Er poltert die Treppe herunter. Er ist sechs Fuß groß, über einsneunzig, und trägt auch im Haus eine Mütze. Während ich koche und er auf das Läuten der Mikrowelle wartet, in der er sein fastfood aufwärmt, machen wir uns bekannt.

Der erste Workshop im Hörsaal des vierten Stockwerkes des David-Hume-Tower. Editionsfragen. Arbeiten mit Handschriften. Am Beispiel der Lenzschen Werk- und Briefausgabe. Fiona hat sie von Glasgow besorgt, die Bände wandern von Hand zu Hand, die Studenten blättern, schlagen nach. Ich erzähle von der Entstehung der Edition, von der Schwierigkeit, in die Archive zu gelangen. Der Westen verschlossen, kein Visum, kein Geld. Der Osten schwierig. Krakau in Polen, Moskau, das Baltikum, Riga, Tallin, Tartu. Ich erzähle von dem achtzehnjährigen russischen Soldaten mit den abstehenden Ohren an der Paßkontrolle auf dem Flughafen in Moskau, der mit einem Kopierstift und einem winzigen Formularblatt, das er in meinen Reisepaß legte, die bürokratische Maschinerie außer Kraft setzte – an allen offiziellen Stellen war ich gescheitert –, mir eine Aufenthaltserlaubnis für Tartu im militärischen Sperrgebiet verschaffte. Schildere die Bibliothek dort, das Archiv in Riga, die Pförtnerin mit der Perücke, eine alte Deutschlehrerin, die mich ungefragt küßte. Erzähle von Handschriften, von dem Abenteuer: Lenz im Blättersarg seiner Manuskripte.

Vollkommene Stille. Konzentration. Später glaube ich zu sehen, die Hände greifen plötzlich anders, blättern anders.

Nach dem Workshop bummeln Karin und ich durch Geschäfte mit indischen und mexikanischen Waren. Wir schlingen leuchtend bunte Seidentücher um, probieren Kleider und Blusen, drehen uns vor dem Spiegel, finden, für diese exotischen Sachen müßten wir andere Personen sein. Karin wählt eines der Seidentücher. Wir entdecken zwei skurrile Katzen aus Porzellan, kaufen sie, schenken sie uns gegenseitig. Schlendern durch Cowgate, Candlemaker Row zum Grassmarket. Der Marktplatz des alten Edinburgh, wo das Korn verkauft, das Vieh gehandelt wurde, wo über hundert Jahre der Galgen stand. Ein in den Boden eingelassenes Kreuz und der Name eines Pubs, »The last Drop«, erinnern noch daran. Die Burgmauern stehen dunkel über uns. Plötzlich ein schwarzes Pferd in der Luft, das in Flammen aufgeht. Es ist der angesehene Prediger Weir, genannt Thomas, der Engelgleiche, der seine Schwester liebte und deshalb des Umgangs mit dem Teufel bezichtigt und 1670 öffentlich verbrannt wurde. Wir laufen die gewundene terrassenartige West Bow hinauf. Ab der Mitte heißt sie Victoria-Street. In der Nummer zehn entdecken wir ein Schild: »Pierre Victoire«. Ein Restaurant, das von drei jungen Franzosen betrieben wird. Ein schmaler, länglicher Raum, die Küche am Ende, winzig, für die Gäste sichtbar. Das Restaurant wird gerade geöffnet, es ist achtzehn Uhr. Eine halbe Stunde später sind alle Plätze besetzt. Der Essenduft, der durch den schmalen Raum zieht, die Geräusche des Kochens, Köchelns, Brutzelns, das Zischen beim Ablöschen. Ich kann von meinem Platz aus den jungen Koch beobachten. Er trägt eine kleine schwarze Kappe, steht mit dem Rücken zu mir vor dem Herd, der voller Töpfe, Pfannen und Kasserollen ist. Er hat, da fast alle Gäste zu gleicher Zeit gekommen sind, viel zu tun. Aber nicht eine seiner Bewegungen ist hektisch. Er arbeitet ruhig und konzentriert. Von Zeit zu Zeit tritt er zwei Schritte nach rechts, wo ein Zettel an der Wand hängt, offenbar seine Rezeptur, er vergewissert sich. Das Licht aus dem Gastraum fällt auf sein Gesicht.

Wir haben als starter Muscheln mit Knoblauch gewählt, trinken Montarrots Chardonnay, einen australischen Weißwein. Als main course gibt es Perlhuhn mit Calvados-Äpfeln. Eßgeräusche, leise Gespräche. Behagen. Der Duft, in den wir gehüllt sind, der uns entströmt. Das Behagen sind wir. Dichte, Wärme des Lebens, die sich in uns breitet. Das schwarze Käppchen, die über dem Herd schwebenden Hände, das Halbprofil im Licht. Plötzlich sehe ich den jungen Mann in einer anderen Sphäre des Kontinents, mit anderen Gerätschaften in den Händen, verzerrtem, fanatisiertem Gesicht.

Eine kurze Nacht. Wenig Schlaf. Schlechte Träume.

Der zweite Workshop. Diesmal wird es um literarische Texte der Studenten gehen. Ich stehe vor der Tür zum Raum zehnzehn im David-Hume-Tower, lese die Mitteilung über den *Writer in Residence,* daß ich das bin, ist mir ganz fern. Im Raum sitzen schon mehrere Studenten. Wir warten noch. Ich sehe auf Burg und Stadt hinunter. Ich freue mich, mein Vater hat einen Herzinfarkt, höre ich sagen, drehe mich um, eine kleine Person mit roter Haarmähne, endlich ist er schwach, kann mich nicht mehr dirigieren. Ein Langer, mit Armen, die ihm ständig im Wege sind, erzählt vom letzten Joint, den er geraucht hat, ich verstehe nicht alles; aber danach, sagt er, danach: bloody fucking thing. Er lacht verlegen, wartet auf eine Erwiderung. Aber sein Gegenüber schweigt. Ich blicke in dessen Augen, ahne, der ist zu ganz anderen Reisen fähig. Er wirkt schüchtern und zugleich stark. Eine Narbe auf seiner Wange, weiches, langes Haar. Sein Text ist mit Abstand der beste. Beim Vortrag verwandelt er sich, er *ist* sein Text. Über Selbstachtung hat er geschrieben. Mir fällt die Debatte mit den Glasgower Studenten über Werthers Selbstmord ein; das Gespräch im Cafe, der Student, der sagte, wenn es möglich sei, einen Menschen zu töten, um in dessen Leben eine Rolle zu spielen, sei es auch denkbar, daß man sich tötet, um im eigenen Leben zu zählen.

Auf dem Heimweg gehe ich am Lady Stair's House vorbei, besuche die schottischen Dichter. Das Schrullige dieser Reliquien-Museen. Eine Meerschaumpfeife aus dem Besitz von Sir Walter Scott. Auf grüner Unterlage, schwarzem Kissen eine Strähne von Scotts Haar, von 1832, aus dem Jahr seines Todes. Ein Pfeifenstopfer, das Schild daneben betont, daß er wirklich aus dem Besitz von Scott stammt. Bei anderen Gegenständen steht vermutlich oder angeblich. So bei der schwarzen Tellermütze mit den Quasten, die Scott in seinen letzten Lebensjahren getragen haben soll. Drei Spazierstöcke, einer davon ein Knotenstock mit Horngriff, es soll sein Lieblingsstock gewesen sein. Der Rest einer zerbrochenen Glasscheibe aus dem ersten Stock des George Square Nummer 25, vom Fenster des Zimmers, in dem Scott vermutlich als Kind schlief.

Robert Burns. Seine Statue aus weißem Marmor im Wandschrank. Mit bleifarbenem Stift in der Hand. Sein Stockdegen aus der Dumfrieser Zeit. Messer und Gabel, mit denen er gegessen hat. Der Gipsabdruck von seinem Totenschädel, achtunddreißig Jahre nach seinem Tod gemacht, als das Grab geöffnet und seine Frau neben ihm beigesetzt wurde. Eine Locke vom Haar einer seiner literarischen Figuren, *Lock of Highlands Mary's hair.* Ich sehe, sie findet das besondere Interesse der Besucher.

In den Kellerräumen, die Robert Louis Stevenson gewidmet sind, treffe ich keine Besucher. Nur einen Aufseher, der im Kreis geht, ein Schlüsselbund am Hosengurt, das bei jedem Schritt einen hohen klirrenden Ton von sich gibt. Riesige Fotos. Wandgroß. Faszinierend. Stevenson in seinem Haus am Pazifik, in Vailima bei Apia auf der Insel Samoa, umgeben von schwarzhäutigen Samoanern. Sein Lungenleiden hat ihn immer wieder auf die Südseeinseln geführt. Auf Samoa stirbt er auch am 3. Dezember 1894, vierundvierzigjährig. Ein letztes Foto mit seinem Freund, dem samoanischen Häuptling Tuimaleafiefono. Das nervende Kreisen des Aufsehers, das Klirren der Schlüssel. Ein Foto von Stevensons Beerdigung. Mont Vaea. Glühende Luft, unter üppigen Bäumen an Stangen befestigte buntfarbene Wandbehänge, davor, klein wirkend, aufgeschichtet ein Häuflein Erde, der Tote. Darum herum stehen etwa vierzig Schwarzhäutige, drei Weiße und eine indianisch aussehende Frau. Diese Grablegung, der Körper in die warme Erde, hat etwas Heiteres.

Im nächsten Raum ist eine Landkarte vom imaginären »Treasure Island«. Und eine Erstausgabe der »Schatzinsel« von 1881/1882. Kindheitslektüre: Stevensons »Schatzinsel«, sein »Flaschenteufel«. Karin hat mir an der

Ostküste die kleine Insel mit dem Leuchtturm gezeigt, die er beim Schreiben vor Augen gehabt haben soll. Sein Vater und sein Großvater waren berühmte Leuchtturmbauer. In einer Vitrine liegt eine Angelrute aus seiner Zeit in North Berwick und ein geflochtener Weidenkorb für Fische. Es gibt viele schriftliche Dokumente. Ich würde mir gern alles in Ruhe ansehen. Aber das manische Kreisen des Aufsehers, das Geklirr. Ich frage ihn etwas, um seinen Kreisgang zu stoppen. Er antwortet mir, den Kopf zurückwerfend, beschleunigt den Schritt, legt entschlossen die Hände auf den Rücken. Er ist mir unheimlich, er gleicht eher dem Insassen eines Irrenhauses als dem Bewacher literarischer Reliquien.

Ich widerstehe der Versuchung, die unterste Schublade des Schreibtisches zu öffnen und das Triplicate Book herauszunehmen. Bereite meinen dritten Workshop vor.

Für Sonntag habe ich eine Einladung nach St. Andrews. Karin und Fiona müssen zu einer Konferenz, ich kann inzwischen die Stadt besichtigen. Fiona, die mich in ihrem Auto mitnimmt, will nicht glauben, daß ich noch niemals den Firth of Forth überquert habe. Von der Straßenbrücke aus sehen wir die Eisenbahnbrücke von 1890, eine herausragende Ingenieurleistung, die Schönheit der mächtigen Stahlkonstruktion, geschwungene Linien, strenge Geraden, rötliche Kuben, die sich erweitern, verjüngen.

St. Andrews, ein Wallfahrtsort seit Jahrhunderten. Der Heilige Andreas, Schutzpatron von Schottland. Der Turm von St. Regulus, die Kathedrale, die die größte in ganz Schottland war. In der Reformation unter John Knox wurde die Kirche zerstört, ihre Mauern geschleift, die Altäre zertrümmert, das Mobiliar geraubt, die Bücher verbrannt. Was ich vor mir sehe, siebenhundert Jahre nach Baubeginn, vierhundert Jahre nach der Zerstörung, ist nur ein Bruchteil. Ich gehe über den weichen Rasen und sehe die Ruinen in wechselndem Licht; knorrige Trauerweiden und Steine haben verwandte Gesichter. In den offenen Fensterhöhlen der Osttürme brüten Seemöwen, sie stoßen schrille Schreie aus.

Unten liegt der Hafen. Von einer Schleuse geschützt, die Ebbe und Flut ausgleicht, schaukeln die Boote der Fischer im Hafenbecken. Kein Fischer ist zu sehen. Leere Fischkästen stapeln sich in langen Reihen. Die Fischerhäuser liegen geduckt in kleinen Zaubergärten mit über und über bunt blühenden Blumen. Die Eingänge der Häuser sind zu ebener Erde, ich kann durch die Fenster in die Zimmer blicken und wieder hinaus, im gegenüberliegenden Fensterausschnitt sehe ich das Meer. Weder eine Fischerfrau noch ein Fischerkind noch ein Fischer weit und breit.

Ich setze mich am Ende des Felsvorsprunges in die Sonne auf eine Bank. Zwischen schwarzen Felsenklippen bewegen sich Schlick und Tang. Kommt das Meer oder geht es? Meine Augen versuchen, einen festen Punkt an der Grenzlinie zwischen Land und Meer auszumachen, aber immer wieder verliere ich ihn. In den Klippen zwei Gestalten. Durch mein kleines Fernglas sehe ich zwei Knaben, einen kleinen pummligen mit safrangelbem Hemd, einen größeren mit roter Latzhose. Sie hocken am seichten, hin und herschwabbernden Wasser der Priele, ab und an greifen ihre Hände hinein, heben vorsichtig

Steine an. Sie haben einen Eimer bei sich. Nach einer Zeit wechseln sie die Stelle. Auf einmal, als seien die Klippen eine Promenade, eilt mit schnellen, sicheren Schritten ein Mann über sie, beginnt mit ebenso schnellen, sicheren Handgriffen etwas in eine weiße Plastiktüte zu füllen, es können nur Muscheln sein, die er von den Steinen löst. Als er zurück will, hat das Meer den Weg, den er gekommen ist, bereits überspült. Also kommt die Flut. Der Mann steht einen Moment unbeweglich, zieht sich dann mit waghalsigen Sprüngen zurück.

Die Sonne wärmt, ich rekle mich auf der Bank, die Vorstellung, einen Tag lang wissenschaftliche Vorträge hören zu müssen, schüttelt mich. Nach einer Stunde sind auch die hohen Steine mit den Muscheln überspült. Die beiden Jungen suchen noch immer. Auf der Hafenmole wird es lebhaft, Studenten mit weiten roten Umhängen. Der traditionelle Gang nach dem sonntäglichen Gottesdienst. Manche tragen ihren Umhang über dem Arm, das ist nur den höheren Semestern erlaubt. St. Andrews ist die älteste Universität Schottlands, 1410 gegründet. Nach der Union mit England 1707 verlor sie an Bedeutung, Oxford und Cambridge waren gefragter.

Ich schlendere den Uferweg entlang. Karin hat ihr Auto direkt an der Stelle geparkt, wo wir uns zum Abend verabredet haben, am Eingang zum Castle. Auf einem Schild lese ich, daß unterirdische Fluchtgänge und der Sea Tower, ein Verlies, in das die Gegner von Krone und Kirche geworfen wurden, zu besichtigen sind. Ich gehe zum Strand hinab, Studenten liegen im Sand. Ich finde ein steinernes Herz, aber keinen kleinen grünen Stein für den Dichter.

Gegen das Licht sehe ich auf den Klippen ein Safrangelb und ein Rot. Die bei den Knaben kommen über die Klippen. Der mit der Latzhose springt in den Sand hinunter, läuft, ohne sich umzublicken, weiter. Der Pummlige steht mit dem Eimer in der Hand zögernd am Rand. Betrachtet die Höhe, das offene Gefäß. Mit dem Eimer kann er nicht springen. Ich renne zu ihm. Er legt sich auf den Bauch, reicht den Eimer herunter. Für einen Moment ist er im freien Fall, ich fange ihn mit beiden Armen auf. Ob er mir zeigen könne, was er gefunden habe. Er hockt sich hin, nimmt eifrig ein Meeresgetier nach dem anderen heraus. Schnecken und Muscheln hat er, die noch voll Tang und Moos sind. Er fährt mit den Fingern an den messerscharfen Schalenrändern der Sandklaffmuscheln entlang. Auf dem Boden des Eimers wimmelt es von kleinen Fischen. Köder zum Angeln. Die Krönung seines Fanges ist ein großer Taschenkrebs mit rotbraunem Rückenpanzer. Er packt ihn geschickt, damit ihn die kräftigen Scheren nicht kneifen. Er strahlt. Später winkt er mir von der Uferpromenade.

Ich laufe wieder auf die Stadt zu. Glockenläuten. An der Kirche des St. Salvator College ist die Straße abgesperrt. Eine Menge Schaulustiger. Eine schottische Hochzeit. Hüte in gewagter Größe, Schottenröcke. Nach der Zahl der Gäste müßten es sieben Hochzeiten sein, aber es ist eine einzige. Ein Mann hinter mir in der Reihe der Zuschauer ordnet die Schottenröcke nach Farbe und Muster den Clans, den Familien zu: Russell, MacGregor, Mackay MacDonald, MacPherson, Cunningham, Stewart. Bewundernd spricht er über Reichtum und Beziehungen des Hochzeitspaares.

Vor dem Kirchenportal ein dünner Fotograf. Ich stelle fest, als schottischer Hochzeitsfotograf muß man zugleich Sportler und Zirkusartist sein. Er hockt sich hin, legt sich auf den Boden, klappt, wenn es erforderlich wird, in Windeseile eine Aluminiumleiter auf, klettert hinauf, herunter, arrangiert die Gäste. Als zuletzt die

Braut aus dem Wagen steigt, erreicht er seinen Höhepunkt. Er springt von der Leiter, um eine Falte ihres Kleides zu richten, wieder oben, betrachtet er mit einem zu gekniffenen Auge sein Werk. Die Glocken dröhnen. Die Braut in ihrer weißen Tüllwolke. Daneben ein älterer Herr. Der Brautvater, der Beifall bekommt, als er das Blumenbukett aus dem Wagen hebt und der Nächststehenden zum Halten gibt. Es ist die Verkehrspolizistin, die vorher die Straße abgesperrt hat. Sie verbeugt sich lächelnd, und auch sie bekommt Beifall.

Als ich zur vereinbarten Zeit zum Schloßeingang komme, noch einmal die Hochzeitsgesellschaft. Karin steht schon an ihrem Auto, um das die Gäste herumgehen müssen. Auf dem Rasen neben den Ruinen des Meerschlosses ist ein weißes Zelt aufgebaut, wie ich es von alten Gemälden königlicher Jagden kenne. Vor der Zugbrücke am Tor wird auf dem Dudelsack die schottische Hochzeitsmelodie geblasen. Auch Karin nennt mit jedem Auftauchen eines Schottenrockes Namen; sie habe noch nie so viele verschiedene Kiltmuster auf einmal gesehen. Die Schottenröcke wippen, in den meisten Kniestrümpfen steckt der dirk, das Kurzschwert, *sgian dhu*. Nicht wenige der männlichen Hochzeitsgäste tragen einen länglichen Kasten bei sich, ihre eigene bagpipe, die sie später sicher spielen werden, wenn Reden und Hochzeitsmahl vorbei sind, der Tanz beginnt. Was wird da mit den Hüten? Keine Farbe ist ausgelassen, selbst smaragdgrün und pink nicht. Ich denke an Sandra, suche einen Hut für sie, der kecke dunkelblaue würde ihr stehen. Und Jane? Als Brautjungfer darf sie keinen tragen.

Wir steigen ins Auto. Fahren im Schrittempo durch die Menge der Schaulustigen. Karin zeigt mir noch das Mekka der Golfer. In St. Andrews ist 1754 der erste Golfklub der Welt gegründet, und hier sind auch die allgemein gültigen Golfregeln festgelegt worden, wie schwer der Ball sein darf, wie tief das Loch sein muß oder wie viele Schläger bei einem Turnier benutzt werden dürfen. Vier Golfplätze gibt es in St. Andrews, der berühmteste ist The Old Course. Traditionsgemäß herrscht am Sonntag Spielverbot, wir sehen über den leeren grünen Rasen, und ich kann mir vorstellen, daß das Golfspiel einem Schafhirten abgeschaut ist, der zum Zeitvertreib mit seinem Hirtenstab nach Steinchen schlug.

Unsere Rückfahrt geht über die kleinen Hafenstädte am Südufer des Firth of Forth. In Crail steht ein Einhorn auf dem Marktplatz. Die kleine Stadt ist blitzsauber und leuchtet gelb, der Mauerpfeffer blüht, vor den Fischerhäusern stehen aufgeschichtet die lobster-pots. Kästen aus Holz und geflochtenem Hanf, mit einem Stein zum Beschweren, in denen die Fischer Hummer und Langusten fangen. Die Küste ist hier steinig, die Steine erreichen mit einem dumpfen Schlag die Mauern und rollen mit hellem splitterndem Klang zurück. Auf dem Weg von der Ober- zur Unterstadt sehen wir in einem Garten direkt am Meer einen alten Herrn mit einem Tropenhelm, diesem kuriosen Erinnerungsstück an die Kolonialzeit. Er mäht den Rasen, *stutzt sein Gärtchen zum Paradiese* zurecht. Der alte Herr ist sicher einer der vielen Engländer, die Schottland als Alterssitz wählen, sich hier Land und Häuschen kaufen.

Im Hafen deckt der Fischhändler gerade eine Plane über seine Fische. Wir hätten frischen Hummer, Langusten oder Langustinen kaufen, sie uns zubereiten lassen und gleich essen können. Vor unseren Augen hätte er sie lebend in den kochenden Sud geworfen. *Ich möchte*, schrieb der Dichter aus dem Märkischen, *gleich mal mit*

Dir in einen Hafen gehen, zu den Fischhändlern. Am besten wir essen gleich dort. Seeungeheuer, eine Portion Seeungeheuer in gälischer grüner Soße, aber Salzkartoffeln dazu! – Wie ißt man denn einen Hummer? Wie Austern? So *aufklappen und Zitrone drauf? Sie haben* so *gepanzerte Schwänze wie Scharniere. Iß nicht die Schalen! Naja mache wie Du willst.*

Wir verlassen Crail hungrig, im nächsten Hafen, in Anstruther, steht eine lange Schlange vor fish & chips. Wir geben auf, entscheiden uns für gebackene Kartoffeln, lassen sie mit Krabben und Knoblauchsoße füllen. Gehen zur Mole, kippen eine Fischkiste um, setzen uns, essen. Anstruther wirkt südländisch, mehrstöckige weiße Häuser säumen die Uferstraße. Im nächsten Fischerort gibt es zwei Hafenbecken. Häuser stehen leer. Hunderte Schiffsbauer sind gerade entlassen worden, eine hier seit 1779 ansässige Werft mußte aufgeben. Wir gehen zur Kirche. Später finden wir das Auto nicht, suchen es lange im Labyrinth der Gassen und Winkel.

Es ist schon dunkel, als wir ans Ende der Halbinsel Fife kommen. Karin fährt auf der anderen Seite der Meeresenge nach South Queensferry hinab. In dem alten Gasthof, dem »Hawes Inn«, trinken wir ein Lager. Die Gläser kommen von der Theke über vier Hände zu uns, so voll ist es. An den Wänden hängen vergilbte Fotos von den einzelnen Bauabschnitten der Eisenbahnbrücke; durch die von Rauch, Atem und Bierdunst beschlagenen Fenster sehen wir sie draußen in voller Beleuchtung.

Der April geht zu Ende. Wie vereinbart werden Jane und ich die Walpurgisnacht in den Cairngormbergen verbringen. Karin und Eilidt, eine Freundin von Jane, werden mitkommen, Karin sagt in letzter Minute ab, sie hat zuviel zu tun. Ich beäuge das Besengerät im schottischen Steinhaus, sehe am Kanal nach Stecken von Ginster und Jakobskreuzkraut. Die Katze springt unruhig und erwartungsvoll umher. Die Cairngorms sind ein Bergmassiv im Nordosten des schottischen Hochlandes, der größte Gebirgsstock in Britannien überhaupt. Obwohl die Eiszeit darüber gegangen sei, erklärt Jane, seien sie wenig durch Täler gekerbt, bestünden aus einem Hochplateau mit massiven Blöcken; bizarr zueinander geordnet, neun Berge über viertausend Fuß, der höchste, mit 4295 Fuß, der Ben Macdui.

Jane hat bis zum Mittag des 30. April Vorlesungen in der Universität Paisley zu halten. Am frühen Nachmittag verlassen wir zusammen Edinburgh. Zum ersten Mal seit ich hier bin, ist es heiß. Die Sonne scheint verschwenderisch. Ihr Licht liegt blendend über dem Meer, die Forth-Brücken heben sich kaum ab. Wir fahren vier Stunden. Über Perth, Pitlochry, vorbei an Blair Atholl und Blair Castle, über Kingussie in Richtung Aviemore.

Kurz vor Aviemore biegt Jane ab. Wir kommen an einen kleinen See, auf einem Hügel steht eine weiße Kirche, umgeben von einem Friedhof. Wir steigen aus, gehen über den Kirchhofshügel. Berge, versteckte Wiesengründe, Kirchen und Friedhöfe als Treffpunkte der Hexen. Robert Burns beschreibt in »Tarn o'Shanter« die Hexenversammlung in der Kirchenruine von Alloway bei Ayr. Der berühmteste aller schottischen Hexensabbate fand 1590 zu Allerheiligen auf dem Kirchhof in North-Berwick statt. Die Sonne steht noch hoch, wir gehen, wie wir gekommen sind, durch die kleine Pforte nach draußen, erst da sehe ich, daß hinter der Kirche, verdeckt von Bäumen, das alte Pfarrhaus steht. Wir sind da, sagt Jane, Alvie Manse, unser bed & breakfast. Ein zweihundert Jahre altes Haus, starke Mauern, tiefe Fensternischen. Im Haus: alte Möbel, Kupferstiche, schöne Gegenstände. Es ist keine Pfarrei mehr, der Förster Jim Gillies lebt hier mit seiner Frau Helen, die Skilehrerin ist.

Die Frau lädt uns zu einem Tee ein. Wir sitzen vor dem Haus. Bienen summen. Die ersten in Schottland. Ich werde es ins Märkische melden. Der Hausherr setzt sich zu uns. Sein Setter läßt sich von Jane das Fell kraulen. Die Frau erzählt zornig, daß eine über hundert Jahre alte caledonische Kiefer trotz Naturschutzbestimmungen in Aviemore einem Supermarkt zum Opfer gefallen sei. Aviemore werde immer touristischer. Ich betrachte die beiden. Sie scheinen miteinander glücklich zu sein. Die Nacht, sagt der Mann an uns gewandt, würden wir allein im Haus sein, sie seien zu einem Fest geladen. Wenn wir das Haus verlassen würden, uns ihm wieder nähern, sollten wir nicht erschrecken, das Licht ginge von allein an; Berührungslichter, die sich bei Annäherung einschalten. Später sehen wir den Mann im Schottenrock, nach einer Weile klappen die Autotüren.

Jane hat zum Nachtmahl einen Tisch in Aviemore bestellt. Die Autoscheinwerfer als vorauseilende Irrlichter, die den Weg erleuchten. Jane besteht darauf, deutsch zu fahren, fährt auf der rechten statt auf der linken Straßenseite. Die Gaststätte ist vornehm. Touristen. Schweigende ältere Ehepaare. Engländer, flüstert Jane, ich kenne die Wirtin. Diese, eine füllige Schottin, mit goldener Brosche am Busen, zieht uns in den Durchgang zur Küche. Ein Aperitif, wir stoßen an. Zwei junge Frauen mit weißen

Häubchen am Herd. Dazwischen, menschengroß, ich wundere mich nicht, die witzigen Ohren. Die Nacht bricht an, *man tanzt, man schwatzt, man kocht, man trinkt, man liebt.* Am Tisch Jane und ich, die englischen Touristen, Kerzen in hohen Leuchtern, die Wirtin serviert. Hexe, altenglisch wicca, weise Frau, englisch witch, hag. Deutsch: hexe, hezze, hagetisse, hazessa, holzmuria, wildaz wip, zunrite, waldireske, Zaunreiterin. Lateinisch: striga, Eule, malefica, Schadenzauberin, maga, Zauberin. Sanct Walpurgis, die Nacht- und Luftfahrten zu den Hexentanzplätzen, die Zauber-Sabbate; immer war es die Abgeschiedenheit der Bergwelt, wo die Hexen sich versammelten. Der Brocken in Deutschland, der Pur de Dome in Frankreich, der schwedische Berg Blakulla, der norwegische Dovrefjell, der Paterno bei Bologna in Italien, der Kopasz tetö, die kahle Spitze der Tokayer Weinberge in Ungarn, der Radöst, der Freudenberg, in Mähren. Waren es vorchristliche Kultstätten, an denen Fruchtbarkeits- und Vegetationsfeste gefeiert wurden? Der Rundtanz im Frühling, die orgiastische Zeremonie? Sabbat vom französischen s'ébattre, ausgelassen sein. Hexen, Seherinnen, Priesterinnen, Druidinnen, wie immer sie geheißen haben mögen, ihre Erfahrungen, ihr Wissen um den weiblichen Körper, um Gebären und Verhüten, um Heilung von Krankheiten, Frauen, die in hohem Ansehen standen, deren Kraft man brauchte und fürchtete. Vom Christentum wurden sie in den Untergrund gedrängt. Wetterzauber oder magische Zukunftsschau von weisen Frauen wurden verrufene Künste, galten als Übeltaten, keineswegs aber als todeswürdiges Verbrechen. Noch im 10. Jahrhundert galt die Nachtfahrt der Frauen zu den Hexenbergen zwar als ein Rückfall ins Heidnische, als Vorspiegelung von Dämonen, keinesfalls aber war der Feuertod dafür zu fürchten. Erst im 13. Jahrhundert tritt in Zusammenhang mit den Ketzerbewegungen auch gegenüber den Hexen der Vorwurf des Paktes mit dem Teufel in den Vordergrund. Und darauf stand die Todesstrafe.

Über die Hexen berichten keine Quellen. Wer bei Entdeckung mit dem Tode rechnen muß, wird nichts aufschreiben. Alles Überlieferte stammt von den Hexenjägern, den Hexenbekämpfern, von den Tätern, nicht von den Opfern. Der »Hexenhammer« von 1487, ein Buch mit Gesetzeskraft, kodifizierte den Hexenwahn, machte die Hexen zu Teufelshuren, zur Personifikation der Unzucht. Hexenfurcht und Hexenhaß forderten in schrecklicher Eskalation immer neue Opfer. Das 16. und 17. Jahrhundert, als Humanismus und Vernunft aufblühten, die Kirche am Ausgang des Mittelalters viel zu verlieren hatte, war der Höhepunkt der Hexenverbrennungen.

Wie viele Frauen mögen unter Folter *gestanden* haben, daß sie in der Walpurgisnacht durch die Lüfte geritten seien, auf dem Hexenberg Unzucht und Teufelsanbeterei getrieben haben – in den Prozeßakten spielt der blasphemische Kuß, osculum infame, auf das Hinterteil des Teufels, keine geringe Rolle. Die Walpurgisnacht wurde mit allem Häßlichem belegt; »garstiger unflätiger Gestank«, obszöne Worte, lästerliche Riten.

Das Wissen um die Hexen. Jedes Kind weiß es aus dem Märchen »Hänsel und Gretel«, daß sie den Feuertod sterben muß, *die Hexe mußte braten, die Kinder gehn nach Haus.*

War die Luftfahrt zu Walpurgis, fragen wir – trinken Wein, die Kerzen, die Wirtin mit neuen Speisen –, nicht eine imaginäre? Ein Traum, ein orgiastischer, eine Illusion durch Drogen? Die Berichte von den Salben, mit denen sich die Hexen einrieben. Pharmakologen haben nachgewiesen, daß sie Stoffe enthielten, die Flugvisionen und Rauschzustände erzeugten. Die Zusammensetzung der Hexensalben: Bingelkraut könnten wir nehmen, Frauenhaar, etwas Fledermausblut, Blätter von Minze, vom Zitronenstrauch, Fünffingerkraut, etwas Opium und Pfeffer – wir reden uns in Fahrt –, Tollkirsche nicht vergessen, Atropa Belladonna, auch Schlafkirsche oder Irrbeere genannt. Eisenkraut, das Druidenkraut. Alraune, mit der Drogenwirkung aller Nachtschattengewächse. Schließlich Aconitum Napellus, Eisenhut, dem die Pharmakologen, in richtiger Dosierung auf die Haut aufgetragen, die Vorstellung der Verwandlung zuschreiben.

Schon fühlen wir ein Kribbeln auf unserer Haut, als wachse uns ein Feder- oder Fellkleid, der Raum weitet sich, ein Stuhl fällt, sich öffnende Fenster, Jane vor mir schlägt zierlich die Füße, die Richtung bestimmend. Hinter uns Rauschen, die goldene Brosche funkelt, ich sehe die weißen Häubchen, die witzigen Ohren. Jane ruft, da ist Eilidt, meine Freundin. Wehendes graues Haar. Wir überfliegen Cairn Gorm, Cairn Toul, Braeriach, kreuz und quer, keine Logik, nur Übermut. Auf dem Gipfel des Ben Macdui sehen wir schon die Feuer, näher und näher, der Reigen, die Fackeln, Stimmengewirr. Und dann wir mittendrin. Das Freisetzen all unserer Energien. Heiterkeit und Wohlgeruch. Ein androgynes Fest. Fackeln und Reigen. Rundtanz. Ein schöner Waliser, von achtfach gefiedertem Riedgras sein Kleid. Was willst du. Ich will dich – fürs Leben. Ist es möglich, daß es genügt. Schwarzes Haar. Hände und Haut. Das Licht der Fackeln. Die

Süße der Nacht. Jane von Ferne mit glücklich kindhaftem Gesicht. Erschöpfung und Taumel und erneut der Reigen, das gefiederte Riedgraskleid, die Fackeln, das Auf und Ab der Stimmen, das Quirlen, Brodeln und Strudeln.

Und irgendwann die zierlich schlagenden Füße, denen ich folge, der Wind trägt uns, Stimmen und Lichter bleiben zurück. Schwärze der Nacht, die Erde ein dunkler Klumpen. Richtung Aviemore. Und dann ändert sich die Stellung der Füße. Wir setzen auf.

Auf dem Kirchhofshügel liegt das Licht des halben Mondes. Um Mitternacht klettern wir über das Gemäuer. Alles ist still, wir wüßten, was zu tun wäre. Im Reigen von rechts nach links, wider den Sonnenlauf, sich an den Händen fassend, so, daß die Rücken den inneren Kreis bilden, die Gesichter nicht zu erkennen sind, über den Kirchhof tanzen, singen: *Komm, geh du zu – komm, geh nur, du. – Willst du nicht voran – laß mich, ich fang an.* Oder an den Strand gehen, allein, und bei Vollmond sich unterhalb der Flutgrenze ans Ufer legen, die linke Hand unter die Fußsohlen schieben und die rechte unter den Kopf und dreimal sagen, was zwischen diesen beiden Händen sei, das solle er nehmen. Wir könnten den Mond herabziehen, die Sprüche, die in genauem Rhythmus zu zelebrieren sind. Die Windknotenpraxis der schottischen Hexen. Die Knoten im Strick, im Faden, Tücher mit Knoten darin, in einer bestimmten Reihenfolge gelöst, bewirken sie Wind. Das Hexenhaar, mit der Fähigkeit zu binden und zu verwandeln. Rotes Garn, das in den alten Abwehrzaubern eine Rolle spielt. Von den Äußeren Hebriden ist überliefert, wie dort verschiedenartig geflochtene Wolle als Zauber verwandt wurde.

Hexen, die Saat und Ernte begleiteten, die Euter der Kühe voller Milch zauberten. Jeanie Marae Alise, die Hexe von Badachailach, die Schaummilch zauberte. In Zeiten der Hungersnöte zauberte Jeanie Marae Alise aus Milch, Molke und Hafermehl Schaummilch in die leeren Schürzen der Bauersfrauen. Crea Mhoir, die schottische Hexe, die ein Figürchen aus Ton erschuf, in den Leib Nadeln stach und damit einen Bürgermeistersohn behexte, wofür sie in Inverness am Pfahl verbrannt wurde.

Komm, geh du zu – komm, geh nur, du. – Willst du nicht voran – laß mich, ich fang an. Das Licht des halben Mondes ist zu schwach, als daß wir sehen könnten, ob rote Mäuslein aus unseren Mündern springen. Von der Wasseroberfläche des Sees fliegen verschlafene Vögel auf, und wir klettern über die Mauer zurück und als wir uns dem Haus nähern, flutet das Licht um Alvie Manse.

Am nächsten Morgen verabschieden wir uns von Helen und Jim Gillies. Starten zu unserer Wanderung auf die Gipfel der Cairngorms. Der Himmel ist hell, es ist klares Wetter. Auf dem Parkplatz wartet Eilidt. Hallo, sage ich, wir geben uns die Hand, erkennen uns wieder. Ihr schönes graues Haar ist jetzt gescheitelt und gebunden. Wir verschmähen den Lift, gehen ein Stück auf befestigtem Weg, dann an der belebten Skipiste entlang. Über Geröllhalden steigen wir stetig nach oben. Jane als erste, Eilidt folgt. Kein Baum, kein Strauch, nicht einmal niedriges Gestrüpp. Nur Steine. Aber was für Steine! Blendend weiße. Ist es Granit? Auf ihnen ein Farbenspiel, schimmernd, von essigrosa bis rubinrot, die Steine mit kupfrigen Substanzen und Eiseneinsprengseln durchsetzt. Und die Flechten und Moose, von denen die Steine überzogen sind, in allen Schattierungen des Grüns. Meine Taschen werden schwer und beuteln sich, ein Stein ist schöner als der andere, ich bleibe zurück. Jane und Eilidt warten, wir besehen die Schätze, ich muß mich – wir haben noch viele Stunden vor uns – von einem Teil der Steine trennen.

Der erste Gipfel, der Cairn Gorm. Es ist klar. Und vollkommen windstill. Im Osten und Nordosten breitet sich das Meer, bis es die Linie des Himmels berührt. Im Nordwesten sehen wir bis zum nördlichsten Punkt des Festlandes, wo Dunnet Head und die Fährhäfen liegen, von denen die Schiffe nach den Orkney- und Shetlandinseln fahren. Jane zeigt den Weg, den wir wandern werden: Abstieg vom Cairn Gorm, Aufstieg zum nächsten Gipfel, der Grat des dritten. Des Tags sieht alles ganz anders aus, viel weiter, kaum mehr Erinnerung. Als wir wieder am Fuß des Cairn Gorm sind, sehen wir Wolken aus dem Meer steigen. Sie verdichten sich, kommen, eine geschlossene Formation, in großer Geschwindigkeit auf uns zu. Zunächst scheinen sie, dünn und durchsichtig wie Schleier, eilig weiterfliegen zu wollen. Es ist angenehm, von ihnen gestreift zu werden. Aber mit der Zeit werden sie träger. Machen halt. Legen sich auf unsere Schultern. Dann Niesel, feiner Nadelregen, Regen, Schneeregen, schließlich Schnee. Wind kommt auf, heftiger, und der Schnee schüttet herab, senkrecht, schräg, dann fast waagerecht. Ein dichtes Schneetreiben, das uns den Atem nimmt.

Eilidt und ich mit Umhängen. Jane sagt, solange Wind sei, ginge es schnell vorüber. Doch der Wind bringt immer mehr Schnee, ich kann die bei den vor mir nicht sehen, höre nur das Rascheln von Eilidts Regencape. Wir beschließen umzukehren. Über den Cairn Gorm, das ist der kürzeste Weg. Wir steigen wieder auf, es wird uns warm. Als wir den Gipfel erreichen, ist es nicht der Cairn Gorm. Wir haben uns verlaufen. Jane verschwindet im weißen Gestöber, um den Weg zu suchen. Ohne daß wir Schritt oder Geräusch gehört hätten, steht ein Mann vor uns. Er ist barhäuptig und ganz in Grün gekleidet, im ersten Moment scheint es mir, als wüchsen ihm grüne Blattranken aus dem Mund. Dampf steigt aus dem Mann. Ein Schneehäuflein sitzt auf seinem Kopf, geschmolzener Schnee läuft über sein Gesicht, tropft aus den Haaren in den offenen Hemdkragen. Erstmals kann ich mir vorstellen, wie die Highlander bei kaltem und windigem Wetter, wenn sie draußen auf den Hügeln übernachten mußten, ihren Plaid oder Kilt in einen Fluß tauchten, mit Wasser durchtränkten, ihn dann an einem Zipfel etwas über Kopfhöhe hielten und sich, im Kreise drehend, darin einwickelten. Wenn sie sich dann zum Schlaf im Heidekraut niederlegten, erzeugten Feuchtigkeit und Körperwärme eine Hitze wie in einem Dampfkessel. Der grüne Mann holt Karte und Kompaß heraus, er rollt das R stark, Sie sind aus Aberdeen, sagt Eilidt, nicht wahr. Er nickt, ortet die Lage, erklärt, wie wir gehen müssen. Jane kommt, sie debattieren, auch sie hat diese Richtung erkundet. Der grüne Mann verabschiedet sich, wenige Schritte nur, er ist im Schneetreiben verschwunden als habe es ihn nie gegeben. Nach einer Stunde hören wir die Geräusche der Liftstation, nach einer weiteren erreichen wir sie, fahren über die erste und zweite Bergstation hinunter. Eilidt und ich sind an Knien und Armen naß, Jane ist am ganzen Körper bis auf die Haut durchnäßt, sie zittert vor Kälte. Wir ziehen uns im Auto um, fönen unter dem Händetrockner in der Liftstation die Haare, trinken heißen Tee.

Karin ist über unsere zeitige Rückkehr erstaunt, sie deckt den Tisch, macht Suppe heiß, hört unsere Erzählungen und spricht von schlechten Ausgängen solcher Unternehmungen. In Janes Augen sehe ich wieder, sie liebt die Gefahr.

Post aus der Mark. Als ich das steife Blatt auseinanderfalte, liegt eine Karte der Insel Britannien aus der Zeit der römischen Eroberung vor mir. Hat der Dichter eine Zauberkiste in seinem Schreibzimmer im Wiepersdorfer Schloß, woher nimmt er die Schätze? Eine alte Karte von 1595 mit lateinischen Bezeichnungen. Caledonia und Britanna barbara nannten die Römer den nördlichen Teil der Insel, das heutige Schottland. Unter Julius Cäsar hatten die Römer 55 n. Chr. den Süden Britanniens eingenommen und von dort aus um 80 n. Chr. erste Eroberungsfeldzüge nach Norden, nach Schottland, unternommen. Ergebnislos. Rund vierzig Jahre später bauten sie einen Schutzwall gegen die keltischen Caledonier. Über die ganze Inselbreite von Ost nach West, von der Tyne-Mündung bis zum Solway Firth. Eine gewaltige Mauer, den Hadrianswall. Er ist auf der Karte eingezeichnet. Auch jenen zweiten, kleineren, nochmals vierzig Jahre später weiter nördlich zwischen den Mündungen des Forth und des Clyde errichtet, sehe ich auf der Karte als gepunktete und gestrichelte Linie. Erinnere mich, auf den Abendgängen am Kanal haben Sandra und Anthony mir die Reste der römischen Mauer gezeigt.

Ich wende das Blatt um, auf der Rückseite ist es von oben bis unten mit den Schreibmaschinenzeichen des Dichters übersät. Das abgenutzte Farbband. Als Postskriptum, oben links, auf dem letzten freien Raum, steht, eng zusammengedrängt: *Ach, immer will ich einen kleinen Brief schreiben, und ums gutzumachen, nehme ich einen groooßen Bogen, und was ist die Folge, ich schreibe ihn voll, es ist ein Kreuz! ... hier sind keine Klippen über der Ebbe, wo die Jungens Meeresgetier sammeln, hier ist es märkisch! Und grün! Und hier sammeln die Sonntagsbesucher Eindrücke, die sie fotografieren und zu Hause verarbeiten. Manchmal drückt ein Besuch die Nase an die Fensterscheibe der Terrassenfront, weil abgeschlossen, und da er einen Künstler im Sessel sitzen sieht, ruft er leise, Heerjaeh doa sitzt ja einer! (das bin ich) so ist das hier.* Im »Literarischen Coloquium« am Wannsee habe er gelesen. *Es war ..., es war ... es ist doch dort eine Uhrmacherei ...* Ich sehe ihn vor mir, sehe sein Mienenspiel; Unnahbarkeit als Schutz. Sehe, wie er das Manuskript beim Lesen hält. Nicht eine einzige adrette Gebärde zum Publikum hin. Ich höre seine Stimme. Seine hintersinnig humorigen, heiter-bitteren Texte: ZIRKUS LEBEN.

Radio Scotland: Zehntausende Metallarbeiter in Brandenburg und Sachsen streiken, um die versprochene rasche Angleichung der Löhne an das westdeutsche Niveau durchzusetzen.

Mit Karin im Kino. Spätvorstellung. Wir sehen »Orlando«. Auf dem Heimweg sprechen wir über Filme, die uns geprägt haben. Meine: »Leuchte, mein Stern leuchte«, »Die Kommissarin«, Fellinis »La Strada«, Wassili

Schukschins »Kalina Krasnaja«, Tarkowskis »Andrej Rubeljow«.

Sandra und Anthony kommen vorbei. Sandra will in Penicuik eine alte Freundin besuchen, Anthony mir die Kirche in Roslin zeigen. Rosslyn Chaple sei eine der schönsten mittelalterlichen Kirchen, nicht nur von Schottland. Und er hat recht. Ein Chor mit fünf Jochen, Chorumgang und Retrochor, die ganze Kirche ist nur 21 Meter lang, auf engstem Raum ein überwältigender Reichtum; an Kapitellen, Konsolen und Gewölben Skulpturenschmuck. Filigrane Steinmetzarbeit. Spanier haben hier gearbeitet. Es wird vermutet, daß es eine Verbindung zu Santiago de Compostela gab. Eine Kunstschule soll es gewesen sein. Der Meister soll den Lehrling, der ihn an Kunstfertigkeit übertraf, getötet haben. Grüne Männer, gefesselte Engel mit den Köpfen nach unten, Engel mit Dudelsäcken, die sieben Todsünden, the Dance of Death, der wohl älteste in Stein gehauene Totentanz überhaupt. – Ich lese, Dorothy Wordsworth war mit ihrem Bruder hier. Es muß noch in der Zeit ihrer Liebe zueinander gewesen sein, in der Zeit, bevor er heiratete und sie daraufhin in Wahnsinn verfiel.

Auf dem Weg nach Penicuik spricht Anthony über mein letztes Buch. Ich weiß, es ist ihm fern, es ist nicht seine Erfahrung, er mag es nicht, er zwingt sich aus Höflichkeit dazu. Wir haben genug gemeinsame Themen, sage ich, als daß wir eines an den Haaren herbeiziehen müßten; er erwidert nichts, wir sprechen über etwas anderes. In Penicuik, Sandra und Anthony haben hier lange gelebt, alle drei Kinder sind hier geboren, zeigen mir die beiden die verschiedenen Häuser, die sie bewohnt haben. Immer hatten sie wenig Geld. Anthony erklärt mir die finanziellen Transaktionen von Hausverkauf zu Hauskauf, und ich stelle mir Sandras Leben vor.

Maifestival in Glasgow. Tanzperformance der »Jonathan Burrow Group«. Wir fahren nach Edinburgh zurück. Am Nachthimmel über der Autobahn der volle Mond. Fiona schweigend am Steuer.

Der letzte Workshop. Wieder Texte. Ein Student beklagt sich, mehrmals hätte er an der Tür zehnzehn geklinkt, ich sei nie dagewesen. Debatte über Publikationsmöglichkeiten. *Entmutige die Schreibenden nicht,* stand im letzten Brief aus Wiepersdorf, *es ist so schön, jung zu sein. Aber sie sollen es dem Geliebten vorlesen, nicht zu einem Verlag tragen.* So *erhalten sie den allerschönsten Preis. Und unbeneidet.*

Danach im Meadow-Park. Blühende Bäume. Mandel oder japanische Kirsche? Ein Rosa, wie es im Glas aufschäumte, wenn man als Kind auf das Brausepulver aus den kleinen Tüten Wasser goß. Ein Windstoß läßt die Blütenblätter durch die Luft segeln, am Wegrand bildet sich eine rosa Kante. Wir schlendern entlang und lecken brausepulverfarbenes Eis.

Karins einsturzbedrohte Bücherregale. Brigitte Reimann: ... *und Arbeit ist mir immer, trotz ebenfalls verlorengegangenem Ehrgeiz und nur gar der Illusion, jemals eine gute Schriftstellerin zu werden, im tiefsten Grunde wichtiger als ein Mann* ... Ich blättere ... *und ich dachte, jetzt hätte ich, nach meinen drei – jeder in seiner Art schwachen – Männern endlich mal einen, an dessen breiter Brust ich mich betten kann.* Wenige Seiten weiter: *Kurz und brutal gesagt: ein Mann stört mich. Ich will dieses Buch zu Ende schreiben; schreckliche Quälerei (immer nur ein paar Zeilen am Tag) teils aus Versagensangst, teils aus Gewissensgründen.*

Das Wochenende werde ich mit Sandra und Anthony verbringen. Für Samstag haben sie seit langem auf der Autofähre zur Insel Arran gebucht. Es ist der Tag, an dem Jane mit den zwei Chören das »Deutsche Requiem« singen wird. Am Kanal blühen die blue bells, blaue Glokkenblumen, ganze Teppiche. Sandra ist auf Seite hundertneunzig der Übersetzung. Ich lese Anthonys Vortrag für Wolfenbüttel, obwohl ich nicht viel von der Materie verstehe, gefällt er mir, ich sage es ihm.

Am frühen Samstagmorgen fahren wir nach Ayrshire zum Hafen Ardrossan. Die vielen Menschen, die Ruhe, die keine unausgeschlafene, träge, sondern eine der Erwartung ist. Bergwanderer mit Eispickeln und Kletterausrüstung. Fahrradfahrer mit hochbepackten Gepäckständern. Eine Schulklasse. Wanderer mit Rucksäcken und zusammengerollten Schlafmatten. Leute mit Kameras, Ferngläsern, seltsamen Schachteln. Ein Mann mit weißem, zylinderähnlichem Hut und einer Botanisiertrommel wie auf einem Bild von Spitzweg. Sandra und ich ziehen uns an den kalten Mauersteinen der Hafenmole hoch. Die Insel liegt in bleichen Umrissen vor uns. Aus dem Dunst kommt, langsam und lautlos, das Fährschiff, in großen Lettern *Caledonian MacBrayne* auf dem Schiffskörper. An Deck neben uns die Schulklasse. Die kleinen Gesichter, dichtgedrängt um die Lehrerin. Sie erzählt von Robert the Bruce, dem schottischen König. Von dessen siegreicher Schlacht bei Bannockburn mir John in Stirling berichtet hat, von dessen Herz unter dem Altar ich in Melrose hörte, dessen Grab ich mit Susan und David in Dunfermline sah. 1308, erzählt die Lehrerin, landete Robert the Bruce, aus dem irischen Exil kommend, auf Arran, hauste in einer Höhle am Strand von Drumadoon. Er war unentschlossen, ob er den Feldzug für die Befreiung Schottlands aufnehmen sollte. Eine Spinne, die nicht aufgab, die glatten Höhlenwände immer wieder hinaufzuklettern, habe ihn ermutigt, den Kampf zu wagen. Die windkalten, gläubigen Kindergesichter in den Kapuzen.

Vom Ankunftshafen Brodick aus fahren wir quer über die Insel nach Machrie. Wir lassen das Auto stehen. Unser Ziel, die Steinkreise von Machrie Moor, können wir nur zu Fuß erreichen. Moor, Hügel und Berge um uns, eine weite Landschaft. Alles in schottischem Grün, Fiebergrün, Pistaziengrün, dunklem Flaschengrün, Blaß- und Meergrün, Spargelgrün, Armeegrün, Lindgrün, Birnengrün, Olivgrün, Schattengrün. Der Wind bläst. Wir haben das beste Wetter. Reiner Äther, azur- bis lichtblau, dieses helle Blau, bei dem der Wind sich als Farbverdünner betätigt. Am Himmel trippeln kleine weiße Wolken wie Schafe ohne Füße, ihre Schatten in der Ebene. Nach etwa zwei Meilen sehen wir in der Ferne die Versammlung der Steine. Als wir näher kommen, lauter Individualisten; aufgereckt, in den Moorboden gekauert, zur Seite gesunken, mit struppigem Gras bedeckt, verwittert, rissig; Granit und Sandstein. Die Druiden, habe ich gelesen, glaubten, die Menhire könnten wachsen, sich drehen, Geräusche von sich geben, zum Bach gehen, um zu trinken oder sich zu baden. Versteinerte Menschen, die eine Strafe getroffen hat? Die biblische Geschichte, die mich als Kind beschäftigte, von Lots Weib, das zur Salzsäule erstarrte. In der Erzählung »Die Belagerung von Druim Damhgaire« verwandelt der Druide Mog Ruith mit Hilfe der Kraft des Windes die Krieger in Steine. Oder die Menhire als Sitze von Seelen? Eine Reihe von Opferpraktiken weist darauf hin. Die Druiden haben die Steine mit Blut bespritzt, mit Öl gesalbt, mit Blumen bekränzt, ihnen Trankopfer dargebracht, an den Steinen Lichter entzündet, sie umwandelt und umtanzt. Die Steinkreise von Machrie Moor, zwölf Kreise insgesamt, die wir umgehen, besehen. Der größte Stein achtzehn Fuß hoch. Ich blicke in die Landschaft, möchte die Steine, wenn sie am Abend noch die Wärme des Tages haben, möchte sie in Regen und Nebel erleben. Sehe, wie Sandra, die Hände aneinandergelegt, in Brusthöhe gehoben, die Steine bewundert. Sehe, wie Anthony die Steine berührt. Man bekommt Kraft, die Energien wechseln über. Auch ich habe die Steine berührt.

Plötzlich ernüchtert, erscheint es mir eine zu späte hilflose Geste, angesichts der fortgeschrittenen Zerstörung der Welt. Und noch mehr. Die Kraft der Gleichgültigkeit ist es, die die Steine unverändert überdauern läßt, Millionen Jahre hindurch. Ihre Unbeweglichkeit, Wunschlosigkeit, ihre weite Deutbarkeit, ihr Schweigen. Ist es nicht eine rückläufige Bewegung zur Ruhe hin, dahin, sich selbst zu genügen? Die Menschen haben nicht jene Festigkeit der Natur, die weite Deutbarkeit, das Schweigen. Es braucht Mut, sie mit denselben Augen zu sehen. In ihren Veränderungen, Widersprüchen, Spannungen, Abgründen. Die Steine als *wüster Raum beklommener Herzensleere?* Mir fällt Edward ein, der auf dem Heimweg von Fionas Gesellschaft davon sprach, als Stein unter

Steinen werde er leben. Ich höre den skeptischen Berliner Freund; Himmel, Bäume und Steine, ob das wohl gut gehe. *Na Fire Breige,* die falschen Männer, nennen die Gälen die Steine. Nur der Schmerz schafft das Leben. Es zählt allein das enge Beieinander der Körper. Warum, warum hast du das nicht?

Von den Steinkreisen gehen wir über das Moor zurück, schwankender Boden, nachhallendes, dumpfes Geräusch unserer Schritte, als wandere es aus der Erde mit. Ich grabe mit meinen Händen Torf, verstaue ihn in den Jackentaschen.

In Pirnmill trinken wir in einer Gaststätte, zugleich post-office und petrol-station, bei einem alten Wirt mit weißer Mähne – nicht Schotte, sondern Engländer wie die meisten Wirte in Schottland – Tee. Er bietet uns Eis mit gezuckerten schottischen Himbeeren aus der Dose an, bringt den Tee nach draußen, das Meer liegt von Luftströmen und Lichtreflexen bewegt vor uns, und die Sonne scheint sommerwarm auf unsere Haut. Sandra hebt die Hände vor die Brust, ich umarme sie, umarme Anthony. Ein Sandpfeifer eilt den Strand entlang, der kleine Körper, die lauten schrillen Rufe. Wir fahren weiter, kommen durch die Ortschaft Catacol mit den zwölf Aposteln. Zwölf Fischerhäuser, alle mit den Giebelfenstern zum Meer, in die die Fischerfrauen früher bei Dunkelheit brennende Kerzen gestellt haben. Wieder im Hafenstädtchen Brodick gehen wir in eine Fischräucherei. Der Geruch der kippers, in alten Whiskyfässern über Eichenholz geräucherte Heringe, die warm gegessen werden, eine schottische Spezialität. Wir bestellen; ein wahrer Festschmaus. Bei einem Cheese Maker in einer Horne Farm gibt es sieben Sorten Schafskäse, wir kosten. Brodick Blue, Arran Blue, Kilbride Smoked Cheddar, Hamilton's Choise, Hebrideans Herb, Balmoral Islander und Mustard.

Auf der Überfahrt nach Ardrossan stehe ich am Heck, der vibrierende Schiffskörper, Hunderte von Möwen folgen kreischend der »Caledonian MacBrayne«. Ein Ornithologe spricht mich an, er habe auf der Insel Brutplätze besucht, er ahmt Vogelstimmen nach, beschreibt Flügelformen, Flugarten. Seine von Mimik, Gestik und Lauten begleiteten Erklärungen. Als er beim Austernfischer anlangt, entdecke ich, daß er mit seinem schwarz-weißen Freizeitanzug diesem ungeheuer ähnlich sieht. Am Ende sagt er, er kenne mich vom Staff-Club der Glasgower Universität. Als Anthony an Deck kommt, begrüßen sie sich. Die Insel liegt verschwommen in der Ferne. Eine der Möwen ruft mit menschlicher Stimme.

10. Mai. Am Montagmorgen fahre ich zeitig mit dem Zug von Glasgow nach Edinburgh zurück. Ich habe die letzte Universitätsveranstaltung, die Lesung. Wie immer vor einer Lesung Aufregung und Magendrücken. Im Radio höre ich gegen Mittag von Bombendrohungen in Glasgow und Edinburgh, von einem Verkehrschaos. Der Bus, mit dem ich zur Universität will, fährt im Schrittempo, am Lauriston Place bleibt er stehen. Gestikulierende, schimpfende Leute. In einer dreiviertel Stunde beginnt meine Veranstaltung mit den Studenten. Ich steige aus, laufe zu Fuß. Komme in der letzten Minute. Der Raum ist schon voll. Es sind Karins Studenten aus dem Hauptseminar, meine aus den Workshops. Ellis ist da, Walter kann nicht, es geht ihm schlecht. Anthony ist von Glasgow herübergekommen, er hat es trotz des Verkehrschaos geschafft. Nach der Lesung Debatte. Heftiger Streit, aus-

gelöst von der Studentin mit der roten Haarmähne. Warum die Hauptfigur nicht kämpfe, so passiv sei, alles tue, wie verlangt, sie, wenn sie diese Figur wäre, hätte die beiden Männer sofort zum Teufel gejagt. Widerspruch. Karin will auf die Zeitspiegelungen im Buch hinaus, aber die Studenten streiten sich um Partnerbeziehungen. Einigkeit, *ein* Mann oder *eine* Frau kann nie reichen. Anthony stellt mir eine theoretische Frage, ich bin noch bei der Passivität. Der Lange sagt, er habe es in diesem Buch seltsam gefunden, daß man die Bäume grüße, jetzt habe er es probiert, es klappe, an die Kommilitonen gewandt, versucht's mal. Der Student mit der Narbe sagt kein Wort. Ich sehe in seine Augen; er ist ganz woanders.

Danach ein kleiner Empfang der Universitätsleitung. Zum Abend hat Karin alle Studenten in ihr Haus eingeladen. Ihre Begabung, Gäste zu bewirten. Sie muß den ganzen Sonntag gekocht haben. Gespräch bis weit nach Mitternacht.

Ich bin schon so viele Tage wie das Jahr Wochen hat, in Schottland. Jetzt habe ich keine Lehrverpflichtungen mehr. Sechsundzwanzig freie Tage liegen vor mir.

Im Traum fließen königsblaue Buchstaben aus meinem Füllfederhalter auf die dünnen Seiten des Triplicate Books; noch im Erwachen das Gefühl der Lust.

Wieder am Schreibtisch. Das zweite Notizbuch. Nur mittags kurze Gespräche in der Küche mit dem bemützten, an der Mikrowelle wartenden Studenten. Abends im Wechsel mit Karin kochen. Eine Stunde beim gemeinsamen Essen.

Laufen am Kanal. Frühling breitet sich. Geschäftigkeit. Geöffnete Torflügel der Bootshäuser. Die Anweisungen der Trainer. Klatschende Takte der eintauchenden Ruder. Rückenwind. Ich fliege.

Das graue Umweltpapier auf dem Schreibtisch. Ein Brief nach Wiepersdorf. Ich berichte dem Dichter von der Fahrt zur Insel Arran, von den vielen Grüns – den schottischen, er wisse schon –, von den Schafen ohne Füße, den zwölf Steinkreisen von Machrie Moor, davon, daß die Gälen die Steine *Na Fire Breige,* die falschen Männer nennen, berichte, daß ich für ihn Torf gegraben und mit meinen Freunden sieben Sorten Schafskäse probiert habe, der siebente, Mustard, der beste gewesen sei, ich gern einen für ihn gekauft hätte, aber die Luftreisen keinen Ballast vertragen. Den Torf dagegen, schreibe ich, werde ich feucht halten, aufheben und ihm mitbringen.

Ich bringe den Brief zur Postsäule in die Hauptstraße, werfe ihn ein. Warme Luft. Ein sanfter Vormittag.

Als ich wieder in meine Straße einbiege, sehe ich zwei Häuser weiter den Briefträger. Die schwarze Klappe des gußeisernen Briefkastens an Karins Gartentor. Die vertrauten Schriftzüge. Ich öffne das Kuvert, lese von *lichtdurchfluteten Birkenwäldern, lichtdurchfluteten Buchen-*

wäldern ... Mir ist, schreibt der Dichter, *alles so Theater, weil ich wochenlang mit ausgehungerten Augen dieses alles winterlich besehen habe. Nun ist umdekoriert über Nacht: Sommer ... Der Ginster, der gelbgelbe Ginster beginnt zu blühen, das war ein Extra der Natur! Mit vielem Farbigen hatte ich gerechnet, nicht mit dem Gelb des Ginsters, na in Schottland wird der erst gelb sein. Gelbgelb ... Ich sitze auf meinem großen Stein am Waldrand gegenüber Hohen Kuhnsdorf und ganze Flotten kleiner besonnter Sommerwolken schwimmen unterm Himmel ... Raubvögel schwimmen noch darin, immer zwei schwärzliche winzige Bögen.* Ein Brief von mir sei angekommen; *ich sah Dich lachen so verschleiert heiter und unheiter heiter, wie eben. Naja. Wenn ich nicht mehr bin, schreibe eine kleine märchenhafte Geschichte, erzähle, wie es mich eigentlich niemals so recht gegeben hat. Man glaubte es nur nicht, weil ich noch nicht gestorben war. Und so gerne tat, als lebe ich.*

Eine lautlose Nacht.

Am Morgen Stille, dumpf und schwer. Im Garten bewegt sich an Bäumen und Sträuchern nicht ein einziges Blatt. Der Himmel ist ein graues, herabgezogenes Leinentuch, das sich senkt, die Turmspitze des Irrenhauses umhüllt und sich schließlich auf die Mauer legt. Mein Atem und das Geräusch des Bleistiftes. Eine Viertelstunde später ein heftiger Windstoß, er reißt die Blüten der Aurikeln ab, wirbelt sie gegen die Scheibe, trägt sie fort. Heftiger, prasselnder Regen setzt ein. Und er hört nicht auf. Es regnet und regnet, ich zähle die Stunden, es regnet dreiundvierzig Stunden lang ununterbrochen.

Und als die dreiundvierzig Stunden vergangen sind, schreibe ich dem Dichter einen Regenbrief. Schreibe, wie nach heftigem Prasseln der Regen sanfter wurde, wasserklare Schnüre, die zur Erde fielen; wie ich auf die Straße ging, der warme Asphalt dampfte, die Craiglockarton Avenue der Waschküche aus meiner Kindheit glich, wenn die russischen Soldaten sich am dampfenden Kessel wuschen, ihre nackten Gestalten im Wrasen zu Schemen wurden. Schreibe, wie ich bis zum Ende der Avenue ging, abbog, am Teich vorbeilief und auf einen Weg zusteuerte, von dem Karin mir abgeraten, ja den sie mir streng untersagt hat; den Weg, der den Berg hinaufführt, auf dem das Haus liegen muß, dessen Turm ich von meinem Fenster sehe. Gesträuch, dichtes Buschwerk, Bäume, beginnendes Grün, alles in Nässe, Dunst und Dampf gehüllt. Der Weg wird zum verschlungenen Pfad, der ins Abseits zu führen scheint, mich aber überraschend wieder auf den breiten Weg zurückbringt, um mich nach kurzem erneut von ihm abzuziehen. Labyrinth. Ich gewinne an Höhe, der Weg wird gerade und ist überschaubar. Im Regendunst kommt mir eine Frauengestalt entgegen. Ich bleibe stehen, sie nähert sich, ich sehe, ihre Augen sind zwei schwarze Glasperlen, sie stehen vor und glänzen, die Frau wirkt wie ausgestopft. Achselzuckend geht sie an mir vorüber. Ihr folgt in einigem Abstand ein Mann mit gleichmäßigem Schritt, als laufe er im Takt seiner Gedanken. Er hat ein gelbes Hemd an und trägt etwas auf seinen Schultern, es ist ein schönbemalter Leierkasten. Vor mir setzt er ihn ab und macht Anstalten, ihn zu öffnen. Ich will es wehren, der Regen, er öffnet ihn dennoch, ich halte mein Cape darüber, der Mann, in seinem Gesicht ist etwas Torenhaftes, sagt, der Sinn der Welt habe sich von

Grund auf geändert. Sein schönbemalter Leierkasten ist voller kleiner Flöten, Kehlen, Pfeifen und kleiner Register; eines nach dem anderen läßt er unter dem Regendach erklingen, siehst du, sagt er, das sind alle Farbtöne, mit denen Wasser und Himmel im Laufe einer Stunde in Schottland aufwarten können. Und ist verschwunden. Dies schreibe ich dem Dichter, und daß ich das Haus auf dem Berg nicht finden konnte und durchnäßt mit dem Regencape in der Hand ins schottische Steinhaus zurückgekehrt bin.

Daß ich in der siebenundzwanzigsten Regenstunde mit Karin in die Stadt hinuntergefahren bin, die Straßen Flüssen und die Autos Tragflügelbooten geähnelt haben, der schüttende, kübelnde Regen den Mechanismus der Schleusentore des Himmels für allezeit außer Kraft gesetzt zu haben schien. Ich erzähle ihm, daß nun auch die Schotten mit Regenmänteln, Gummistiefeln und Regenschirmen gegangen sind, von denen die großen Tropfen wie Erbsen aus der Tüte rieselten. Uns auf der betonierten Parkfläche vor dem Supermarkt, als wir den mit Pappkartons beladenen Einkaufswagen zum Auto schoben, das Wasser in die Schuhe geschwappt ist, und wir es im Auto ausgeschüttet haben, barfuß nach Hause gefahren sind. Karin es eilig hat, weil sie zum Nachtmahl ans Meer nach Musselburgh eingeladen war, zu der alten Dame, bei der sie vor dreißig Jahren Au-pair-Mädchen war. Und wie ich die aufgeweichten Pappkartons in der Küche ausgepackt, dann den Türriegel zum Garten gelöst habe.

Die Katze fröhlich mit gescheiteltem Fell und eingeklappten Ohren auf der Mauer gesessen und heftiger Wind eine neue Regenwand auf den Garten zugetrieben hat. Einsatz des vollen Tropfenorchesters; der Regen hat gepladdert, gerauscht, getrommelt, geknackt, in den Dachrinnen geklopft, in den Abflußrohren gegurgelt.

Ich, alkoholisiert vom Regen, Regenbesäufnis, Orgie, habe die Handteller ausgestreckt und die Tropfen sind ekstatisch darauf gesprungen.

Ich schreibe dem Dichter, daß in den Nächten der Regen vom Wind gepeitscht wird. Ich Windstimmen höre und das Sausen in den Schlüssellöchern, und, allein im schottischen Steinhaus, den kleinen Zeh um den Bettpfosten schlinge, um nicht vom Wind davongetragen zu werden. Wolkenreisen seien jetzt abgesagt. Und wie in der dreiundvierzigsten Stunde, morgens gegen vier Uhr, ein lautes Prasseln eingesetzt, der Wind gedreht, sich gegen das Fenster geworfen, die Hagelkörner durch den Schornstein getrieben hat, und als sie unten auf dem Blech aufgeprallt sind, hat es wie springendes Glas geklungen, und daß da, in der dreiundvierzigsten Stunde, Wind, Hagel und Regen erschöpft innegehalten haben. Und Stille eingetreten ist. Und ich gedacht habe, jetzt könntest du losfliegen, und eingeschlafen sei.

Mir fällt das Wasserschloß im Thüringischen ein. Wie die unterirdischen Wasseradern dem Dichter in seiner Kammer über dem Liebhabertheater den Schlaf genommen hatten, daß er ins Schloß umgezogen war. Wir arbeiteten beide öfters dort, und manchmal fiel unsere Zeit für Tage zusammen. In Kochberg war es, wo wir uns zum erstenmal sahen, nachdem Briefe uns seit Jahren verbanden. Bei den Mahlzeiten saßen wir an einem Tisch. Begegneten wir uns frühmorgens im Park, wichen wir einander aus; jeder war mit seinen Gedanken bei der Arbeit.

Auch tagsüber betrat niemals einer das Zimmer des anderen. Aber da war die Klinkenpost, der Dichter hatte sie erfunden. Botschaften, kleine Zettel, winzige Kassiber, die wir füreinander an den Türklinken befestigten. Später nutzten wir die Schublade im alten Schrank auf dem Treppenflur. Manchmal nur drei Worte auf einem Stück Papier. Oder ein Siegelblatt. Nie war sie leer. Wenn ich allein im Schloß war, ging ich an der Holzlade vorbei, öffnete sie einen Spalt. Keine Botschaft; dreimal des Tags war ich enttäuscht.

Waren wir beide im Schloß, unsere gemeinsamen Gänge an den Nachmittagen. An sommerheißen Ährenfeldern liefen wir entlang, der Dichter beklagte seine Beleibtheit und kokettierte mit den zehn Jahren, die er mir voraus hatte. Wir trugen Tussilago farfara-Hüte, Huflattich-Blätter, auf den Köpfen. An den kühlen Hirschgrund entsinne ich mich, wo wir an dem Holztisch Rast machten, die Arme bis zu den Ellenbogen darauf gelegt, Ameisen rannten über den Tisch, und der Dichter löste mir die Zunge. Einmal besuchten wir gemeinsam ein Konzert im Liebhabertheater, ich lehnte mich an seine Schulter und schloß die Augen. Im Winter liefen wir lange durch hohen Schnee neben einer blutroten Spur her, das Blut schien noch frisch, ein Wilddieb hatte ein Tier entlanggeschleift. Im Dorf war es weiß und still. Durch den Torbogen, den der Dichter den Falladaderdudahangestbogen nannte, kehrten wir ins Schloß zurück.

Zwei Feste feierten wir auf dem Schloß, eine Johannisnacht, eine Jahreswende. Zur Sommersonnenwende betäubte uns der Geruch von falschem Jasmin im nächtlichen Park, auf der Wasserfläche des Badeteiches flackerten Windlichter, ich zog mich aus und schwamm durch die Lichter, dann saßen wir zu viert auf den Steinstufen und tranken Wein, die Nacht war wie ein kühles Bett, in dem man mit offenen Augen liegt. Silvester gab es im Keller des Schlosses ein lautes Fest. Eine Stunde vor Mitternacht verließen wir es, stiegen durch schwarzen Wald hinauf zum Luisenturm. Junge Leute aus dem Dorf feierten, der Dichter holte die Sektflasche aus dem Mantel, ich die Gläser aus der Jacke, er goß in Pappbecher und Gläser, es reichte für alle, wir stießen an, der Horizont war weithin hell. Als wir die Turmtreppe hinab kletterten, sagten die jungen Leute, dort unten im Schloß seien immer komische Vögel zu Gast, wir bestätigten es lachend. Auf dem Heimweg war die Erdanziehung groß, der Boden war aufgeweicht, unsere Schuhe wurden immer schwerer, Lehm und Dreck. Vor der Tür des Schloßkellers schlüpften wir aus den Ungetümen. Das Fest war schon zur kleinen Flamme heruntergebrannt, wir bliesen hinein, es lebte noch einmal auf. Wir tanzten ohne Schuhe, tanzten in Strümpfen, bis es auch die nicht mehr gab und das ganze Schloß sich zu drehen begann.

Reiste der eine oder andere oder wir beide ab, waren Türklinken und Schublade verwaist. Dafür stapelten sich die Briefe auf den Tischen zu Hause. Ein Berg von Briefen von ihm. Ist er ein Briefkünstler, ein Lebenskünstler? Beides. Und beides nicht. Aber das ist schon eine andere Geschichte. Es kann sein, wir sehen uns Monate, halbe Jahre nicht, wir werfen unsere Begierden auf das Papier, begegnen wir uns wieder, malen wir sie mit wirklichem Leben aus. Die möglichste der möglichen Näherungen. Wir spielen für eine Weile hingerissen Leben, alle Vorläufigkeiten, Unvollkommenheiten vergessend.

Manchmal lese ich meinen Söhnen seine Briefe, die voller skurriler Einfälle, barocker Heiterkeit und Lebensbitternis sind, vor; sie sagen, wer solche Briefe bekommt, dem muß es ja gut gehen.

Am Morgen bringe ich meinen Brief, den roten Postsäulen nach dem langen Regen mißtrauend, vielleicht stehen dreiundvierzig Zentimeter Wasser darin, und mein Brief kann nicht schwimmen, zum post-office. Ich reiche ihn durch das kleine Gitter am Schalter. Der Postbeamte, die Schultern hochgezogen, weist auf den Absender, fragt, ob ich das sei. Ja. Er schwingt sich auf seinem Arbeitsstuhl nach hinten, ich sehe, er ist verwachsen, hat einen Buckel, gleicht einem Marabu. Er sucht in einem Behälter, gibt mir einen in braunes Packpapier gehüllten Brief. Mit Bleistift hat der Dichter auf die Rückseite geschrieben: *Nun aber mit Gott…*

Auf dem Rückweg treffe ich die kleine federleichte Nachbarin. Wir gehen zusammen nach Hause. Sie hüpft neben mir her, ich sehe das Springseil im schwirrenden Halbkreis um sie wie einen schützenden Bogen; sie ist ein Kind geblieben, ein wunderliches.

Vor Karins Haus steht ein Moped. Also ist Freitag. Karins Reinemachfrau, eine starkknochige, vitale Person. Jeden Freitag kommt Margret vier Stunden. Sie hat einen arbeitslosen Mann, einen arbeitslosen Sohn, eine arbeitslose Schwiegertochter. Sie ist die alleinige Ernährerin der Familie. Die Kraft, die sie ausstrahlt. Die Heiterkeit. Ihr lautes Tun. Lärm und Gesang. Zuweilen übertönt das Singen den Arbeitslärm, zuweilen der Lärm ihren Gesang.

Als ich das braune Packpapier öffne, fallen eine Karte und ein frankierter gestempelter Brief heraus. *Es soll nimmer sein, die Post kehrte zurück. Ich denke, dem deutschen Post-Beamten war das Maß meiner Post-Art voll ... aber unter der Hülle geht mein Briefchen seinen Weg, ich hoffe bis zu Dir.* Ich besehe den Brief. Kein vorgedrucktes Luftpostschild, mit der Hand geschrieben steht: *By air mail / Par Avion / Luvd Boßd.* Vielleicht war die sächsische Variante der Stein des Anstoßes. Oder die auf die Rückseite geklebte Zuckerkarte aus Sachsen: *E Reihe 13 O Sachsen Zuckerkarte für eine Person 5 Pfund Zucker 28. Mai bis 8. September 1919. Firmenstempel umseitig. Schon abgetrennte Abschnitte dürfen keinesfalls beliefert werden – Nachdruck verboten. Ausgabe Wirtschaftsministerium.*

Daß der Brief nicht nach Schottland befördert wurde, nimmt er als Omen. *Die Götter wollten sagen, noch im May kommt sie zurück.* Und überhaupt: die Zeiten langer Briefe seien vorüber, er müsse *Notizen, Zettel arrangieren, etwas Deutschdeutsches für eine Reclam Anthologie schreiben, zwölf kleine Texte als Deutschlektion, schwarzer Humor zur Zeit. Ich kann keine Briefe schreiben ins Blaue (Schottland). Du mußt ja wieder nach Europa heimkehren balde. Die Fluggötter mögen die Hand über dich halten.* Dies sei sein allerletzter Schottlandbrief. Ob er mich noch erreiche? *Ich wünsche mir, mein letzter Brief käme noch zu dir und am Tage vor dem Fluge.*

Ich habe ihm nicht mitgeteilt, wie lange ich bleiben werde. Ich schreibe zwei Briefe. Zwei Tage später nochmals zwei. Und darin, daß ich vorerst auch schweigen werde, weil ich für sieben Tage seelenallein in Richtung Hebriden reise, die Winde seien stark und günstig, kleine Umwege möglich, falls er von Notizen und Zetteln aufsehe.

Sieben Tage Hochland, Westküste. Alle raten, machen Vorschläge. Die ausgebreitete Karte. Ich bin für Skye. Wolkeninsel, Nebelinsel, sagt Anthony. Es sei besser in ihrem Windschatten. Und mein Finger trifft auf Arisaig. Anthony telefoniert für mich, ein bed & breakfast. Ich will mit dem Zug fahren, die schöne lange einsame Strecke. Aber Anthony sagt, das komme gar nicht in Frage, Sandra und er würden mich hinbringen. Wir streiten ein wenig, aber sie sind entschlossen; es sei ihnen eine Freude.

Vor der Abfahrt ein langer Computerbrief vom jüngeren Sohn.

Der letzte Abend mit Karin. Wenn ich nach den sieben Tagen von der Küste zurückkomme, wird das schottische Steinhaus leer sein. Karin fährt nach Deutschland, wird an der Potsdamer Universität unterrichten. Wir kochen uns ein Abschiedsessen, schwatzen in der Küche. Die witzigen Ohren sind uns immer im Weg. Karins Sohn Collin kommt, ißt mit uns. Das Bild von Karins Mann oben im Arbeitszimmer. Collin wird seinem Vater immer ähnlicher. Er ist Fotograf bei der Zeitung »The Scotsman«, klagt über seine Arbeit, es befriedigt ihn nicht, er möchte mehr künstlerisch arbeiten. *Spiritus familiaris* nennt er die Katze, er massakriert sie fast, es scheint ihr eine Lust zu sein. Ruf mich an, wenn Mutter nicht mehr da ist, und du mit irgend etwas im Haus nicht zurechtkommst, sagt er zu mir, als er geht.

Wir öffnen noch eine Flasche Wein. Weißt du, warum wir uns so gut verstehen, fragt Karin. Weil ich keine Angst vor dir habe. Angst? Vor allen habe sie Angst, vor Frank, vor ihrem Institutschef, selbst vor den Studenten. Es kann nicht sein. Es ist so. Ihr immer für andere da sein, ihre Fürsorglichkeit, die sie in eine ständige Überbelastung bringt, ein Selbstschutz? Die dünne Decke der Selbstsicherheit. Bist du nicht einsam, fragt sie, ich würde niemals allein sieben Tage im Urlaub sein mögen.

Aufbruch in den Windschatten der Hebriden. Wir fahren die lange schöne Küstenstrecke. Bis Kilmartin vertraute Begegnung mit schon Gesehenem. Dann Arduaine – Kilninver – Oban – Barcaldine – Portnacroish – Ballachulish – Fort William.

Ab Fort William ist die Straße ein single track road, eng und kurvenreich, immer wieder müssen wir an einem passing-place warten, einmal sogar zurückfahren. Die Landschaft hat sich verwandelt. Eine fast tropisch üppige Flora. Alte ausladende Bäume, efeuumschlungen, unzählige Inselchen in den Seen, dicht mit hohen schottischen Kiefern bestanden, in den Niederungen Rhododendronhaine in den Farben lila und blau, atemberaubend, urwaldähnlich alles. Ich traue meinen Augen nicht, bin ich in Schottland oder Afrika? Zum erstenmal eine Ahnung, wie die schottischen Wälder in Vorzeiten, ja noch vor dreihundert, vor zweihundert Jahren etwa ausgesehen haben müssen. Ehe das Holz für Schiffs- und Bergbau verwendet wurde, gewaltige Rodungen die Wälder verwüsteten, leerten, im 18. Jahrhundert große Flächen niedergebrannt wurden, weil sie der Schafzucht hinderlich waren. Und die wüstkahlen Berge und weiten Heideflächen das Bild Schottlands zu bestimmen begannen.

Glenfinnan, Lochailort, die urwaldartige Üppigkeit bleibt. Wir kommen nach Arisaig. Ein kleiner Küstenort, ein Fischerdorf. Meine Augen sind erschöpft, die Grenze meiner Wahrnehmungsfähigkeit ist erreicht. Wir essen noch zusammen. Suchen dann mein bed & breakfast. Außerhalb des Ortes soll es liegen, etwa eine halbe Meile entfernt. Anthony fährt eine schmale Straße. In einer kleinen Bucht stehen drei Häuser zum Meer hin aufgereiht. Ein gemeinsames Tor, an dem *Camus An Tallen* steht. Wir gehen hindurch. Das dritte Haus, direkt am Wasser, ist es.

Mrs. Wilkinson erwartet uns. Sie hat rotes, sehr dünnes Haar, ist klein und schlank. Trägt Hosen und Gummistiefel. Eine alte Frau, hat der Wirt von Arisaig zu Anthony am Telefon gesagt. Wann ist eine Frau eine alte Frau? Auf mich wirkt sie jung. Sie kann höchstens sechzig sein. Sie antwortet zurückhaltend, fast abweisend. Nicht eine Spur von Lächeln ist in ihrem Gesicht.

Als Sandra und Anthony abgefahren, wir allein sind, fragt sie mich, ob ich eine hot water bottle für die Nacht möchte. Seit der Kindheit habe ich keine Wärmflasche mehr gehabt; ich deute es als ein Zeichen von Hochlandgastlichkeit, sage, ja, gern. Steige mit der Wärmflasche nach oben in mein Zimmer. Ein Bett für zwei, mit leuchtend rotem Laken, ebensolche Kopfkissenbezüge, eine breite Zudecke mit rotweißem Bauernkaro. Ich lege mich auf das kühle Laken und die Wärmflasche auf das Kopfkissen neben mich, ziehe die Decke über uns beide, den Flaschenhals lasse ich heraussehen. Wenn ich den Kopf hebe und ein wenig nach rechts drehe, sehe ich das Wasser der Bucht. Und sehe ich geradeaus durch das zweite Fenster, ebenfalls den Kopf ein wenig hebend, ist ein dunkler, schlickbedeckter Strandstreifen mit einem Schiffswrack vor mir. Liege ich entspannt, blicke ich auf Wald, am Horizont hebt sich eine einzelne mächtige schottische Kiefer ab.

Ich schlafe ein, als es noch hell ist. Und als ich erwache, ist es hell. Noch oder wieder? Es ist drei Uhr morgens. Also wieder. Ein Geräusch hat mich geweckt, ein zärtliches. Ich hebe den Kopf. Die Flut kommt. Mir scheint, als wenn sie mit kleinen Atemzügen in die Bucht treibe. Zögernde kleine Atemzüge, wieder und wieder. Wenn sie die schwarzen Steine erreichen, ein kurzes altkluges Seufzen der Unabdingbarkeit. Ich liege, lausche. Beschließe: hier werde ich bleiben, alle sieben Tage. Kommen und Gehen des Wassers, Ebbe und Flut werden durch Tag und Schlaf treiben. Ich mag langsame Dinge und an ihnen, wie sie sich wiederholen. Möwenfüße trippeln über meinem Kopf auf dem Dach hin und her. Und dann geht über Schlick und Kahn die Sonne auf.

Frühstück in Arisaig. Was ich möchte, fragt mich die Hochlandfrau. Porridge. Really? Really. Im Vonmirwegwenden ein erstes Lächeln. Ihr Wohnzimmer. Blumentöpfe, blühende Pflanzen eigenster Art auf den breiten Fensterbrettern, dem Fußboden, auf kleinen Tischen. Auf einem Wandbord Fotografien. Kinder, Enkel? Kein Männerbildnis darunter. Ich trinke Tee, esse Porridge. Halte auf einmal erschrocken inne. Ich bin nicht allein. Jemand sieht mir beim Essen zu. Schräg hinter mir an der Wand.

Ein mit einer Federboa geschmückter afrikanischer Stammeshäuptling; breite geöffnete Lippen, ein durch die Nase gezogener goldener Ring, ein stolzes selbstbewußtes Lächeln. Jetzt nehme ich auch die Urwaldtrommel wahr, die mit Zebrafell umkleidet neben dem Nähtisch steht. Das Giraffenbild an der Wand. Und die aus hellem Holz geschnitzte Schildkröte, die als Fußbank dient. Die seltsame Wiederholung der gestrigen Empfindung, nicht in Schottland, sondern in Afrika zu sein. Ich gehe dieser Empfindung nicht weiter nach, für einen Augenblick der Zusammenhang von Afrika und fehlendem Männerbild; es gehört zu den langsamen Dingen, wenn man warten kann, öffnen sie sich von selbst.

Sieben Tage Arisaig. Vier von den sieben Tagen werde ich den gleichen Weg gehen, von Meeresbucht zu Meeresbucht, von Camus An Tallen nach Camus Gailodail. Bereits am ersten Tag. Mrs. Wilkinson zeigt mir auf einer alten Karte den Weg; ihre Vorfahren kommen von dorther. Von Camus An Tallen, wo wir sind, auch Camus an-t Salain oder Camurantallin Cottage, nach Camus Gailodail. Mrs. Wilkinson erklärt mir, wo ich Tore öffnen und schließen, den Fluß verlassen, rechts abbiegen müsse, wo ich Schafzäune zu überklettern habe und daß ich den Loch Dubh, den Schwarzen See, immer zur Linken lassen müsse. Ich könne nichts verfehlen.

Zuerst die Rhododendronhaine, mond- und eidottergelb, lachsrot und schwarzlila. Blühende Weiß- und Rotdornhecken mit aufdringlichem Geruch. Überall Vogellärm. Dann ein erstes cattle-grid, ein Vieh gatter, ein Tor, ein Hügel mit alten Eichen, Glen Cottage, ein weißes Farmerhaus. Ein Hahn rennt auf mich zu, kräht ausdauernd. Jedesmal wird er auf mich zulaufen und mich krähend begleiten, er scheint hier der Hofhund zu sein. Aber keine Tür klappt, hinter keinem Fenster eine Bewegung. Niemals sehe ich einen Menschen. Im Maschendraht des Holzgestells zum Scheren der Schafe aber hängen Wollreste, fettig, mit Schafgeruch, einmal weniger, einmal mehr. Also muß es einen Farmer geben. Auf der Wiese stehen blühende Kastanien. Ich verlasse Glen Cottage, hebe das schwere Tor an, es rastet wieder ein. Am Fluß entlang, die Schafzäune, der Loch Dubh. Die Vegetation hat sich vollkommen verändert. Karg bewachsene Hügel mit einzelnen Bäumen. Schafe. Und Lämmer auf ungelenken Beinen. Es gibt keinen Weg. Immer aufwärts. Wenn ich auf dem Scheitel des Berges bin, liegt unten die Meeresbucht Camus Gailodail. Vorgelagerte Inseln. Der Sound of Arisaig, Loch nan Uamh, wo Bonnie Prince Charles aus Frankreich kommend landete, ein Jahr später – die Kopfprämie von dreißigtausend Pfund auf ihn ausgesetzt – ins Exil nach Frankreich zurückfloh, um nie wieder nach Schottland zu kommen. Gegenüber Moidart. In der Ferne, im Blau ausgeblichener, verwaschener Kleider, Ardnamurchan.

Kein Haus, kein Mensch, keine Straße, kein Schiff. Ich setze mich auf meinen Rucksack, immer wenn ich auf dem Scheitel des Berges anlange, und jedesmal erscheint mir alles unwirklich. Ein blauseidener Himmel spannt sich über mir, und auch das Meer ist seidenblau und reglos. Nach einer Stunde steige ich zum Strand hinab. Er ist voller runder kleiner grauer Steine. Setze mich. An der Trennlinie der Elemente meine nackten Füße. Ich sehe zu, wie das Wasser sie überspült – ein Vorgang von Langsamkeit. Ich lege mich auf die warmen Steine. So *schön du bist, mein lieber Schatz, / So tief ist mein Begehr, / Und lieben werd ich dich, mein Schatz, / Bis trocken liegt das Meer.* Robert Bums. In den Klippen von Camus Gailodail sehe ich ein Menschennest, ein verfallenes Bretterhäuschen. Eine Muschel läßt sich nicht von den Steinen lösen. Ich nehme mein Taschenmesser. Ein weicher Muschelkörper, ein winziger Kopf, winzige Fühler. Ich schäme mich, die Muschel wird vertrocknen. Ich werfe sie ins Meer zurück.

Und jedesmal erinnert mich der Stand der Sonne, daß es schon später Nachmittag sein muß. Den Rucksack hinter mir herschleifend, gehe ich über die runden Steine landeinwärts. Wo der Strand endet, am Flutsaum, in scharf abgegrenzter waagerechter Linie Angespültes: Plastikflaschen, Bierbüchsen, metallene Verschlüsse, ein Frauenschuh, Reste zerrissener Fischernetze, Korken, vom Salz gebleichte Holzstücke. Zwischen Disteln und Wegerich Trümmer, wohl von Haus und Stall der Vorfahren der Hochlandfrau. Es muß ein großes Gehöft gewesen sein. Der Loch Dubh liegt jetzt zur Rechten, das Schafgitter, der schwarze Fluß, das schwere Tor, der Hofhund Hahn. Unweit vom Haus an einer Eberesche an zwei hanfenen Stricken ein schmales Holzbrett. Ich tippe es an, sehe zum Fenster, niemand, ich setze mich, Abstoß, Zurückbeugen, Schwingen, wiederholen, kräftiger, die Füße zur Krone der blühenden Kastanie, langsames Ausschwingen und wieder ein leichter Stoß, der den Schwebezustand erneuert. Solange ich auf der Schaukel sitze, schweigt der Hahn. Später wieder Weiß- und Rotdorn und Rhododendron, ich komme nach Camus an-t Salain zurück.

Mrs. Wilkinson fragt mich jedesmal, wie es war, ich antworte ihr. Mit jedem Tag wird sie gesprächiger. Manchmal trägt sie ein Kleid. Sie wirkt zierlich. Ich entdecke die kleinen Lachfalten um ihre Augen. Wenn sie von ihrem Leben erzählt, schickt sie dem Satzende immer einen kurzen hellen Laut hinterher, so war es eben, bedeutet es wohl. Sie wirkt sehr entspannt, im Einverständnis mit ihrem Leben. Es macht ihr Spaß, spüre ich, meine Fragen nach Vögeln und Blumen zu beantworten. Vögel, die ich ihr beschreibe, Blumen, die ich mitbringe. Sie holt Bücher, schlägt nach. Oder die gälischen Bezeichnungen auf der Landkarte. Sie wiederholt sie. Sagt mir mehr gälische Worte. Schaf heißt *caora* und der Wind *gaoth,* das Frühstück *biadh-maidne,* der Grashüpfer *fioman-feoir.* Sie zählt bis zehn: *aon, da, tri, ceithir, coig, sia, seachd, ochd, naoi, deich.* Das Gälische ist eine schöne lautkräftige Sprache. Achtzigtausend Leute im Hochland, überwiegend auf den Hebrideninseln, sprechen heute noch gälisch.

Am *Di-sathurn,* am Samstag, lädt mich Mrs. Wilkinson ein, mit ihr nach Mallaig zu fahren. In abenteuerlicher Geschwindigkeit jagt sie mit ihrem russischen Lada über den single track road der nördlichen Hafenstadt entgegen. Auf dieser Fahrt klärt sich auch das Geheimnis um den afrikanischen Stammeshäuptling auf. Mrs. Wilkinsons Ehemann war Seemann. Von Belfast aus fuhr er zu den Südseeinseln. Später von London nach Afrika; Togo und Kamerun. Aus Kamerun ist der Häuptling. Meist kam der Seemann nur alle zwei Jahre nach Hause. Und fuhr er fort, war sie schwanger. Fünf Kinder hat sie allein großgezogen. Die älteste Tochter ist zweiundvierzig, die jüngste zweiunddreißig. Sie – auf meine Frage – sei fünfundsechzig. Warum ihre Vorfahren von Camus Gailodail weggezogen seien? Der zu weite und zu beschwerliche Weg zur Kirche, das sei der einzige Grund gewesen. Und was es mit dem Bretterhäuschen in den Klippen auf sich habe? Ein junger Mann, ein Studierter, habe dort gelebt. Vier Jahre. Manchmal sei er ins Dorf gekommen, um Brot und Petroleum zu kaufen. Gesprochen habe er mit keinem. Im Vorjahr sei er spurlos verschwunden. Als Mrs. Wilkinson ihre Einkäufe in Mallaig erledigt hat, fahren wir zurück, und sie zeigt mir die Silver Sands von Morar. Am Abend verbrennt sie ihren Müll in einer Tonne hinter dem Haus, wie es auch die Fischer im Hafen tun. Und ebenso ihr junger Nachbar, der in einer der vielen Lachsfarmen arbeitet, wo die Lachse in Käfigen gezüchtet werden und Tonnen von Chemikalien die Umwelt belasten. Als wir darüber sprechen, gibt er es zu. Aber er habe Arbeit, sagt er.

Sieben Tage Arisaig. Immer Sonne. Mrs. Wilkinson sagt, ein solch langandauerndes Schönwetter sei eine Seltenheit. Ich werde braun. Sieben Tage rühre ich kein Blatt, keinen Stift an. Ich schlendere durchs Dorf. Die Scottish Church lehnt sich an ein Wohnhaus, auf den Torsteinen wuchern winzige rote Blüten. Am Portal haben Schwalben ein Nest gebaut, die Jungen koten über den Rand, jemand hat ein Zeitungspapier hingelegt. Im schmucklosen Kircheninneren lese ich auf einem handgeschriebenen Zettel, wer die Kirche zu säubern, wer das Blumenwasser zu erneuern hat. Die Frauen heißen hier Catriona, Dunriona, Cairistiona, Winnie, Jessie, Ealasais und Eilidt, Mary Ann, Una, Siusaidb, Flora, Fiona und Anurie! In der katholischen Kirche auf dem Berg schwimmen auf den Flügeln des Altars Fische auf hölzernen Wellen. Und der angrenzende Friedhof ist voller Katzen. Auf den alten Grabsteinen stehen die Namen Macdonald und Campbell, Mc Lellan, Mc Kinnon, Mac Queen und Maclure. Fünf Kriegsgräber nebeneinander, junge Männer zwischen neunzehn und siebenunddreißig, Angehörige der Royal Navy, alle am 2. Oktober 1942 umgekommen.

An den Abenden gehe ich zum Hafen und sehe zu, wie die Fischer ihren Fang ausladen.

Manchmal esse ich in der »Old Library Lodge« frischgefangenen Fisch. Ich werde angesprochen. Gegrüßt. Ich grüße zurück.

Einmal fahre ich mit dem Schiff zu den Hebrideninseln Eigg und Muck. Einheimische sind an Bord, ihr einziges Thema ist die Hochzeit, die gerade auf Eigg stattgefunden hat. Außerdem reist eine Gruppe englischer Touristen mit und ein Ehepaar, das neben mir sitzt und sich vorstellt; sie kommen aus London. Und zwei junge Männer. Ein wohlgenährter Sonnenverbrannter. Und einer mit Pagenschnitt, mehrere Kameras vor dem Bauch, in enganliegender dunkelblauer Kleidung, mit weiblichen Bewegungen; er trägt seine Andersartigkeit offen zur Schau. Das Schiff legt nicht zur Zeit ab. Man warte noch auf zwei Passagiere. Nach zwanzig Minuten werden doch die Anker gelichtet. Als das Schiff gewendet hat, seinen Kurs einnimmt, hupt ein Auto im Hafen. Wir legen wieder an. Ein älterer Mann und ein etwa zehnjähriger Knabe mit Taschen und Rucksäcken beladen klettern an Bord. Am kurzen atemlosen Wortwechsel höre ich: Deutsche. Wieder Ablege- und Wendemanöver. Fahrtwind. In den schwarzen Klippen und auf den Sandbänken des Loch nan Ceall sehe ich Robben. Dann das offene Meer, the Sea of Hebrides. Eigg liegt in Umrissen schon vor uns. Auf einmal stürzen alle nach Steuerbord. Delphine tauchen auf, begleiten das Boot. Der Steuermann läßt das Schiff kreisen. Der Knabe steht neben mir an der Reling, sieht sie nicht, ich zeige, sage, genau hier. Zwei deutsche Wörter. Wenig später spricht der ältere Herr mich an. Es sei sein Sohn. Er klärt mich über seine späte zweite Heirat auf. Stellt sich als Bonner Regierungsbeamter vor. Eigg sei wunderbar, sagt er freundlich, er fahre schon viele Jahre hierher. Dann, stellen Sie sich vor, da sollen wir jetzt auf diese Spreeinsel nach Berlin ziehen. Er spricht das Wort Spreeinsel aus, als handele es sich um ein Eiland, bevölkert von Aussätzigen. Ich sehe die Spreeinsel von Bonner Regierungsbeamten überschwemmt, erwidere, ich möchte mir das lieber nicht vorstellen, ich wohne nämlich dort. Er zögert einen Moment, er wird sich fangen, denke ich, aber er sagt tatsächlich: Sie sind aus dem Osten? In Gedanken unterstelle ich ihm, daß es klänge, als kämen *die aus dem Osten* jetzt schon bis nach Schottland. Dann wechseln wir ins Unverbindliche. Er klärt mich über den etymologischen Ursprung des Wortes Sgurr und über die geologische Beschaffenheit der Insel auf, schwärmt von der berühmten Laig Bay, wo runde Quarzkörner durch Wind- und Flußbewegung zu singen begännen. Quietschen, sagt der Knabe. Ob ich etwas über die Eigentumsverhältnisse der Insel wisse? Wie sollte ich. Privatbesitz die ganze Insel. Mehrmals habe der Besitzer gewechselt, der jetzige sei seit 1974 der Eigentümer, er sei ein Exzentriker. Als das Schiff in Gamisdale anlegt und wir von Bord gehen, wartet ein untersetzter kräftiger Mann im Schottenrock an Land, nimmt dem Bonner Beamten das Gepäck ab, erzählt, laut, gestikulierend, der Inseleigentümer sei in Bedrängnis, seine geschiedene Frau verlange die Auszahlung, und das sei immerhin die halbe Insel. Habe ich es Ihnen nicht gesagt, ein Exzentriker, sagt der Bonner zu mir gewandt, die beiden Männer lachen schallend, finden das alles äußerst komisch.

In der Poststation, in der der Briefträger auch Lebensmittel verkauft und die zugleich ein Pub ist, liegen kleine leckere Kuchen im Büfett, wohl noch vom Hochzeitsfest. Als das Schiff wieder ablegt, sind nur noch die Besatzung des Schiffes, der Eigentümer, seine Frau, der Steuermann, der Maat, und drei Passagiere an Bord. Der Pagenschnitt, ein Engländer, wie sich herausstellt, und der Sonnenverbrannte, der aus Frankfurt am Main kommt. Und ich. Das Schiff nähert sich Muck, und in der Bucht vor dem Hafen Port Mor ankert es. Der Schiffsmaat mit weißen Turnschuhen, federndem Schritt. Nach getaner Arbeit setzt er sich in die Sonne. Eine Weile geschieht nichts. Alle sitzen in der Sonne. Dann holt der Maat eine Ziehharmonika, spielt eine Zeitlang, singt. Legt die Harmonika auf die Bank, verschwindet in der Kajüte. Wieder geschieht eine Weile nichts. Es ist schön, im leichten Schaukeln in der warmen Luft auf dem Schiff zu sitzen.

Ob wir an Land wollten, wir drei. Ja. Bewegung auf dem Schiff. Ein kleines Beiboot wird herabgelassen, Kisten und Kartons werden hinein gestapelt, obenauf zwei Postsäcke. Zum Schluß klettern wir in das Boot. Ich sitze mit angezogenen Knien vor dem jungen Steuermann. Da er sich auf das Rudern konzentrieren muß, kann ich seine schönen Augen betrachten. Wir nähern uns dem Hafen. Es ist Ebbe. Schwarze Klippen. Schlick. Eine steile Treppe führt auf einen betonierten Absatz hinauf. Ein Kinderwagen steht dort. Und eine schwangere Frau. Die Schwangere steigt die Stufen langsam herab. Sie hat diesen abwesenden, nach innen gekehrten Gesichtsausdruck. Wir legen an. Die Schwangere ist gekommen, um die Postsäcke in Empfang zu nehmen. Ich helfe ihr, die Säcke die Treppe hinaufzuschleppen. Oben sehe ich, der Kinderwagen ist handhoch voll Wasser. Auf dem Berg ein leuchtend rotes Telefonhäuschen. Der Engländer eilt darauf zu. Man könnte glauben, er habe die Insel eigens betreten, um von hier aus zu telefonieren. Er spricht lange. Der Sonnenverbrannte ist schon hinter dem Berg. In den schwarzen Klippen blökt ein Lamm, das seine Mutter sucht. Ich setze mich auf das Geländer in die Sonne, will warten, bis auch der Engländer hinter dem Berg ist, mir dann einen Weg suchen. Warum eigentlich, ich bleibe auf dem Geländer sitzen. Starre auf die schwarzen Klippen.

Vor mir tauchen die verbrannten, schwarzen Wälder vom Sommer neunundachtzig auf. Mit dem Sohn war ich dort. Wir waren zu Gast im Sommerhäuschen unserer Freunde am Atlantik, in Lacanau-Océan. Wir hatten Tage in Paris verbracht. Die Stadt war im Taumel, feierte den zweihundertsten Jahrestag der Revolution. Über riesige Leinwände flimmerten computergesteuert die Helden. Wir füllten, als sei das erste das letzte Mal, mit unersättlicher Gier die gemeinsamen Tage. Der Sohn war vierundzwanzig, hatte erstmals die Grenze westwärts überschritten, der Anlaß: sein Theaterstück über die Französische Revolution. Im Mai neunundachtzig hatte er es im Ländchen aufgeführt.

Nun war August. In China hatten Panzer Studenten niedergewalzt. Im Ländchen, in das wir zurückkehren würden, mußte etwas passieren, was, war ungewiß. Jeden Morgen erzählte der Sohn Grenzposten- und Mauerträume, sie wurden immer chimärenhafter. Es ging etwas zu Ende, aber das Ende war nicht absehbar. Danach, glaubten wir, müsse eine Zukunft beginnen.

Wir träumten davon, weit zu gehen, wußten nicht, wohin das sein könnte. Am Tag liefen wir am Atlantik entlang, bis wir zu den Betonbunkerruinen der deutschen Wehrmacht kamen. Unsere Fahrten mit den Rädern endeten immer in den von hochsommerlichen Flächenbränden verwüsteten schwarzen Wäldern um Lacanau-Océan.

An den Abenden entzündeten wir das Feuer im Kamin. Wenn die Feuchtigkeit aus den Holzkloben wich, knackten und zischten die Scheite, sprühten Funken, durch die geschlossenen Glastüren kamen die schrillen nächtlichen Rufe der Zikaden. Wir saßen vor dem Feuer, schwiegen, redeten. Die Ungewißheit schürte die Träume. Immer, entsinne ich mich, sprachen wir über den Anfang des Revolutionsstückes, niemals über das Ende: Das totenweißgeschminkte Gesicht des Schauspielers, der auch der Puppenführer war. Der Billardtisch war längst zur Guillotine geworden, die Köpfe waren vom Rumpf getrennt, die Masken der Revolutionshelden gefallen. Der Rest ist Theater, hatte der Spieler gerufen; war nahe ans Publikum herangetreten, die Puppe der Freiheitsgöttin mit den nackten Brüsten in der Hand. Fast im Zeitlupentempo hatte er sie sich auf den Kopf gesetzt, der Rock wurde zur Mütze; er hatte seinen Kopf ruckartig nach hinten geworfen, die Göttin der Freiheit verwandelte sich in einen deutschen Michel. *La revolution est finie. La revolution est morte. La revolution n'existe plus* rief er ins Publikum und – nach einer Pause революция окончёна.

Niemals sprachen wir, vor den knackenden, Funken sprühenden Holzscheiten sitzend, von diesem Ende; immer vom Anfang. Wie der Spieler durchs Publikum gegangen, *wir haben Revolution* geflüstert, gerufen, Zettel mit den Forderungen der Französischen Revolution ins Publikum geworfen hatte.

Die Hoffnung eine Falle, die am Wege lag; unser *Unmaß an Hoffnung.*

Und – wer hätte es für möglich gehalten – wir zwei Monate später, am vierten November, in den Kostümen unserer glücklichen Gesichter, Blumen im Haar, die befreite Sprache der Losungen, der Witz. Lichter, Tanz auf den grauen Straßen. Vor Jubel und Taumel überhörten wir die Schellen an unseren eigenen Kappen. Wir waren

Statisten, die die Fadenkreuze in den Händen hielten, die Fäden führten, wir waren unsere eigenen Zuschauer.

Längst hatte auf der Hauptbühne ein anderes Spiel begonnen, wir hatten den Anfang verpaßt. Die Zukunft war schon vorbei. Gerade als wir meinten, sie begänne, kam eine Vergangenheit auf uns zu. Wir hatten *eingeholt*, ohne zu *überholen.* Wir setzten die Schellenkappen ab, legten die Kostüme unserer glücklichen Gesichter in die Schränke. Lebenslang von Plakaten umgeben, fanden wir uns von neuen Werbeflächen umstellt. Das Ländchen voller *glücklicher Geschöpfe*, die *Biskuit* in sich hineinstopften. Neue Fahnen flatterten, blau-weiß mit Glitzer, die der Autohäuser. Ostrowski war nun eine Bäckereikette, ging man vorbei, sog man den Duft von süßem Kuchen und frischem Brot ein und dachte an die in der Schule auswendig gelernten Sätze von Nikolaj Ostrowski: *Das Kostbarste, was der Mensch besitzt, ist das Leben. Es wird ihm nur einmal gegeben ...*

Die schwarzen Klippen. Der Engländer und der Sonnenverbrannte kommen zurück. Das Lamm blökt noch immer. Das Beiboot hat sich gelöst, kreist im Hafenbecken um die eigene Achse, der schönäugige Steuermann liegt schlafend darin. Auf dem betonierten Absatz der steilen Treppe steht der Kinderwagen. Die Schwangere ist nicht zu sehen.

Als wir gegen Abend wieder auf der Insel Eigg im Hafen von Gamisdale anlegen, kommen die englische Gruppe und das Ehepaar aus London wieder an Bord. Und die letzten Hochzeitsgäste reisen ab, beladen mit abenteuerlichen Requisiten, Kästen voller Hausrat.

Anderntags werde ich wieder, das vierte und letzte Mal, meinen einsamen Weg von Camus an Tallen zum Camus Gailodail wandern. Wenn ich am späten Nachmittag zurückkomme, werde ich mich, wie all die vergangenen Tage, auf das Bett legen, warten, bis die Flut mit kleinen Atemzügen hereintreibt. An den Nachmittagen sind die Atemzüge fast unhörbar, untergründig bewegt sich das Wasser, bleibt eine fast glatte Fläche. Die in der Bucht ankernden Segelboote scheinen an ihren Spiegelbildern festgemacht. Auf der schmalen Straße, die am Loch nan Ceall bis nach Rhue House und Rubh' Arisaig entlang führt, fahren die Autos lautlos auf dem Kopf durch das Wasser. Erst wenn sie die Eisenlatten des cattle-grid vor dem Viehgatter überfahren, gibt es ein kurzes schlagendes Geräusch. Ich liege stundenlang auf dem Bett und nehme Wechsel und Wiederholungen aller kleinen Zeichen wahr. Auf der Mattscheibe des großen Fernsehapparates sehe ich das hohe Bett und mich darauf. Ich bin allein. Nicht einsam. Aber allein. Ich lege die Hände in den Nacken. Warum sind es meine? Die Barrieren der Freundschaft, auf der Hut-sein, etwas zurückhalten, verbergen. Nur die Liebe kann uns in unserer Nacktheit, unserem Elend, unserer Wehrlosigkeit, unserem Nichts enthüllen. Das Laken ist kühl nach soviel Sonne. Empfängliche Haut. Erinnerung an Gerüche, Bewegungen, Berührungen, Hände, Gesichter. Begehren. Nichts. Immer nichts. Wie soll ich mich daran gewöhnen. Warum braucht ein einziges Leben soviel Zeit, um falsche Anfänge hinter sich zu lassen. Liebe, geliebte, nicht geliebte, verlorene, zu findende. Es gibt sie. Ich werde – nichts anderes interessiert mich auf dieser Welt – sie finden. Nach Stunden dann stehe ich wieder auf, gehe zum Hafen oder ins Dorf. Und gegen zehn Uhr abends laufe ich die schmale Straße am Loch nan Ceall entlang. Am dritten Tag habe ich die Stelle gefunden, von der aus man die Sonne untergehen sieht. Wie Jane es mir beschrieben hat. Mit der Insel Skye am Horizont, den hohen gezackten Bergen der Cuillin Hills. Ich sitze mit aufgerissenen Augen auf den Steinen. Die Sonne ist eine lodernde Strohsandale, die ihr Feuer aufs Meer wirft. Ich warte, bis die Erde sich weit genug gedreht hat, die Sonne untergegangen, das Farbenspiel verschwunden ist. Es ist ein Vorgang von großer Langsamkeit.

Wenn ich zurückgehe, ist es noch hell. Und wenn ich wieder auf dem Bett liege, ist es noch immer hell. In den sieben Tagen, die ich in Arisaig im Windschatten der Hebriden bin, habe ich das Gefühl, daß es nie dunkel wird, es keine Nacht gibt. Abend- und Morgenlicht wechseln mit kleinen Zeichen des Einverständnisses einander ab. Manchmal taste ich mit den Zehen zum leeren kühlen Laken, auf dem niemand übernachtet. Und der Schlaf legt sich zu mir.

Der siebente Tag in Arisaig. Anthony wird mich abholen. Es ist der sechsundzwanzigste Mai. Der Geburtstag meines Sohnes, des älteren. Und auch Anthonys Geburtstag. Bei Tagesanbruch stakse ich über feuchte Wiesen, geplagt von Mücken. Ich zwänge mich durch Gebüsche, binde Gräser, Blüten, Früchte, Zweige zu einem Strauß. Kühle die Stiche unter der Morgendusche. Setze mich zu Mrs. Wilkinson nach draußen. Wir trinken Kaffee, genießen die Morgensonne.

Motorgeräusch. Anthonys Auto. Er stellt es am Tor ab. Kommt den Weg entlang. Meine Gratulation. Der Strauß. Auf der Heimfahrt ist mir, als sei mir die Sprache, die ich sieben Tage nicht gesprochen habe, verlorengegangen. Dürre, körperlose Worte. Ich kann auf Anthonys Fragen nicht wiedergeben, was in den sieben Tagen geschehen ist. Nicht einmal in Umrissen. Selbst bei den äußeren Dingen gerate ich ins Stottern. Anthony schweigt, und wir wechseln das Thema. Ich frage nach seinen Arbeitsplänen für die nächsten Jahre; die Vertrautheit unserer üblichen Gespräche kehrt zurück.

Der Himmel ist auch an diesem Tag seidenblau. In Glasgow sei es kalt und regne, sagt Anthony. Wir halten mehrmals an, am Loch nam Uamh, am Loch Shiel. Unweit von Ballachulish essen wir in einem Gartenrestaurant; Meer zur einen, Berge zur anderen Seite. Dann durchfahren wir Glen Coe. Das Tal ist sonnenüberflutet, fast zwei Monate sind vergangen, seit ich mit Jane hier war. Das Moor von Rannoch, auch im Licht. Am Loch Lomond erreichen wir die Wetterscheide, und in Glasgow ist es tatsächlich kalt und regnet.

Telefoniere mit deinem Sohn, sagt Sandra und stellt die Blumen in die Vase. Ich tue es. Sandra hat ein Festmahl vorbereitet. Auch Stephan und Ann sind da. Wir machen uns schön für Anthony, ich stecke die Haare hoch. Nach dem Essen möchte Ann wissen, wie ich das mache. Ich ziehe die Haarnadeln heraus. Zwei Handbewegungen, das Haar wieder hochschlingen. Dann die drei Nadeln. Anthony sieht uns zu. Später der Gang am Kanal. Noch später das Feuer und ein Glas Glenmorangie.

Rückkehr nach Edinburgh in das schottische Steinhaus. Die Katze kommt mir klagend entgegen. Im Haus ist es kalt und ungemütlich ohne Karin. Auf dem Küchentisch liegt ein Futterplan für die Katze, wer sie wann zu füttern hat, der Student, die Nachbarin, ich. Sie gebärdet sich, als hätte sie drei Tage gehungert. Geht nicht von meiner Seite, läßt nicht ab. Schauspielerin, sage ich zu ihr. Sie spielt die letzte ihrer Fähigkeiten aus. Ich lasse mich hinreißen und öffne eine Büchse Katzenfutter. Sie frißt nur einen kleinen Teil, stolziert dann triumphierend im Garten umher.

Ein Brief vom Dichter. Also hat er seine Vorsätze durchbrochen. *Wahlschottin* nennt er mich. Er berichtet über *Deutschdeutschetagungsdichter, die wie Minnesänger von Tagungsort zu Tagungsort ziehen.* Sie seien *Spezialisten, die gar nicht mehr schreiben müssen.* Manche seien *schon so perfekt, wie eigenes Kabarett. Andere turnen an der gesamtdeutschen Thematik vollendet wie am Reck. Anderthalb gestreckte Lit. Pol.-Schrauben mit anderthalb Salti rückwärts in sich gestreckt gehockt und problematisiert; mit jähem Halbstreck kurz vor dem Aufsetzen, aber dann der butterweich-humorig. Das gibts bis zu 9,9 Punkten auf den Gesichtern der Maß-Gebenden. – Vielleicht bist Du in der Luft, vielleicht auf den Hebriden oder wieder in diesem unvorstellbaren Edinburgh mit dem Steinhaus.*

Der Student muß da sein, aber ich sehe ihn nicht. Auch Musik ist nicht zu hören. Aber Salz-, Pfeffer- und Zukkerbehälter fehlen. Als ich vom Einkauf zurückkomme, stehen die Behälter auf dem Tisch, der Müll ist weggetragen, die Spüle gesäubert.

Im Haus ist es kühl, mir ist, als ob ich das sommerliche Arisaig gegen ein herbstliches Edinburgh getauscht hätte. Ich drehe die Heizung im Bad und in meinem Zimmer auf. Probiere den Schreibtischstuhl aus, lehne mich zurück, rekele mich, strecke dann die Hände nach der Tischplatte aus, nehme den Stift, öffne die untere Schublade, das gebundene Notizbuch, rücke den Stuhl. Ich bin wieder da.

Traum. Ich in einer tintenblauen Landschaft, gelbe Vögel laufen auf den Köpfen; eine kleine braune Sonne liegt in eine Blättermulde gebettet.

In den folgenden Tagen am Schreibtisch. Ich nehme meine Gewohnheiten wieder auf. Gegen Abend laufe ich. Am Kanal Regenpfützen, Wind, er biegt die Pappeln, sie besehen ihre Füße, er peitscht die Weidenruten am Wasser zu Bögen, unter denen die Ruderer hindurchgleiten. Ich umgehe die Wasserlachen nicht mehr; Kinderwollust, in die Regenpfützen zu springen.

Der Student bekommt viel Besuch. Da seine Musik laut ist, hört er das Läuten der Hausglocke nicht. Ich spiele die Türöffnerin. Immer hat er die Mütze auf, und wenn er die Treppe herabstürzt, kommt die Musik hinter ihm her. Er erzählt mir von seinen Prüfungen. Noch zweimal sei Über-die-Schulter-spucken notwendig. Ich frage ihn nach der Aussprache von Vokabeln, und wenn ich sie in seinem Dunfermliner Akzent wiederhole, lacht er. Eines Abends klopft er an meine Tür, er will sich verabschieden, alles sei geschafft, er fahre zu den Eltern nach Hause. Dann aber springt sein kleines trabantähnliches Auto nicht an, es dauert noch Stunden. Karins Werkzeugkiste scheint auch nicht das Nötige zu enthalten. Weit nach Mitternacht höre ich ihn endlich wegfahren, verschließe äußere und innere Tür.

Seit zwei Tagen treffe ich beim Laufen nicht wie gewohnt an denselben Stellen dieselben Läufer. Statt dessen sind viele Spaziergänger unterwegs. Der verwachsene Postbeamte, der Marabu. Neben ihm, drei Köpfe größer, eine schöne dunkelhaarige Frau. Er grüßt, das kleine Mädchen an seiner Hand deutet einen Knicks an. Als sie vorbei sind, sehe ich ihnen nach. Dann ein mir bekanntes Läufergesicht. Aber im Anzug. Erst da wird mir bewußt, es sind ja Feiertage, es ist Pfingsten. Am späten Abend ruft Jane an. Ob es dabei bliebe und ob ich gut vorangekommen sei. Ich bejahe beides. Ich freue mich, sagt sie. Bis morgen. Bis morgen.

Eilidt und Jane holen mich ab. Unsere letzte gemeinsame Bergwanderung. In die Lochnagar-Gegend. Eilidt hat uns in ihr Häuschen eingeladen, das sie in Ballater mit ihrem Mann hat. Wo ist er, frage ich. Er sei Schotte, sagt Eilidt spöttisch, er ziehe es vor, seine Ruhe zu haben.

Gespräche, nein. Und Wanderungen, die seien nicht sein Fall.

Wir erreichen Perth. In Dunkel halten wir an. Der Tay fließt breit und schnell dahin. Die kleine Stadt ist voller Touristen. Nachwehen des Pfingstfestes. Wir trinken Tee.

In Pitlochry kauft Eilidt einen Kompaß und ein Gewürz, das sie vergessen hat. Wir fahren durch Glen Shee, kommen über Cairnwell, den höchsten Paß Großbritanniens. Glen Clunie. Die Haarnadelkurven, die die Schotten Devil's Elbow nennen. Braemar. Wo die Highland Games mit den traditionellen schottischen Wettkämpfen im Hammer- und Balkenwerfen stattfinden. Ich erinnere mich, dieses Balkenwerfen in einem Film gesehen zu haben. Schwitzende, martialisch aussehende Männer hantieren mit einem bis zu sieben Meter langen Fichtenstamm. Sie müssen ihn so gerade wie möglich werfen und so, daß er sich beim Aufprall nach vorn überschlägt. *Tossing the caber* heißt es. Im Beisein der königlichen Familie finden die Highland Games alljährlich Ende September statt. Für kurze Zeit taucht inmitten von Wäldern Balmoral Castle, die Sommerresidenz der englischen Königin, auf. Eilidt und Jane vertiefen sich in ein längeres Gespräch über den derzeitigen Zustand des englischen Königshauses und die zu erwartenden Aussichten. Was ist ironisch, was ernst gemeint? Ich kann es nicht nachvollziehen. Ihre Großmutter habe über alles genauestens Bescheid gewußt, sie sei damit aufgewachsen, sagt Jane. An den Straßenrändern fallen mir immer häufiger braunweiße Schilder auf, die auf die Königin verweisen; Besitz oder Hiergewesensein verkünden. Wir sind in Royal Deeside. Eilidt und Jane sind jetzt bei den möglichen Varianten einer Thronnachfolge angekommen.

Das Häuschen in Ballater liegt versteckt am Rande des

Ortes, ein winziger Vorgarten mit Raute und Eisenkraut, das Haus aus Holz, freundlich und klein. Feuer entfachen, kochen, Tisch decken, Weinflaschen öffnen. Nach einer halben Stunde essen wir in der glasüberdachten Veranda, später sitzen wir am Feuer.

Das gleichmäßige, flackernde, züngelnde, ruhige, wärmende Feuer. Unser Gespräch ist verstummt. Wir hören Musik. C-Dur Klavierkonzert, Köchelverzeichnis 467. Das Andante. Seit Bo Widderbergs Film »Elvira Madigan« höre ich es immer mit diesem sentimentalen Zerfließen. Die Aufnahme, die Eilidt hat, mit Paul Badura-Skoda, vermeidet das; alles ist streng gegliedert, klar, zart und kräftig zugleich. Eilidt liegt mit geschlossenen Augen und bewegt sich ein wenig. Jane sitzt im Schneidersitz. Sie hat den Kragen ihres Pullovers hochgestellt und hält ihn mit der Hand. Ihre Augen fixieren etwas Unbekanntes. Ihr schmaler Nasenrücken, ihre entschlossenen Lippen, immer eine Spur von Skepsis, Ironie, Trotz. Plötzlich weiß ich, wem sie ähnlich sieht: der Uta im Naumburger Dom.

Schlafen gehen. Ich kann wählen und wähle den Platz vor dem Kamin. Das Feuer ist heruntergebrannt. Aber als ich mitten in der Nacht erwache, glimmt es noch immer. Vor mir die Feuer mit den Freunden in den slowakischen Bergen. Auf dem Zeltplatz. Das Holz holten wir aus dem Fluß, trockneten es vor unserem Zelt. Und wenn wir am brennenden Feuer saßen, torkelten um Mitternacht die betrunkenen Schäfer unter dem Sternenhimmel zu ihren Hütten. Zuweilen setzten sie sich zu uns und warfen noch ein Scheit in die Glut.

Vierundzwanzig Stunden später liege ich wieder am Feuer. Die Glieder erschöpft von der langen Wanderung. Das Feuer brennt diesmal lodernd, es wird die ganze Nacht brennen. Ich ziehe den Reißverschluß des Schlafsackes auf, kehre die nackten Füße zu den Flammen. Die Sohlen werden heiß. Auch mein dem Feuer zugewandtes Gesicht beginnt zu glühen. Zwischen Wachen und Schlaf die Bilder des Tages. Die morgenkühle Fläche des Sees, an dem wir endlos entlangwanderten, ihn verließen, aufstiegen, und während wir stiegen, blickten wir zurück, er wurde kleiner und kleiner, eine irdene ovale Schüssel, fahles Licht lag an ihren Rändern, und es war nicht vorstellbar, daß wir dort gegangen waren. Die Ruhe der Landschaft. Diese völlige Einsamkeit ohne Überfluß, ich hatte mit einem Mal das Gefühl, als trieben die Jahrhunderte langsam voneinander fort. Dann unser Weg, seitlich am stürzenden Wasser hinauf. Ruhig und schnell floß es, wenn es über flaches Gestein eilte, tosend und ungeduldig, wenn es auf die Widerstände des Gerölls traf. Wir suchen einen Übergang über den Fluß. Schneeschmelze und langandauernde Regenfälle; notfalls gehen wir bis zur Quelle, höre ich Jane ironisch sagen. Sie allein wäre längst tollkühn hinüber. Endlich finden wir eine Stelle, bugsieren Rucksäcke und uns, einander haltend, von Stein zu Stein hinüber. Der Himmel ist ohne Sonne, eine weiße Tonwolkenschicht, Nebel. Wir verlaufen uns.

Der Blick, den der Nebel freigibt, ist nur noch der auf unsere eigenen Füße. Wir hören das gluckernde und klatschende Geräusch von sumpfigem Torf unter unseren Stiefeln, wir hören den rauhen, fast schrillen Ton unserer Schuhsohlen auf den verharschten Schneefeldern. Wasserlöcher, Rinnsale, Bäche von allen Seiten. Anfangs haben unsere Füße darauf geachtet, trittfeste Grasbüschel, Heidekraut, Moos oder Flechten unter sich zu haben.

Jetzt geben wir es auf. Klatschendes Wasser. Stiefel und Beinlinge können ihre Probe bestehen: waterproof. Süd-Südwest sagt der Kompaß. Immer wieder geraten wir in die Geröllhalden an den Klippen, von denen Schneefelder weiterzuführen scheinen, kommen wir jedoch an den Rand, merken wir an der Konsistenz der Luftschichten, hier ist der Abgrund. Wir stolpern und steigen, die Erdspalten vermeidend, über das Geröll zurück. Streng nach Süden, entscheidet Jane. Und in der Tat, nach einer Weile erreichen wir eine ebene Fläche, ein Hochfeld. Das undurchdringliche Tonweiß. Kein Blick, kein Laut. Alle Impulse scheinen ins Unentschiedene zu gehen. Der Nebel ist wie eine herannahende Narkose, man ahnt, in wenigen Sekunden werden alle Wahrnehmungen schwinden, nichts mehr wird sein.

Wir sind erschöpft. Hocken uns hin. Rasten. Trinken heißen Tee, essen Nüsse und Schwarzbrot. Unsere Stimmen. Unser Atem. Der Nebel verschlingt alles. Als wir uns erheben, die Rucksäcke aufnehmen und weitergehen, haben wir wieder entschlossene Füße. Später ein Schrei. Jane hat den Abstieg gefunden. Und noch viel später, wir sind auf dem nächsten Bergmassiv, steigt der Nebel hoch, und wir sehen den von uns zurückgelegten Weg: Broad Cairn, die Klippen, die in weitem Schwung sich lang dahinziehen.

Ich muß für einen Moment eingeschlafen sein. Bin wieder hellwach. Das Feuer. Vor mir die Bilder der letzten vier Stunden unserer Wanderung. Es klarte auf, und die Sonne schien; das volle Angesicht der Landschaft, in der wir wandern, die geschuppten braun-grünen Massive mit dem grauen Geröll, die irdene Schüssel des Loch Muick weit unten, wir auf dem Grat, die Formen der umliegenden Bergmassive weich, kantig, geschwungen und gespitzt. Die Wege, auf denen unsere Füße gehen, geben immer neue Blicke frei. Die Formen verändern sich, die Zuordnungen, Spannungen. Die Landschaft mit allen Sinnen spüren, ihre Weichheit und Stärke, Höhen und Tiefen, ihr Zueinanderneigen, Zueinanderkommen. Das Einswerden mit der Landschaft; intensiv, erregend, ein außergewöhnliches Fest.

Das Feuer ist weit heruntergebrannt. Ich sehe auf die Uhr. Es ist drei, und auf das Dachfenster klopft Regen. Ich ziehe die Füße in den Schlafsack, strecke sie wieder heraus, wann werde ich jemals wieder an einem offenen Feuer schlafen können. Mein Glück scheint mir absolut.

Rückfahrt. Auf der langen Strecke regnet es unaufhörlich. Es ist anstrengend für Jane. Gegen Mittag sind wir in Edinburgh. Wir essen zusammen, alles, was noch an Lebensmittelresten im Haus ist; Schildkrötensuppe und Käse, den wir mit Marmelade bestreichen, ein Rest Pfefferminzsoße von den Lammsteaks. Schließlich harte Lebkuchenherzen, wohl noch aus dem Weihnachtspäckchen der Eutiner Tanten. Ein heiterer Abschied.

In Radio Scotland höre ich von einem Brandanschlag in Solingen. Benzin in ein von Türken bewohntes Haus. Drei Kinder und zwei junge Frauen sind in den Flammen oder beim Sprung aus dem brennenden Haus umgekommen.

Am Nachmittag fahre ich ein letztes Mal in die Stadt hinunter. Die Scheiben des Busses sind regenblind und schwitzen innen, die Zweige der Straßenbäume schlagen hart dagegen. In der Princes Street steige ich aus. Ich habe den Kauf des Whiskys, den ich mitnehmen will, bis zuletzt hinausgeschoben. Betrete den kleinen Whiskyladen im Waverley-Centre. Er ist voll, die Leute drängen sich, Feuchtigkeit steigt aus den Kleidern. Die verwirrende Vielzahl. *Blended* Whisky oder *single malt.* Die Schotten bevorzugen letzteren, nicht gemischt, rein. *Single malt,* möglichst acht oder zehn Jahre alt. Beim Whisky-Kauf wird die ganze Landkarte Schottlands in einem aufgerufen. Blair Atholl aus der Destillerie in Perth, Glenfiddich, Lochnagar von Deeside, Glenlivet von Bladnoch, ein Lowland *malt* Whisky? Glenmorangie von Tain in RossShire. Einen von den westlichen Inseln mit dem besonderen Torf-, Rauch-, Jodgeschmack, von Jura oder Laphroaig von Islay oder – Janes Empfehlung – Lagavulin, sechzehn Jahre alt, von der Isle of Islay. Talisker, die Abende in Arisaig sind wieder vor mir, der Blick zur Insel Skye, zu den Cuillin Hills, hinter denen der Ort Talisk, die Destillerie liegt. Den Dichter nicht vergessen, *einen Wieskie mit grünem rauchigem Seetang Grundton, malzig!... Wenn Du zurückfährst aus der Welt der Röckekerle der bunten wird der Zoll auch Schmuggler stoppen. Sie besehen Dich sagen dann: Kleine Person, wohin wollen Sie denn den vielen feinen Whisky trinken?! Ach Ihr Schotten ...*

Ich könnte gleich wieder, es regnet noch immer, von der Princes Street zurück nach Craiglockhart fahren. Ich zögere einen Augenblick, stehe im Gewühl. Die Bushaltestelle ist direkt an der Nationalgalerie. Ich lasse den Bus abfahren. Meine Hoffnung. Durch die dunkelrot tapezierten Säle, tatsächlich, das Bild ist zurück. El Grecos »Allegorie«, 1585 gemalt. Ein knabenhaftes, bleiches Gesicht, ist es ein Mann, eine Frau, ich sehe eine Frau; ihr

Gesicht im Schein des Feuers, auch Hals und Handinnenflächen leuchten. Die Frau hält eine brennende Pechfackel in der einen Hand, mit der anderen entzündet sie ein Wachslicht an der Fackel. Sie ist völlig in die Tätigkeit versunken, bläst mit geschürzten Lippen in die Flamme. Neben ihr zur Linken ein Äffchen. Zur Rechten ein Mann mit gelbem Hemd und rotem Schlapphut. Der Feuerschein fällt auf das Tiergesicht, hebt die Mundpartie des Mannes aus der Dunkelheit, läßt seine Kleider leuchten. Wer sind sie, die drei, das Tier, die Frau, der Mann? Ist es ein Äffchen vom Jahrmarkt und der Mann mit gelbem Hemd sein Führer? Der einkehrt und zur Nacht sich die Kerze anzünden läßt? Ist das Weiß, das an Hals und Handgelenk der Frau leuchtet, das Weiß eines Nachtgewandes, über das der dunkle Mantel eilig geworfen wurde?

Der Vorgang hat nichts von Beiläufigkeit. Das Bild ist kein erzählendes. Der Affe als Sinnbild des Bösen, das Blitzen aus den Tieraugen. Die drei Gestalten, jede für sich und fremd einander, sind zugleich unlösbar verbunden durch die Faszination, die das Feuer für sie hat. Warum bläst der Mund in die Flamme, da doch die Fackel lodernd brennt? Das Gesicht der Frau im warmen Licht wie in einer Gefangenschaft. Geheimnis, Macht, Verführung des Feuers. Ein Bild, das sich nie enträtseln läßt. Das ich nicht enträtseln will.

Nach einer Stunde stehe ich wieder im Regen. Sehe nach oben, sehe durch Dunst- und Regenschleier über den terrassenförmig aufsteigenden Steinhäusern der Altstadt den Turm von Sankt Giles wie eine feinzackige Nebelkrone. Und die Burg im Grau des Regenschleiers. Meine heftige Zuneigung zu dieser Stadt, die im Regen am schönsten ist. Ich steige die Treppen hoch. Der Bettler unter einer

Plane, vom Hund nur die Schnauze. Die von Feuchtigkeit glänzenden Stufen. Die hohen Steinfassaden der Häuser, die Nässe macht all die Grautöne lebendig. Ich sehe auf die Touristen mit ihren Regenumhängen und Schirmen. Der Regen auf meiner Haut, ich spüre, wie er mir mein Haar scheitelt und wie mein Zopf schwer wird. Ich gehe durch verwinkelte mittelalterliche Höfe, durch den Hof beim Lady Stair's House zur Royal Mile; ein Strom von Menschen. Laufe ein Stück die Victoria-Street. In der Nummer zehn das schwarze Käppchen am Herd, durch die regenbeschlagenen Scheiben sehe ich tafelnde Paare im Restaurant. Sofort wieder der Duft des Behagens, Dichte und Wärme des Lebens. Ein Mann mit Halbbrille und Augen wie Pergamentpapier fragt mich nach einer Straße, ich gebe Auskunft, beschreibe ihm den Weg; nicht der Anflug von Argwohn, daß ich nicht von hier sein könnte. Ich laufe zur Bushaltestelle auf der George Bridge. Warte auf meinen Siebenundzwanziger. Das Bordeauxrot, die Aufschrift *Take care wirb Sex.* In Craiglockhart gehe ich einige Schritte zurück, biege in meine Avenue ein. Die Federleichte mit dem schützenden Springseilbogen vor mir. Ich verabschiede mich. Sie spitzt den kleinen Mund, küßt mich. Kommen Sie wieder, ruft sie davonhüpfend.

Haarfönen im rhabarbergrünen, tanzdielengroßen Bad. Die Katze sitzt neben mir, sieht zu. Morgen bin ich nicht mehr da, sage ich zu ihr. Sie zeigt sich unbeeindruckt.

Ich möchte die Zeit dehnen, verlängern, möchte bleiben.

Die letzte Nacht im schottischen Steinhaus.

Am Morgen die Haustürglocke. Niemand da. Als ich die Tür wieder schließen will, sehe ich unter dem Lattenrost des Fußabtreters DIE ZEIT. Ich ziehe sie hervor. Sie ist in Folie eingeschweißt. In der oberen Ecke steht: *Vom Abriß bedroht: Der Palast der Republik.* Ich höre schon die Abrißbirne in mein Arbeitszimmer dröhnen. Überschriften: *Pflegeversicherung, Solidarpakt, Asylrecht und Paragraph* 218: *Politik am Ende der Möglichkeiten. Der Druck im Kessel steigt.* Und: *Rückkehr der Tuberkulose. Die Deutschen wiegen sich in trügerischer Sicherheit. Wenn Deutschland ein Entwicklungsland wäre.* – So *weit, so fern, so nah. Die Filmfestspiele in Cannes – Brot und Wein. Aufgefundene Briefe erhellen die letzten Lebensjahre Hölderlins* und in roten Lettern: *Zum Asylstreit: Jürgen Habermas über die Festung Europa.* Einen Moment bin ich versucht, die Folie einzureißen. Dann lege ich die Zeitung auf den Stapel zu Karins Post. Noch bin ich hier. Noch habe ich Atemzüge hier.

Ich koche Porridge, trinke Tee. Höre Nachrichten. Packe Koffer und Rucksack, räume das Zimmer auf, mache sauber, der Staubsauger dröhnt, die Katze verfolgt alle meine Bewegungen, geht mir nicht von der Seite. Ich schreibe einen Brief an Karin, lege ihn, zusammen mit einer kleinen Überraschung, auf die verwaiste Fläche des Schreibtisches. Gehe nach oben, der Tanzbär mit den erhobenen Tatzen, das grau-blaue Zicklein, die Flöte aus Ton, das Walroß. Die überquellenden, vom Einsturz bedrohten Bücherregale im Flur, die Türen zu beiden Arbeitszimmern und zu Karins Schlafzimmer sind angelehnt. Lichthof, Treppenabsatz. Garten. Die Pfingstrosen sind seit Tagen aufgeblüht. Ihre Blütenköpfe hängen schwer nach unten. Ich schüttle den Regen heraus, sie richten sich wieder auf. Die ölige Weichheit der Blütenblätter. Als Kind sammelte ich die abgefallenen Blätter und bewegte die Hände darin. Vom Garten der Blick auf das schottische Steinhaus, mein Zimmer, abgeschirmt und geschützt, eine Insel.

Sandra und Anthony holen mich nach Glasgow. Im Autoradio hören wir, daß das Bodenpersonal von British Airways heute für vierundzwanzig Stunden streikt. Aufschub, denke ich. Aber ich fliege mit der Lufthansa.

Das letzte gemeinsame Abendessen. Sandra und ich sind in der Küche. Anthony spielt einen Ragtime, Scott Joplin. Als ich die Teller auf den Tisch stelle, sage ich in sein Spielen hinein, daß ich mich all die Monate über in Schottland niemals fremd gefühlt hätte, anders als dort, wo ich eigentlich zu Hause sein müßte, zu Hause bin. In der Satzmitte bricht das Spiel ab. Anthony schwingt ruckartig auf dem Klavierschemel herum. Sieht über seinen Brillenrand. Eine seiner typischen Gesten, wenn er etwas aus der Nähe betrachten, erkunden will, in einem Buch, einer Zeitung, auf einer Landkarte. Ich stehe viel zu weit entfernt von ihm, als daß sich diese Geste rechtfertigen ließe. Ich will nichts erklären, wende mich ab, tue beschäftigt, ziehe den Besteckkasten auf, lege Messer und Gabeln auf, Anthony den Rücken kehrend. Auch er dreht sich wieder um, spielt weiter Scott Joplin. Beim Abendessen beobachtet er mich, ich sage nichts, er fragt nicht. Nach dem Essen unser letzter Gang am Kanal, der

Mond ist voll; unser letztes Feuer, unser letzter Glenmorangie.

In der Nacht Traum, loderndes Herdfeuer, ich hantiere mit den Ringen, habe drei Töpfe auf dem Feuer.

Am Morgen fahren wir wegen des Streiks von British Airways zeitig zum Flughafen. Die Stadt ist menschenleer. Es ist Samstag. Wir sind zwei Stunden vor der Abflugzeit da. Die Halle ist überfüllt. Lautes Schimpfen. Nervöses Warten. Chaos. Sandra und Anthony warten mit mir. Ich rufe dich an, wenn ich die letzte Seite erreicht habe, sagt Sandra. Anthony hat den Arm um mich gelegt. Wir rücken in der Schlange nach vorn. Nach eineinhalb Stunden sind wir am Schalter. Mein Name ist nicht auf der Bordliste. Also doch Aufschub, denke ich. Hin und Her, Telefonate, eine andere Hosteß wird geholt. Dann erscheint mein Name auf dem Bildschirm des Computers. Mißmutiges Abfertigen. Mißmutiges Aushändigen der Bordkarte. Als wir uns quer durch die Warteschlangen vor den anderen Schaltern drängen eine Stimme, die Hosteß kommt hinter uns her, holt uns zurück. Gibt mir eine neue Bordkarte. Erste Klasse, obwohl ich zweite gebucht habe, sie entschuldigt sich, ein Ansatz von Lächeln durch den Mißmut hindurch. Wieder quer durch die Schlangen. Abschied.

Paßkontrolle. Zoll. Durchleuchten. Die Tasche auf dem Band. Ich muß sie öffnen. Die beiden Triplicate Books. Ein Beamter mit Backenbart und birnenförmigem Kopf nimmt sie heraus, blättert, gibt sie zurück. Der kleine Recorder. Ich solle ihn in Gang setzen. Eine warme Frauenstimme. Was ist das, fragt er. Catherine-Ann MacPhee. Wer? Eine gälische Sängerin. Vor, sagt er. Zurück. Er nimmt den Recorder selbst in die Hand. Spult weiter zurück. Wieder vor. Er hält das Gerät ans Ohr, sein birnenförmiger Kopf geht in eine leichte Schräge, etwas Selbstvergessenes tritt in sein Gesicht, er verharrt eine Weile; läßt dann erschrocken die Hand sinken, gibt mir den Recorder hastig zurück. Lächelt. Seine formelle Handbewegung, mit der er bedeutet, ich könne gehen, bricht in der Mitte ab, er dreht die Hand im Gelenk, es sieht wie ein verschüchtertes Winken aus. Ich sehe mich noch einmal nach ihm um.

Wieder Warten. Dichtgedrängt in schlechter Luft. Es steht kein Bus zur Verfügung. Ein Geschäftsmann mit zwei schwarzen Aktenkoffern empört sich lautstark. Wir müssen weit über das Flugfeld laufen. Ich lasse mich aus dem Menschenpulk zurückfallen.

Ruhe breitet sich in mir. Neugier.

An den Rändern des Flugfeldes ist das Licht steinfarben, und es scheint mir, der Himmel blättert ab wie Kalk.

Sigrid Damm
im Insel und im Suhrkamp Verlag

Atemzüge. Essays. it 2585. 299 Seiten

Christiane und Goethe. Eine Recherche. Mit 10 Abbildungen. Gebunden und it 2800. 544 Seiten

Cornelia Goethe. 255 Seiten. Gebunden und it 1452. 260 Seiten

Das Leben des Friedrich Schiller. Eine Wanderung. 504 Seiten. Gebunden. it 2332. 556 Seiten. it 3409. 570 Seiten

Diese Einsamkeit ohne Überfluß. Gebunden und st 3175. 215 Seiten

»Einmal nur blick ich zurück«. Auskünfte. Herausgegeben von Hans-Joachim Simm. it 3643. 466 Seiten

»Geheimnißvoll offenbar«. Goethe im Berg. Mit farbigen Abbildungen von Hamster Damm. 123 Seiten. Gebunden.

Goethes Freunde in Gotha und Weimar. 239 Seiten. Gebunden.

Goethes letzte Reise. 365 Seiten. Gebunden, it 3300 und st 4203. 380 Seiten

Ich bin nicht Ottilie. Roman. 383 Seiten. Gebunden und st 2999. 392 Seiten

Tage- und Nächtebücher aus Lappland. Bilder von Hamster Damm. 228 Seiten. Gebunden.

NF 27/1/09.14

Vögel, die verkünden Land. Das Leben des Jakob Michael Reinhold Lenz. 452 Seiten. Gebunden und it 1399. 430 Seiten

Wohin mit mir. Gebunden und it 4275. 286 Seiten

Sigrid Damm als Herausgeberin

»Behalte mich ja lieb!« Christianes und Goethes Ehebriefe. Auswahl und Nachwort von Sigrid Damm. IB 1190. 115 Seiten it 2450. 170 Seiten

Christiane Goethe. Tagebuch 1816 und Briefe. it 2561. 496 Seiten

Jakob Michael Reinhold Lenz. Werke und Briefe in drei Bänden. it 3159. 2750 Seiten

Romantische Märchen. Auswahl und Nachwort von Sigrid Damm. Mit farbigen Abbildungen. it 2829. 265 Seiten

Friedrich Schiller. Die seligen Augenblicke. Gedichte ausgewählt von Sigrid Damm. IB 1263. 97 Seiten

Caroline Schlegel-Schelling. Ein Lebensbild in Briefen. Herausgegeben und mit einem Essay von Sigrid Damm. it 3420. 314 Seiten

Die schönsten Liebesgedichte. it 1872. 175 Seiten

NF 27/2/09.14

Sigrid Damm

Das Leben des Friedrich Schiller

Eine Wanderung
Mit einem Frontispiz
512 Seiten. Gebunden

Nach dem überragenden Erfolg von *Christiane und Goethe* legt Sigrid Damm ein weiteres biographisches Porträt vor, ebenfalls ein »Kunstwerk aus Akten«, das ein faszinierendes Lebensbild auf der Basis authentischer Zeugnisse liefert. Nicht Friedrich Schillers Werke sind der Gegenstand dieses Buches, sondern die Umstände und die Bedingungen ihrer Entstehung, der Alltag eines Schriftstellers, Gelehrten und Theatermannes. Schiller selbst kommt zu Wort – als Autor, als Liebhaber, Ehemann und Vater von vier Kindern, als Sohn und Freund, als *der* Weggefährte Goethes.

»Sigrid Damms ›Wanderung‹ ist das schlichteste und zugleich kunstvollste Buch über Schiller seit langem, eine Studie von wunderbarer Intensität, leicht, fesselnd, eindringlich und gerecht.« *Klaus Bellin, Neues Deutschland*

»… ein ungewöhnlich unterhaltsames Buch. Selbst Schiller-Kenner erfahren hier viel Neues.« *Marcel Reich-Ranicki*

NF 94/1/9.04

Sigrid Damm

Ich bin nicht Ottilie

Roman
suhrkamp taschenbuch 2999
392 Seiten

Saras Lebensgeschichte ist die Geschichte einer großen, unerfüllten Liebe. Sie ist zehn Jahre verheiratet, hat zwei Söhne und einen Geliebten. Diese Doppelbeziehung, die Ausflüge in Romantik und Abenteuer werden zur seelischen Belastung. Am Ende steht die Scheidung. Wie Ottilie in Goethes *Wahlverwandtschaften* bleibt ihr nur die Wahl zwischen seelischem Elend oder Genuß. Aber Sara ist nicht Ottilie.
Die Lebensgeschichte der Sara ist auch ein Stück Geschichte der ehemaligen DDR. Die Geschehnisse in einer ein- und abgeschlossenen und total überwachten Gesellschaft bilden den Hintergrund für diesen Roman über eine Frau, die den Ausbruch wagt, um ihr Glück zu finden.

»Saras Geschichte ist die Elegie auf zwei zerstörte Utopien: daß Liebe, wie sie sie geben wollte und forderte, nicht lebbar ist und daß ihr ›wärmendes Ländchen‹ am Ende in Kälte erstarrt.« *Hiltrud Häntzschel, Süddeutsche Zeitung*

NF 267/1/9.00

Sigrid Damm

Christiane und Goethe

Eine Recherche
600 Seiten. Gebunden

Erst in Sigrid Damms faszinierender Recherche erscheint Christiane von Goethe, geborene Vulpius, als die Frau, die sie wirklich war: eine außerordentlich lebens- und liebestüchtige Frau, die sich in einer von Männern, von Geist, Macht und Dünkel dominierten Welt zu behaupten wußte. Von diesem neuen Christiane-Bild profitiert auch unser bisheriges Goethe-Verständnis: Sigrid Damm zeichnet das Bild einer spannungsvollen Partnerschaft, ein Bild von Goethes Lebensalltag in den Jahren 1788 bis 1861, wie es so zuvor nie gesehen wurde.

»Meisterhaft und erschütternd geschrieben. Wo haben wir in den letzten Jahren Bücher gehabt, die so ergreifend wären wie dieses Buch über Christiane Vulpius? Dieses Buch hätte den höchsten Preis verdient.«
Marcel Reich-Ranicki im Literarischen Quartett

NF 268/1/9.00

Sigrid Damm

Atemzüge

Essays
insel taschenbuch 2585
299 Seiten

Biographische Miniaturen zum Leben von Caroline Schlegel-Schelling, Jakob Michael Reinhold Lenz, Franz Fühmann, Eduard Mörike, Róža Domašcyna und Christiane Goethe vereint dieser Band. Die Essays sind in den Jahren 1978 bis 1998 parallel zu Sigrid Damms großen historisch-biographischen Büchern und ihren Gegenwartsromanen entstanden. Sie sind wie diese von der besonderen Art des Umgangs mit Dokumenten bestimmt, der Einfühlsamkeit und Lebensklugheit des Fragens nach Hintergründen und der erzählerischen Meisterschaft, mit der Sigrid Damm Lebenswelten und individuelle Persönlichkeiten aus Authentischem – aus Zeitzeugnissen, Briefen, Tagebuchaufzeichnungen, Bildnissen u.a. – zurückzugewinnen und zu verlebendigen versteht.
Zwei Reden aus den Jahren 1987 und 1992 – »Lenz, eine geheime Lernfigur« und »Der Kopierstift hinter dem Ohr des Soldaten« – vermitteln dazu aufschlußreiche Einblicke in die ›Werkstatt‹ Sigrid Damms, zeigen die Wege ihrer unbeirrten Spurensuche, sprechen von den Hintergründen ihres »Hungers nach dem Aktenmäßigen, dem Archivierten«.

NF 269/1/9.00

Sigrid Damm

Cornelia Goethe

insel taschenbuch 1452
260 Seiten

Cornelia Goethe, klug und begabt, sensibel und lebenshungrig, findet nie zu sich selbst. Immer läßt sie sich von anderen bestimmen: vom Vater, vom Bruder Wolfgang, vom Ehemann Johann Georg Schlosser. Sie zerbricht am Widerspruch zwischen eigener Lebenskonzeption und auferlegtem Rollenzwang. 1777 stirbt sie im Alter von 26 Jahren nach der Geburt ihrer zweiten Tochter. Goethe, der mit Cornelia innig verbunden war, Kindheit und Jugend mit ihr in Frankfurt am Main im Haus am Großen Hirschgraben verbrachte, hat viele Jahre nach ihrem Tod in *Dichtung und Wahrheit* von der Häßlichkeit und der daraus entspringenden Lebensunfähigkeit der Schwester gesprochen und damit ihr Bild für die Nachwelt geprägt.

Sigrid Damm legt die Ursprünge für dieses ungerechtfertigte Urteil bloß. Sie erzählt in einem Stil, der literarhistorische Dokumentation mit psychologischer Einfühlung und Phantasie verbindet, von den erstickten Wünschen und Hoffnungen im Leben dieser jungen Frau, vom tragischen Scheitern der Cornelia Goethe.

NF 270/1/9.00

